LOKI

MACKENZI
LEE

LOKI
ONDE MORA A TRAPAÇA

São Paulo
2022

BOOK ONE

Loki: Where Mischief Lies
© 2019 MARVEL – All rights reserved.

Tradução 2019 by Book One
Todos os direitos de tradução reservados e protegidos pela Lei 9.610 de 19/02/1998. Nenhuma parte desta publicação, sem autorização prévia por escrito da editora, poderá ser reproduzida ou transmitida sejam quais forem os meios empregados: eletrônicos, mecânicos, fotográficos, gravação ou quaisquer outros.

Primeira edição Marvel Press: setembro de 2019

2ª reimpressão Excelsior: 2022

MARVEL PRESS
ARTE ORIGINAL DE CAPA **Stephanie Hans**
DESIGN ORIGINAL DE CAPA **Kurt Hartman**

EXCELSIOR — BOOK ONE
TRADUÇÃO **Felipe CF Vieira**
PREPARAÇÃO **Fernanda Castro**
REVISÃO **Tássia Carvalho e Tainá Fabrin**
ARTE, CAPA E
DIAGRAMAÇÃO **Francine C. Silva**

Dados Internacionais de Catalogação na Publicação (CIP)
Angélica Ilacqua CRB-8/7057

L516L	Lee, Mackenzie
	Loki / Mackenzie Lee; tradução de Felipe CF Vieira. – São Paulo: Excelsior, 2019.
	408 p.
	ISBN: 978-65-80448-04-3
	Título original: *Loki: where mischief lies*
	1. Ficção norte-americana I. Título II. Vieira, Felipe CF
19-1931	CDD 813.6

*Para Becca, uma força implacável
para o bem em meu universo*

Parte um

Capítulo Um

O Banquete Real de Gullveig, assim como todos os banquetes asgardianos, era agradável para aqueles que gostavam de ouvir longos discursos, trocar amenidades fúteis e levar pisões no pé, pois o Grande Salão estava sempre cheio demais e ninguém sabia como andar usando saltos.

Loki estava convencido de que todos odiavam aqueles banquetes, mas ninguém se atrevia a admitir para não parecer ter mente pequena. Tendo muita confiança no tamanho de sua mente – grande – *e* em sua proeza para usar salto, ele confortavelmente admitia:

– Odeio dias de banquete.

Ao seu lado na fila de anfitriões, Thor não perdeu o sorriso diplomático que vinha treinando para ocasiões oficiais como aquela. Ele apenas fraquejou quando Loki havia sugerido que mostrar tanto os dentes apenas deixava óbvio que havia algo preso no meio deles, e

Thor os cutucou com a língua por vários minutos – os lábios expandindo de um jeito grotesco que fez vários cortesãos desviarem do caminho – antes de perceber que não havia nada ali.

– Banquetes são dias importantes – Thor disse. – Eles estabelecem a competência nos líderes asgardianos entre nossa corte.

– *Confiança* – Loki corrigiu.

O sorriso não titubeou, mas as sobrancelhas de Thor se juntaram.

– O quê?

– Eu decorei a mesma frase – Loki respondeu. – É *confiança*.

– E o que foi que eu disse?

– Você... deixa pra lá. – Loki abriu seu próprio sorriso exagerado, erguendo a voz para que Thor pudesse ouvi-lo acima dos músicos que tocavam uma alegre melodia popular. – Você falou perfeitamente.

Thor ajustou a argola dourada em sua testa. Gotas de suor começavam a se formar, e o adorno escorregava sobre suas sobrancelhas. Também haviam oferecido uma argola a Loki – sua mãe havia selecionado uma de prata entrelaçada, com pequenas joias encrustadas. Mas, embora Loki amasse poucas coisas tanto quanto amava um pouco de brilho, ele optara por um visual mais sofisticado e discreto, que a argola teria arruinado completamente. Ele podia não gostar de banquetes, mas conseguia ficar bonito para eles. As botas o faziam sentir vontade de galopar no meio do salão – pretas, acima dos joelhos e com saltos tão longos e finos quanto as adagas que levava nas mangas. Seu casaco tinha um colarinho alto e listras verdes nos ombros, e ele vestia calças folgadas da mesma cor. Amora dissera que o verde fazia seus olhos parecerem joias, mas ele tomava cuidado para não usar demais a cor. Melhor não deixar Amora pensando que aceitara seu conselho tão seriamente. Ela podia estar sempre certa, mas não precisava saber disso.

Loki olhou para a fila de dignitários, passando a vista por Thor e Frigga em sua túnica prateada esvoaçante. Com as mãos escondidas sob as mangas, ela sorria e assentia para uma mulher asgardiana que se atrapalhava em um elogio sobre como o cabelo da rainha parecia adorável com suas mechas cinza. Do outro lado, estavam os embaixadores de Varinheim e Ringsfjord, conversando com suas cabeças inclinadas em direção à Rainha Jolena, que por sua vez pedia quase aos berros que eles falassem mais alto. Depois deles, Karnilla, a Rainha dos Norns e feiticeira real de Odin, portava-se como um soldado, as tranças negras entrelaçadas e enroladas em uma presilha dourada com uma pedra púrpura, logo acima das sobrancelhas. Seu rosto não mostrava expressão – no tempo em que ela esteve na corte, Loki nunca a viu usar qualquer expressão além de uma carranca obediente. Uma de suas mãos de dedos compridos tocava o ombro de Amora, como se tivesse certeza de que a aprendiz fugiria se não houvesse alguém para segurá-la.

E isso não era totalmente impossível.

Amora deixava transparecer seu tédio de modo muito mais óbvio do que Loki achava que ela deveria. Muito mais entediada do que ele conseguiria, caso desejasse se safar sem levar um sermão de seu pai. Ela até podia ganhar um de Karnilla também, mas Amora parecia se importar menos sobre o que sua professora pensava a respeito das opiniões de Odin do que Loki. Ele gostaria de poder não se importar, não sentir como se tudo que fizesse de certo ou errado fosse anotado em uma coluna correspondente e arquivado para o dia em que Odin nomearia ou ele ou Thor como herdeiro da coroa asgardiana. Seria tão mais fácil se houvesse apenas um deles – Amora era a única aluna que Karnilla havia tomado e a única usuária de magia em Asgard poderosa o bastante para vestir o manto de feiticeira real e Rainha dos Norns. O poder de Amora a tornava desejável; o poder de Loki fazia com que ele sentisse a necessidade de mantê-lo escondido.

Ninguém queria um feiticeiro como rei. Os reis de Asgard eram guerreiros. Exibiam seus longos cabelos dourados e suas armaduras polidas e suas cicatrizes de batalha como acessórios de ostentação. *Ah, essa coisa velha? É apenas uma recordação de um Sakaaran trapaceiro que foi tolo o bastante para testar sua força contra a minha.*

Amora conseguiu se livrar de Karnilla por tempo suficiente para apanhar um cálice da bandeja de um servo da cozinha que passava por ali, e Loki observou quando ela passou um dedo sobre a superfície e levitou uma pequena gota. O líquido pairou no ar, a alguns centímetros de sua palma, até Karnilla aparecer e tomar sua mão, desfazendo o feitiço. Amora revirou os olhos e, então, talvez sentindo a longa contemplação de Loki, olhou ao redor. Eles se encararam, e ela lhe ofereceu seu famoso sorriso torto e maroto. Loki sentiu suas orelhas esquentando e quase desviou os olhos, como se isso fosse negar o fato de que ela o flagrara espiando. Em vez disso, ele ofereceu de volta um abrir de olhos exagerado, e ela respondeu imitando o ato de enforcar-se.

Ele riu. Thor o censurou, e depois seguiu seu olhar, mas Amora já havia se endireitado novamente, sorrindo ao lado de Karnilla para um cortesão que havia se aproximado. Ela parecia se empenhar bastante em deixar seu sorriso o mais forçado possível – tanto quanto Thor se empenhava para fazer o seu parecer sincero –, mas estava sorrindo, então ninguém poderia acusá-la de manter uma disposição contrária.

A desaprovação de Thor aumentou, franzindo tanto suas sobrancelhas que a argola afundou ainda mais em seu rosto, e ele teve que empurrá-la para cima antes de se virar para a frente, bufando como se imitasse seu pai.

Quando Loki olhou para Amora outra vez, ela fez um gesto sutil para os azulejos do chão e ergueu as sobrancelhas.

Loki hesitou. Lançar os pequenos feitiços que ela lhe havia ensinado em algum jantar ou na sala de aula era uma coisa, mas fazer isso em um evento oficial era outra bem diferente. Seria inofensivo – transformar em cor-de-rosa os azulejos do Grande Salão foi ideia dele, afinal de contas. Mas havia sugerido como uma piada, querendo impressioná-la pela audácia da ideia e pelo uso criativo da feitiçaria, sem precisar realmente executar o plano.

Mas Amora precisava fazer tudo até o fim. Tudo o que podia ser tentado precisava ser, independentemente das consequências. E sempre havia consequências, fosse um tapa atrás da cabeça por algum tutor sem paciência ou uma convocação até a sala de Karnilla.

Amora fazia tudo e não se importava com nada.

Loki sentiu uma pontada de inveja por sua coragem – a maneira como ela parecia não sentir qualquer vergonha quando Odin ou Karnilla a repreendiam. Seu próprio coração sempre se retorcia, por mais alto que erguesse o queixo em desafio. Por mais que se achasse inocente. Uma vez, ainda garoto, Loki usara sua magia para extinguir todas as luzes do palácio ao mesmo tempo. Ficara confuso quanto Odin não se mostrou encantado e orgulhoso como esperava, mas sim tão enraivecido que Loki temera que o pai fosse lhe bater. Em vez disso, Loki fora enviado para seus aposentos, para se sentar isolado, tentando lidar com uma vergonha que ele não entendia até sua mãe finalmente aparecer e explicar que seria melhor não usar a magia que vibrava por seus ossos, e que ele se dedicasse a virar um guerreiro como seu irmão. Seria melhor, ela dissera, para seu futuro. Ela falara aquilo gentilmente – era a única maneira que sua mãe falava –, mas a humilhação daquele momento nunca se separou de cada feitiço que ele lançava.

Embora tivesse praticado pouca feitiçaria até a chegada de Amora na corte. Ele tentara se tornar um guerreiro, tentara correr mais rápido e treinar mais forte, aprender a levar um golpe sem cambalear. Todas as coisas que Thor parecia fazer sem esforço, as habilidades que eles ouviram ser as mais adequadas para um futuro rei de Asgard; enquanto o único talento de Loki parecia ser transformar a bebida no cálice de seu irmão em lesmas quando ele começava a beber e depois de volta em vinho quando ele cuspia.

Não era a melhor estratégia para lidar com emoções, mas era a *sua* estratégia.

O truque das lesmas foi o que primeiro chamou a atenção de Amora. Quando Thor cuspira sua bebida na mesa, Odin o repreendera por sua falta de educação na frente das convidadas, a Rainha dos Norns, Karnilla, e sua aprendiz, Amora, em sua primeira noite no palácio de Asgard. Enquanto Thor insistia sem parar, dizendo que havia lesmas, que houvera lesmas, que estava certo de ter visto lesmas, o olhar de Loki seguira pela mesa até Amora sem saber por quê, apenas para descobrir que ela já o observava. Os cantos de sua boca haviam se curvado para cima ao redor do garfo. Mas então ela desviou os olhos, e ele voltara a encarar seu ensopado.

Dissera a si mesmo que as lesmas eram para se vingar de seu irmão por tê-lo nocauteado no treino da manhã apesar de ter prometido não fazer isso – uma promessa rapidamente esquecida assim que Thor percebeu que Sif os observava. Não era porque Amora era uma feiticeira – a primeira usuária de magia que ele encontrara com exceção de sua mãe, cujo uso da magia era sempre pequeno e controlado. *Magia da hora do chá*, como Loki começara a pensar. Frigga sempre se esforçara para manter seus poderes longe da vista, e encorajava Loki a fazer o mesmo. Mas Amora tinha permissão para não se esconder e até para se exibir como parte do treinamento para sua futura posição na corte. Não era porque seus longos cabelos tinham cor de mel, e ela os usava ao redor da cabeça em uma volta interminável, que se parecia com cobras entrelaçadas. Não era por causa de seu corpo esguio ou daquele sorriso torto.

O que você esperava? Ele se repreendera enquanto cutucava um pedaço de carne, olhando-o boiar na superfície grossa e oleosa. *Que ela fosse ficar animada por ter encontrado outro usuário de magia em Asgard?* Um feiticeiro que nunca teve lições sobre como controlar seus poderes, significando que geralmente escapavam em truques desajeitados e pouco elegantes que ele tentava ensinar a si mesmo?

Mas as lesmas até que foram engraçadas.

Seu olhar seguira novamente para Amora, mas os olhos escuros dela – negros, com exceção de algumas finas listras verde-esmeralda que se expandiam como relâmpagos em uma tempestade ácida – estavam sobre Karnilla. Enquanto ouvia Karnilla e Odin discutirem sobre a tutela que Amora receberia na corte antes do Banquete de Gullveig e como isso a prepararia para seu futuro papel como braço direito de um dos filhos de Odin, Loki se sentira pequeno e estranho novamente, indigno de ser notado por alguém que ele pensara ser sua semelhante.

Mas, ao final do jantar, quando terminou seu vinho, ele encontrara um pequeno caramujo no fundo, contorcendo-se lentamente. Então erguera os olhos, mas Amora já havia se retirado, deixando-o com aquele pequeno e nojento cartão de visita.

– O truque da lesma é esperto – ela disse mais tarde, quando Loki a encontrou na biblioteca do palácio, encolhida sob uma das janelas circulares com vista para os jardins. A mulher tinha uma pilha de livros a seus pés que, ele tinha certeza, ela selecionara apenas para efeito estético. – Mas e se você esperasse para transformar a bebida apenas quando ele já estivesse engolindo? É muito mais horrível engolir um monte de lesmas do que cuspir uma na mesa, você não acha?

Loki não pensara naquilo. Também não tinha certeza se possuía controle suficiente sobre os próprios poderes mágicos para sincronizar um feitiço tão perfeitamente.

Quando ele não disse nada, os olhos de Amora se ergueram da página do livro aberto em seu colo, e Loki teve certeza de que ela sabia o quanto aquele estilo desinteressado caía bem nela. Amora havia soltado as tranças e a inclinação do queixo fazia seus cabelos caírem perfeitamente em cascata sobre seus ombros, como um tapete desenrolado ante os pés de um rei visitante.

– Quem ensinou você a fazer aquilo? – ela perguntou.

– Ninguém – ele respondeu. Loki havia aperfeiçoado seus talentos sozinho, o que tornava o entendimento dos próprios poderes rudimentar e grosseiro e frustrantemente tênue. Ele sentia o poço dentro de si, sentia a profundidade e a força da água, mas não encontrava uma maneira de acessar esse poder.

— Eu não sabia que o filho de Odin era um feiticeiro — ela disse.

— Há uma razão para isso. — Ele queria sentar-se ao seu lado, mas isso parecia presunçoso demais: seria muita audácia pensar que era interessante o bastante para ela querer tê-lo por perto. Então, Loki escolheu encostar-se casualmente em uma das prateleiras, que notou a meio caminho estar mais longe do que pensava. — Os asgardianos não querem que seus príncipes sejam feiticeiros. Não é o tipo de poder que eles valorizam.

Amora o encarou por um momento, depois dobrou o cantinho da página antes de fechar o livro, um gesto que pareceu uma rebelião em miniatura tão poderosa que fez Loki querer dobrar todas as páginas de todos os livros na biblioteca de seu pai.

— Odin não contratou alguém para lhe ensinar? — ela perguntou. — Ou a sua mãe? Ela é uma feiticeira.

— Não — ele disse, certo de que tinha afundado alguns centímetros no tapete. — Quer dizer, sim, ela é. Mas meu pai não quer que eu estude magia.

— Porque ele tem medo de você.

Loki não segurou uma risada diante da ideia de que Odin, forte como um touro e tão paciente quanto um, tivesse medo do próprio filho, especialmente do filho menor e magricela.

— Ele não tem medo de mim. Ele só quer que eu seja o melhor candidato ao trono que eu puder ser, então ele me faz treinar junto aos soldados.

Agora foi a vez de Amora rir.

— Isso é como manter um navio de guerra em águas rasas. Que desperdício. — Ela acariciou a lombada do livro, avaliando Loki. Ela parecia ser feita de fumaça pela maneira como seu corpo seguia as curvas do peitoril da janela. Amora havia chutado seus sapatos para longe e seus dedos dos pés agora se curvavam sobre a pedra fria.

— Você não é um soldado — ela disse. — Você é um feiticeiro. E alguém precisa ensiná-lo a ser um.

— Alguém precisa — ele respondeu.

Ela lhe ofereceu um sorriso, um que parecia uma adaga saindo lentamente da bainha, aquele perigoso raspar de metal no momento que antecede um ataque. Então ela abriu o livro no colo outra vez, e o coração de Loki afundou, pensando que ele era opaco demais, fechado demais, frio demais, todas as coisas que seu irmão não era, coisas que seus tutores diziam para que não fosse, coisas que serviam de provocação para os outros estudantes do acampamento de guerreiros.

Mas então ela tirou o pé do assento ao seu lado e disse:

— Você não vai se sentar?

E ele se sentou.

Isso fora há meses. Meses em que Loki e Amora haviam se tornado uma dupla inseparável sobre a qual os servos sussurravam e os cortesãos desaprovavam. Mesmo agora, no Grande Salão em meio ao banquete, Loki sentia os olhares sobre ele, tentando determinar se sua parceria com a teimosa aprendiz de Karnilla o havia alterado de alguma maneira.

Acima dele, as velas tremiam nos candelabros em forma de barco que forravam o Grande Salão, dançando junto ao revestimento dourado das paredes. O formato do teto sempre o lembrara da parte de dentro de um instrumento, curvado e inclinado em lugares específicos para amplificar o som e fazer qualquer reunião parecer maior e mais impressionante. Loki espiou os azulejos sob seus pés, pretos com listras douradas, formando as raízes intrincadas que se juntavam para formar a Yggdrasil na base da grande escadaria. Quando olhou para Amora outra vez, ela piscou os cílios exageradamente e pressionou as mãos juntas em súplica, e então ele soube que tocaria fogo no saguão e sairia correndo pelado se ela pedisse.

– O que você está tramando? – Thor murmurou ao seu lado.

– Tramando? – Loki repetiu, abrindo seu melhor sorriso para afugentar um cortesão que se aproximava deles. – Eu nunca tramo nada.

Thor riu.

– Ora, por favor.

– Por favor, o quê? Por favor, trame algo? – Thor pisou no pé de Loki, e este mordeu a língua para impedir um grito de dor. – Cuidado, eu amo essas botas mais do que amo você.

Thor olhou para a fila outra vez, para onde Amora exibia mais uma expressão exageradamente inocente. Thor não gostava dela tanto quanto Loki. Ele se juntara à dupla em algumas escapadas ao redor do palácio, mas sempre andando arrastado, olhando por cima do ombro para ter certeza de que não seriam flagrados, e repetindo tantos "Acho que a gente não devia fazer isso" que Amora sugerira que eles lhe cobrassem uma multa a cada repetição. Eventualmente, ele parou de se juntar aos dois, e Loki achou isso ótimo. Ele não queria compartilhar Amora com o irmão. Não queria compartilhá-la com ninguém. Ela era toda sua de uma maneira que ninguém nunca fora. Ninguém nunca quisera ser. E era bom ver Thor se sentindo excluído das conversas para variar.

Thor nunca oferecera uma opinião direta sobre Amora. Ninguém oferecera – eles apenas sussurravam por trás de suas costas igual faziam sempre com Loki. Imprevisível demais, forte demais, não deveria ter saído de Nornheim, mesmo se o rei e sua feiticeira pensassem que a estrutura e a rigidez da corte fossem dobrar o temperamento forte que ela possuía.

De repente, três estrondos interromperam o burburinho ao redor do salão. Os músicos silenciaram e os cortesãos giraram na direção do topo da grande escadaria. Loki virou junto com os outros oficiais do reino e ergueu os olhos para onde estava Odin, vestindo sua túnica vermelha oficial e empunhando Gungnir, sua lança. A barba estava presa com fios dourados e, sobre a testa, havia uma argola no mesmo estilo do ornamento de Thor. Loki sentiu uma pontada de arrependimento. Talvez devesse ter usado a sua também, mesmo não combinando com o restante de sua roupa.

– Asgardianos! – Odin bradou, sua voz ecoando no teto curvado e alcançando com facilidade todo o salão.

– Amigos, visitantes, distintos convidados de todos os Nove Reinos, vocês nos honram com sua presença aqui, em nosso sagrado Banquete de Gullveig.

Loki ouvira variações desse discurso a cada banquete desde que era garoto. Era notável quantos guerreiros heroicos Asgard decidira homenagear com seus próprios banquetes, e, embora a comida sempre fosse boa, nunca valia a pena ter que participar daquela constrangedora recepção, receber tapinhas nas costas dos cortesãos e depois aguentar o discurso enfadonho de seu pai sobre algum homem loiro, de bíceps avantajado e uma insaciável sede pelo sangue dos inimigos de Asgard.

Mas o Banquete de Gullveig era diferente de um modo substancial.

– Hoje – Odin continuou, passando um dedo sobre o tapa-olho que lhe cobria o buraco vazio do olho direito enquanto relanceava ao redor – celebramos o dia do rei e guerreiro que, há cem séculos, juntou a geada de Niflheim no Cerco de Muspelheim e forjou o Espelho do Olho de Deus. Esse mesmo espelho foi trazido do cofre real e, com a força e o poder de nossa feiticeira real de Nornheim, irá nos conceder uma visão da década vindoura e das ameaças que Asgard poderá enfrentar. É assim que mantemos nosso domínio seguro ante ameaças vindas de todos os Nove Reinos, e do próprio Ragnarok. O Espelho do Olho de Deus não dá respostas e não dá certezas. Seu olho abre apenas por este único dia a cada década, mas são as visões que ele revela que nos ajudam a manter Asgard blindada e forte por séculos. Ao final do banquete de hoje, vou me consultar com meus generais e conselheiros, e então decidiremos as melhores estratégias para a futura prosperidade de nosso povo.

Loki aprendera sobre tudo aquilo com seus professores de história em preparação para o banquete – o primeiro do qual se lembrava em que o Espelho do Olho de Deus fora trazido, e Karnilla viera para manejar seu poder –, mas mesmo assim ele ficou na ponta dos pés para olhar melhor quando a cortina atrás de seu pai foi puxada pelos dois soldados Einherjar.

O Espelho do Olho de Deus era uma superfície de pedra negra e brilhante – um perfeito quadrado envolvido por uma moldura dourada com ramos de ouro esculpidos em cada canto. Loki já o vira antes, quando Odin levou seus dois filhos até o cofre no subsolo do palácio e explicou a eles o poder de cada objeto mantido ali e o esforço que fizera para manter seu povo seguro daquelas coisas. Mas ali, longe das paredes negras e da luz fraca do cofre, e não mais cercado pelos muitos artefatos que Odin capturara para impedir o fim do mundo, o Espelho parecia mais imponente. Mais poderoso. Ele ficava de pé sobre si mesmo, sem precisar de suporte algum. O saguão, que já estava silencioso, pareceu mergulhar em uma quietude ainda mais absoluta.

Karnilla havia subido as escadas, e, quando Odin estendeu a mão para ela, os dois caminharam juntos até o Espelho. Ele tomou seu lugar de um lado, e ela tomou o outro, suas palmas pressionadas contra a superfície. Odin passou a lança Gungnir para um dos Einherjar, e depois se voltou para seu povo novamente, os braços estendidos.

– Rumo a mais uma década de paz e prosperidade em nosso grande reino!

Loki sentiu algo roçar em seu ombro, e então a voz de Amora surgiu em seu ouvido.

– Então, vamos mudar os azulejos agora, enquanto seu pai está ocupado, ou queremos ter certeza de que todos vejam o quanto a cor magenta não combina com suas túnicas?

A resposta de Loki foi interrompida por um estalo de energia no topo das escadas. Ele sentiu os cabelos em seu pescoço se arrepiarem, o ar repentinamente quente e pesado como o prelúdio de uma tempestade de raios. Um feixe de luz branca e errática apareceu no teto do Grande Salão. Os cortesãos reunidos prenderam o fôlego, mas, de seu lugar na frente do Espelho e ao lado de Odin, Karnilla ergueu a mão, e a luz voou até seu punho, acumulando-se ao redor dela como um ciclone. Loki sentiu sua boca abrir, maravilhado diante da elegância, do controle, da maneira como a magia se movia através do ar, respondendo ao chamado da feiticeira.

Ele sentiu Amora cutucando suas costas.

– Loki.

Karnilla abriu a mão e a pressionou sobre a superfície negra. Os ramos nos cantos do Espelho brilharam, as linhas de cada runa se acendendo com tanta intensidade que, por um momento, pareciam pegar fogo. A superfície ondulou como um lago atingido por uma pedra, e o olho de Odin embranqueceu, as imagens do futuro de Asgard cintilando na superfície do Espelho apenas para ele.

– Parece que você não está me ouvindo – Amora disse, com os lábios tão perto do ouvido de Loki que desta vez ele sentiu sua respiração.

– Silêncio – Thor sussurrou ao lado de Loki.

Amora se virou para ele.

– Ah, desculpe, estou interrompendo algo importante?

Outro raio de luz dançando pelo teto voou até a mão de Karnilla.

– Mostre um pouco de respeito – Thor a repreendeu entre dentes.

– Tem alguma coisa de desrespeitosa na minha fala? – Amora respondeu.

– Sim. O fato de estar falando.

Loki sentiu uma repentina mão gentil em seu ombro e virou-se quando sua mãe apareceu entre ele e Amora, seu olhar ainda fixo sobre Odin no topo da grande escadaria.

– Já chega – ela falou discretamente. Loki quis protestar sobre ele ser o único a *não* estar falando no meio daquela cerimônia importante. Mas Frigga apertou seu ombro, e ele engoliu as palavras.

Outro relâmpago saltou da mão de Karnilla para a superfície do Espelho, mas aquele era diferente. Loki sentiu uma mudança no ar, uma alteração na magia que o fez estremecer. Sua mãe devia ter sentido também – sua mão tremeu no ombro de Loki. Odin deu um passo abrupto para trás, afastando-se do Espelho, erguendo uma das mãos como se tentasse empurrar alguma coisa para longe. Então um grito audível escapou de seus lábios. Do outro lado, Karnilla parou, a mão ainda erguida no ar com os fios de luz branca circulando ao redor.

Então, Odin se afastou do Espelho, quebrando o feitiço. A magia sumiu de seu único olho, deixando para trás sua íris negra inundada de pânico. Ele cambaleou até se apoiar no corrimão. Os cortesãos ofegaram ao mesmo tempo. Um dos Einherjar se aproximou de Odin, mas o rei o afastou, apanhando de volta sua lança e começando a descer as escadas com pouca firmeza nos pés. Ele tentava se recompor, mas parecia fragilizado. Karnilla deixou o feitiço morrer em seus dedos, a luz se extinguindo, antes de sair de trás do Espelho e começar a descer o lado oposto da escadaria em direção a Odin.

– Continuem com o banquete – Odin instruiu ao capitão na base da escadaria. – Em breve voltarei. – Ele parou e virou o olho, primeiro para Thor, e depois para Loki, o olhar pesado e cheio de significado de uma maneira que fez Loki gelar. Ele repentinamente teve certeza de que, qualquer que fosse a visão que o pai tivera, os dois estavam envolvidos.

Odin passou a mão sobre a barba, depois fez um movimento com os dedos na direção de Frigga, pedindo que ela o seguisse.

– Minha rainha.

Loki sentiu o toque de sua mãe deixar seu ombro quando ela começou a seguir Odin, com Karnilla e seus sentinelas logo atrás. As portas do Grande Salão se fecharam com força e o barulho encheu novamente o espaço, desta vez com um tom de ansiedade.

De cada lado de Loki, Amora e Thor ficaram em silêncio, olhando na direção de Odin. Todos os pensamentos sobre azulejos rosados mudando de cor sob os pés da corte evaporaram. Em vez disso, Loki sentiu um frio surgindo no estômago, um que ele não podia explicar ou afastar. Ele nunca vira medo daquele jeito no rosto de seu pai. Se é que havia sido mesmo medo. A expressão pareceu tão estranha que não era possível reconhecer.

– O que aconteceu? – Thor finalmente perguntou.

– Acho que a questão é – Amora respondeu –: o que foi que ele viu?

Capítulo Dois

Seguindo o apelo do capitão Einherjar, a quem Odin repassou a liderança enquanto se retirava cambaleando, o banquete foi servido apesar da ausência do rei. Os músicos voltaram a tocar, agora em um volume mais baixo – ou talvez fosse a imaginação de Loki. A animação do salão se transformara em sussurros especulativos. Rumores voavam pelas mesas antes mesmo do fim do prato de entrada – Odin teria visto a própria morte, teria visto Asgard se render em batalha, teria visto o Ragnarok, o fim do mundo acontecendo diante dele naquele vidro negro.

– Nosso pai vai voltar? – Thor perguntou pela quinta vez. Ele não havia tocado na comida, mas usava a faca para cortar seus vegetais em quadrados precisos.

– Quando eu descobrir, você será o primeiro a saber – Loki respondeu secamente.

– Tenho certeza que está demorando para inventar uma mentira que encubra aquilo que ele viu – Amora comentou, sentada à frente dele.

Thor olhou feio para ela.

– Não fale mal do meu pai.

– Sério? Essa é a sua primeira preocupação?

– Meu pai não mente.

– Só para saber, foi ele quem disse que essa tiara ficava bonita em você?

A mão de Thor voou até a argola.

– Não. Eu escolhi sozinho.

– Certo. – Os lábios de Amora tocaram a borda de seu cálice. – Então a culpa não é mesmo dele.

– Ele não mentiria para seu povo – Thor protestou, apertando a beirada da argola. Loki sabia que o irmão estava considerando tirar ou não o ornamento. – Se o que ele viu for de interesse de toda Asgard, então ele contará à corte.

– E todos sabem que o primeiro passo para contar algo importante para seus súditos é fugir do saguão onde todos eles estão reunidos, esperando pela sua fala.

Thor tensionou o queixo e voltou seu olhar severo para Loki.

– Você sempre tolera quando ela fala desse jeito? É quase uma traição.

– Ah. – Amora franziu a testa fingindo decepção. – Só *quase*?

Loki quis levar as mãos aos ouvidos para silenciar os dois. Não conseguia parar de pensar sobre a expressão no rosto do pai, o jeito como ele cambaleou pela escadaria, a maneira como olhou para os filhos.

– Loki – Thor repetiu, e Loki não aguentou mais.

Ele atirou seu guardanapo sobre e mesa e se levantou.

– Preciso de um pouco de ar.

Amora também se levantou.

– Eu vou junto.

– Preciso de um pouco de ar *sozinho* – ele disse, e ela congelou, sem terminar de se erguer. Talvez fosse a primeira vez que ele havia negado algo a ela.

Loki se retirou do salão sem ser notado, usando a entrada dos criados que ele e Thor haviam descoberto quando eram crianças, escondida atrás de uma tapeçaria onde valquírias estendiam suas mãos para os guerreiros asgardianos que elas conduziriam para fora do campo de batalha de Valhala. Tanto as valquírias de pescoços longos quanto os guerreiros de ombros largos haviam sido fonte de agitações bastante cruciais em sua juventude, mas hoje Loki ignorou as imagens quando se abaixou atrás da tapeçaria e seguiu pela passagem oculta.

Amora lhe ensinara mais sobre magia nos meses em que esteve na corte do que ele aprendera em toda sua vida. Parte de sua tutela eram lições sobre como usar magia para mudar a própria forma. Loki ainda estava aprendendo a imitar os detalhes das feições asgardianas, mas o disfarce de agora não precisava de muitos detalhes para ser efetivo. O uniforme da equipe da cozinha seria o principal aspecto que precisaria acertar. Assim que projetou a roupa sobre o corpo, imitando duas garotas da cozinha que passaram por ele com os olhos baixos, seu corpo se transformou para se adaptar à roupa. Ele apanhou uma bandeja de cálices vazios de uma mesa e os encheu rapidamente em um barril no final do corredor.

A forma de uma jovem criada levando bebidas ao rei e à rainha o tornava invisível nos corredores enquanto seguia para os aposentos de seu pai. Ele tinha quase certeza de que fora lá que Odin teria se escondido com Karnilla e Frigga. Assim que entrasse no quarto, uma criada provavelmente passaria sem ser notada por tempo suficiente para escutar a conversa — certamente menos notada do que uma serpente, que era seu plano inicial, e que era mais fácil de imitar do que um asgardiano. Mas serpentes tendiam a chamar atenção — Thor apanhava qualquer cobra para admirar.

Loki abriu a porta dos aposentos do pai, apenas para dar de cara com as lanças de dois guardas Einherjar cruzadas diante dele, impedindo sua entrada. Ele estacou de repente, quase derrubando as bebidas. Atrás dos Einherjar, Loki podia ver seu pai sentado em um sofá na antecâmara, de costas para a porta e com Frigga a seu lado.

— Deixe-nos! — ele gritou sem se virar.

— Fui enviada pela cozinha, Vossa Majestade — Loki falou, tentando dar à voz um tom feminino. Ainda precisava melhorar nesse aspecto. — Para lhe trazer refrescos.

— Não precisamos de nada da cozinha — Odin esbravejou.

Frigga olhou por cima do ombro para Loki, e ele sentiu o rosto queimar. Mas, se ela reconheceu o filho, não deixou transparecer.

– Volte para o banquete – ela disse gentilmente. – Você será chamada se precisarmos de algo.

Loki se curvou, as longas tranças que todas as criadas usavam caindo sobre seus ombros e mergulhando nos cálices que havia trazido.

– Então apenas deixarei aqui.

Ele podia sentir o olhar dos dois Einherjar quando deslizou a bandeja na mesa ao lado da porta, o metal raspando com um chiado irritante que conseguiu deixar ainda mais óbvio o silêncio que havia tomado o quarto desde que ele entrara.

Loki ofereceu um sorriso tímido aos guardas, e então, como se tivesse acabado de notar, disse:

– Puxa, eu trouxe bebidas demais.

No momento em que levou a mão para apanhar o quarto cálice, ele lançou o feitiço. Ele nunca fora especialmente bom com encantos de comunicação em duas vias, embora tivesse lido que eles vinham em muitas variações. A única versão que ele conhecia era aquela que havia inventado quando criança – ele usara um encanto para conectar um pote de maquiagem na penteadeira de sua mãe a um tinteiro em seu próprio quarto, para que pudesse ouvi-la planejando os presentes que daria no solstício daquele ano. Por alguma razão da qual ele não lembrava mais, achara que era absolutamente essencial saber o que ela lhe daria de presente. O feitiço se desfizera rapidamente. Parte porque ele ainda tinha pouco controle de seu poder e os quartos estavam em lados opostos do castelo, logo, qualquer feitiço era difícil de ser mantido à distância. E parte porque o feitiço funcionava para os dois lados, e Frigga imediatamente dera conta da maquiagem falante.

Mas agora ele tinha um controle um pouco menos tênue da própria magia, e, quando seus dedos tocaram a borda do cálice, ele sentiu o feitiço aderindo. Foi tão bom sentir uma magia bem-sucedida daquele jeito, como os dentes de duas engrenagens se encaixando e movendo uma a outra. No sofá, ele pensou ter visto sua mãe tensionar-se, como se sentisse a eletricidade no ar, mas, antes que ela pudesse se virar, Loki apanhou o quarto cálice, fez uma rápida reverência aos Einherjar e saiu do quarto.

Assim que a porta se fechou atrás dele, Loki se apressou a dobrar a esquina. Ele tomou o conteúdo do cálice – ficou com a cabeça leve, mas estava determinado a esvaziar tudo o mais rápido possível – antes de pressioná-lo contra o ouvido. Levou um momento – as vozes estalavam, sumindo e voltando. O outro cálice que havia encantado para se conectar ainda estava cheio, então soava como se ele estivesse debaixo d'água, ouvindo alguém na superfície. Ele mal conseguia distinguir as palavras de sua mãe:

– Você não pode ter certeza disso.

– Eu o vi – ele ouviu Odin responder. – Liderando um exército.

– Isso não significa que seja o Ragnarok.

– Então, o que significa? Que outra causa...?

Alguém agarrou o ombro de Loki, e ele quase derrubou o cálice. Ele se virou rapidamente, o cabo da adaga que levava na manga deslizando até a mão livre.

Thor estava de pé atrás dele, os braços cruzados.

– O que você está fazendo?

Loki, ainda na forma de uma criada, se curvou, tentando discretamente esconder a adaga nas dobras da saia.

– Perdão, milorde. Eu estava simplesmente levando ao rei...

– Pode parar com a encenação, irmão – Thor interrompeu. – Eu sei que é você.

– Irmão? – Loki repetiu, curvando-se tanto que quase podia lamber o chão. – Que irmão é esse a que você se refere?

Thor o agarrou pela cintura e ergueu a mão do caçula entre eles, ainda segurando a adaga. Loki fechou o rosto e então desfez o disfarce. Pressionou o cálice contra a lateral do corpo, abafando qualquer conversa que pudesse vazar para dentro dos aposentos de seu pai.

– Você está espionando? – Thor exigiu saber.

– Você não acha que *espionar* envolve algum tipo de componente visual?

– Então, você está escutando.

– Sim, isso soa muito mais refinado. – Quando Thor continuou olhando feio, Loki suspirou. – Eu quero saber o que nosso pai viu.

– Se for da nossa conta, então ele nos dirá no tempo certo.

– Se for da nossa conta, tenho quase certeza que ele não dirá. Você viu o rosto dele. O jeito como se retirou.

Ele já esperava ver uma ameaça a Asgard naquele Espelho... imagine o que deve ter sido para deixá-lo daquele jeito. – Thor mordeu o lábio, olhando para o cálice. – Não quero ouvir a versão bonitinha que ele apresentará à corte. Eu quero a verdade.

– Eu sei que ele nos dirá a verdade – Thor respondeu.

– Certo. Espero que a sua confiança mantenha você confortável. – Ele soltou o punho da mão de Thor, puxando a manga para cobrir as marcas vermelhas que mesmo um apertão fraco do irmão havia deixado em sua pele pálida. Começou a erguer o cálice até o ouvido, mas Thor puxou sua túnica.

– Loki. Não.

– Se você não quer ficar, então vá embora – Loki respondeu, balançando os dedos para Thor como se limpasse um grão de poeira de sua roupa. – Ninguém está forçando você a se rebaixar e ficar aqui escutando.

Ele pressionou o cálice no ouvido, mas, antes que pudesse ouvir a conversa novamente, Thor chegou mais perto, puxando a taça para que ficasse perto das duas orelhas. Loki tentou não abrir um sorriso irônico. Eles pressionaram as testas uma contra a outra, tentando ouvir, e Loki pensou em como aquela posição seria ridícula se alguém aparecesse ali: os dois príncipes asgardianos, abaixados juntos tentando ouvir um cálice vazio.

Uma terceira voz – a de Karnilla – se juntou às vozes de seus pais.

–... não são armas. São amplificadores de força. Você não pode achar que o poder dele, mesmo amplificado, seria suficiente para acabar com o seu reino.

– Não sei do que ele é capaz – Odin respondeu. – É isso que me assusta.

– Pare de respirar tão alto – Loki sussurrou para Thor. Seu irmão bufava como se tentasse apagar um incêndio.

– É assim que eu respiro – Thor respondeu.

– Então pare de respirar – Loki disse através dos dentes cerrados. – Eles também podem nos ouvir.

– Então pare de falar – Thor rebateu, alto o bastante para Loki lançar a mão sobre a boca do cálice. Ele olhou para trás, na direção da porta dos aposentos do pai, esperando para ver se ela abriria, se algum dos Einherjar seria enviado para investigar a fonte do misterioso cálice discutindo consigo mesmo.

Nada aconteceu.

Loki ergueu o cálice novamente e Thor fez um espetáculo ao inspirar profundamente, e os dois voltaram a escutar.

– Talvez o Espelho esteja errado – Frigga estava dizendo. – Você mesmo disse no Grande Salão: não existe certeza em nenhuma visão do futuro, mesmo em uma oferecida por magia poderosa.

– O Espelho nunca esteve errado em toda a história de nosso povo – Odin respondeu. – Talvez possa estar, ou talvez seja simplesmente algo que os reis tenham dito para proteger suas escolhas, mas nunca esteve errado. Tudo que um rei de Asgard viu no Espelho do Olho de Deus veio a acontecer. O Espelho me alertou sobre a guerra iminente com os Gigantes de Gelo. Sobrevivemos ao conflito apenas por causa das fortificações que construímos em preparação. É uma ferramenta de alerta, não de previsões volúveis que podem talvez acontecer. Se o Espelho o mostra liderando um exército de mortos-vivos contra nosso povo, então é para essa ameaça que precisamos nos preparar.

– Você não precisa erguer a voz para mim – Frigga disse, e Loki percebeu que seu pai devia estar gritando. Era difícil dizer através da bebida. – Como você propõe que nos preparemos para essa ameaça? Você o puniria por algo que ele pode fazer de errado no futuro? Você teria que prender sua corte inteira se esse fosse o padrão para deter alguém.

Houve uma pausa, tão longa que Loki achou que o feitiço havia se desfeito, mas então ele ouviu Karnilla dizer:

– Vamos aumentar as proteções ao redor das Pedras Norn.

– Isso não é suficiente – Odin respondeu.

– A perda das Pedras não iria… – Frigga começou a dizer, mas Odin a interrompeu:

– As Pedras Norn nas mãos erradas poderiam significar o fim de Asgard.

– E você acha que as mãos erradas pertencem ao nosso filho? – Frigga perguntou.

Silêncio. Loki sentiu o pulso acelerar, tão alto que não sabia se ouviria seu pai quando ele falasse outra vez. Seu peito pareceu pesado de repente, impossível de respirar. Ao seu lado, Thor se endireitou, os ombros erguendo-se em uma postura que Loki reconhecia de quando o enfrentava no ringue de treinamento. Thor estava pronto para lutar, embora não soubesse pelo que lutaria.

Diga, Loki pensou. *Diga qual dos seus filhos vai liderar um exército contra Asgard. Qual de nós estará do lado errado do Ragnarok.*

– É melhor voltarmos ao banquete – Frigga disse finalmente. – O seu povo estará procurando por seu rei em busca de orientação. E por uma explicação para sua saída abrupta. Não por notícias sobre o fim do mundo.

Loki sentiu Thor agarrar sua túnica e o puxar pelo corredor, para longe dos aposentos do pai e através de uma porta aberta, fora de vista. O cálice caiu de sua mão, tilintando no chão.

Thor o arrastou para uma capela dedicada às Mães-de-Todos, o lugar usado por Odin para oferecer preces sozinho antes de uma batalha. Era pequena, e a luz dourada entrando pelas janelas fazia os arcos de madeira parecerem confortáveis e acolhedores. Junto às colunas, havia cenas esculpidas do ataque da serpente e das Mães-de-Todos ascendendo ao trono, o verniz já envelhecido e escorrendo, deixando os cantos com uma aparência úmida.

Thor afundou em um dos bancos esculpidos, na frente do mural de Gaia, a Compassiva, com seus braços ao lado do corpo, as mãos viradas para frente. Loki tomou o assento do outro lado do corredor, o ângulo reto do banco fazendo suas costas doerem quase que instantaneamente. Thor afundou o rosto nas mãos, mas Loki permaneceu rígido, encarando Gaia e a ponta de seu queixo, seus olhos fundos, os lábios finos abertos em súplica.

Thor falou primeiro.

– Nosso pai viu um de nós liderando um exército contra Asgard.

– Sim, eu me lembro – Loki respondeu, ainda encarando Gaia. – Eu também estava lá, sabe?

– Um de *nós*...

– Acredito que a frase foi um de seus *filhos*, então talvez a pergunta real seja: será que Odin tem uma família secreta escondida em uma torre palaciana, planejando cortar nossas gargantas?

Thor se endireitou, cruzando os braços ao se virar para encarar Loki do outro lado do corredor.

– Você deseja discutir semântica comigo, irmão?

– Apenas se você conseguir soletrar *semântica*.

– Não tire sarro de mim.

– Eu não me atreveria – Loki respondeu, ainda olhando para as mãos de Gaia. Penitentes. Submissas. Fracas. – Poderia causar o fim do mundo.

Thor bateu o punho contra as costas do banco à sua frente, que saltou, batendo contra o chão de pedra.

– Tudo isso é só uma piada para você?

Loki observou Thor do outro lado do corredor.

– Eu acho que o próprio fato de que você está preocupado prova que não será você quem vai liderar o exército.

– O que quer dizer? – Thor perguntou.

– Eu acho que, se você fizesse uma pesquisa aleatória com os asgardianos e perguntasse qual de nós seria o mais provável de se rebelar contra o próprio pai, eu venceria de lavada. – Loki riu sem muita força, tirando uma farpa do banco que grudara em suas calças. –

Talvez seja a primeira disputa em que eu sou melhor do que você.

— E isso não o preocupa? — Thor perguntou.

Loki deu de ombros.

— Bom, agora que sei o que o nosso pai viu, se algum dia eu me encontrar liderando um exército, vou parar, reconsiderar e, você sabe, não fazer isso.

— Mas e se, ao tentar impedir isso, você acabar deixando acontecer? — Thor perguntou.

Loki franziu as sobrancelhas.

— Você acha que o que nosso pai viu é inevitável?

— O Espelho do Olho de Deus nunca esteve errado na história de Asgard — Thor respondeu. — Ele alerta sobre os perigos vindouros. E eles sempre vêm. — Ele virou para a frente, pressionando o punho na testa, depois virou outra vez para Loki. — Talvez nosso pai não saiba qual de nós será.

— Sim, é *tão* fácil nos confundir um com o outro — Loki disse. — Talvez eu esteja errado, liderar um exército parece muito mais com você. Eu prefiro ficar de fora fazendo um lanchinho. — Ele bateu o calcanhar contra o chão do corredor. — E eu nunca arriscaria essas botas numa batalha.

Thor pressionou os cotovelos sobre os joelhos, a cabeça afundada sob as mãos fechadas em punhos.

— Isso realmente preocupa você tão pouco? — Sua voz saiu mais suave do que Loki estava acostumado a ouvir, e isso o acalmou.

— Nada é pouco para mim — Loki respondeu, depois se levantou, o calcanhar prendendo entre duas pedras.

— Aonde você vai? — Thor o chamou enquanto Loki se endireitava e começava a atravessar o corredor.

— Preciso conversar com Amora.

— Você acha que é uma boa ideia fazer isso agora? — Thor perguntou.

Loki parou, já quase na porta, e considerou fingir não ter ouvido. Thor estava tentando provocá-lo. Para fazê-lo se virar. E ele sempre se esforçava para não dar a seu irmão aquilo que ele queria.

Mas Loki se virou. Thor também havia se levantado, uma das mãos descansando sobre a ponta do banco.

— O que você quis dizer com isso? — Loki exigiu saber.

O olhar de Thor passou rapidamente pelo chão antes de se voltar para Loki.

— Eu não acho que ela seja uma boa influência para você.

— Diga isso de novo, mas dessa vez cubra um olho, e vou jurar que você é o nosso pai.

— Não estou brincando.

— Não, tenho certeza de que não. — Ele tentou manter a voz calma, mas a ofensa havia deixado suas palavras mais afiadas. Não era como se ele tivesse muitas opções de amigos. Thor e seus colegas guerreiros-em-treinamento deixaram muito claro que não queriam nada com Loki, como se sua falta de massa muscular pudesse ser contagiosa caso ficassem perto demais. — Você só está com inveja — ele rebateu, mas logo percebeu o quanto aquelas palavras soavam bobas. E desesperadas.

— Com inveja do quê? — Thor perguntou.

— Não sei, mas vou pensar em algo. — Ele deveria ter se retirado, mas deu um passo de volta para o interior da capela, na direção de Thor. – Com quem eu passo meus dias não é da sua conta.

– É claro que é – Thor respondeu. – Você é meu irmão.

– Então eu devo me preocupar sobre todas as suas longas noites treinando no ringue com Sif? – Loki o desafiou.

O rosto de Thor ficou vermelho.

– Isso é diferente. Ela está me ajudando com a minha...

– Com a sua o quê? – Loki ergueu uma sobrancelha, um gesto que ele jamais admitiria para Thor que havia praticado no espelho de seus aposentos por horas até ter certeza de que poderia executá-lo perfeitamente quando precisasse. – Flexibilidade?

– E com o que Amora está ajudando você? – Thor rebateu com rispidez. – Te ensinando como ser uma bruxa igual a ela?

– Ele não é uma bruxa – Loki rebateu. – Ela é uma feiticeira. Ela será a feiticeira real um dia.

Thor resfolegou.

– Quando eu for rei, ela nunca chegará nem perto da corte.

Loki cruzou os braços.

– *Quando* você for rei?

– Não foi isso que eu quis dizer.

– Mas foi o que disse.

– Certo, então eu quis dizer – Thor falou, sua voz quase um rosnado. – Se continuar na companhia dela, talvez não tenha lugar para você também.

– Isso é para ser uma ameaça? – Loki perguntou. – Se for, você pode tentar deixar um pouco menos tentadora.

Quem disse que eu quero um lugar na corte de um rei que bate na própria cara com um martelo?

– Isso aconteceu só uma vez!

– Mas está marcado para sempre em nossos corações.

– Pelo menos estarei do lado certo quando o Ragnarok chegar! – Thor explodiu. – Pelo menos lutarei por Asgard, e não contra.

Sentindo o coração afundar, Loki tentou não deixar sua mágoa transparecer no rosto. Os dois suspeitavam de que ele seria o traidor, mas Loki não achava que Thor fosse dizer aquilo em voz alta. Sentindo-se sombrio ao olhar para Thor, ele encontrou o rosto do irmão tenso, mas com os olhos cheios de arrependimento.

– Talvez o Espelho esteja errado – Loki disse calmamente.

– Ele nunca erra – Thor respondeu.

– Você fala isso como se o futuro fosse uma coisa inevitável e imutável. E se você me esfaqueasse agora mesmo antes do fim do mundo? Então, eu não poderia cumprir meu destino traidor, poderia?

– Por favor, não fique bravo comigo.

– Não estou bravo.

– Você está gritando.

– Não estou... – Loki parou, percebendo de repente que sua voz havia ecoado pelo teto abobadado da capela. Ele se voltou para a porta, atrapalhando-se com a maçaneta. – Feliz banquete, irmão.

– Loki, espere...

Ele ouviu os passos pesados de Thor e sentiu o irmão buscar seu braço, mas Loki se esgueirou para fora de seu alcance. Seu coração martelava, mas ele conseguiu manter a voz calma e menos ácida do que gostaria.

– É melhor ficar longe de mim. Seremos inimigos no fim do mundo.

Ele esperava que Thor fosse protestar. Que dissesse as mesmas desculpas de sempre. Mas Thor permaneceu em silêncio, e Loki sentiu algo sombrio e gelado começar a brotar dentro de si.

É claro que Thor acreditava que estaria do lado certo quando o fim do mundo chegasse. É claro que seria ele a liderar as forças do bem de Asgard. O irmão de Loki nasceu para ser rei – toda a corte sabia disso. Qualquer pessoa que olhasse para ele saberia. Os deuses não poderiam ter esculpido um modelo mais óbvio de realeza do que Thor – loiro e musculoso e rápido e forte sem nem tentar. Loki era formado pelos restos dessa silhueta, a parte que era descartada no chão da oficina para ser varrida e jogada no fogo – magro e pálido, com um nariz torto e cabelos negros que caíam escorridos no pescoço, onde se curvavam em uma ponta feia. Enquanto a pele de Thor se tornava bronzeada sob o sol, parecendo uma armadura, a de Loki era pálida como leite, e azedava tão fácil quanto.

E quem não fosse o rei, seria o traidor – não era assim que funcionava? Desprezado e rejeitado por seu pai, o filho preterido se ergueria ao fim de Asgard.

Mas ele era um filho de Asgard. Um príncipe. Não era um traidor. Ele não lideraria um exército contra seu próprio irmão. Seu próprio povo.

Não é?

Capítulo Três

Amora já havia deixado o banquete quando Loki voltou para procurá-la, e ele conseguiu entrar e sair do Grande Salão sem atrair a atenção do pai, que agora estava sentado na cabeceira da mesa como se não houvesse nada de errado.

Loki encontrou Amora no solário do palácio, as plantas de cada um dos Nove Reinos pressionando suas folhas contra painéis de vidro do tamanho de cartas de baralho enquanto curvavam suas vinhas em torno umas das outras. Uma violeta amarga de Alfheim se encolheu para fugir da sombra de Loki quando este passou, suas pétalas exibindo o puro azul do interior de uma geleira. Amora estava sentada debaixo das folhas largas de uma samambaia midgardiana, na beira de um pequeno lago que borbulhava no chão. Ela passava os dedos pela grama na margem do lago como se acariciasse um animal, e Loki observou como, a cada passada, seus dedos levantavam fagulhas das folhas.

— Isso é um feitiço novo? — ele perguntou, e ela ergueu os olhos.

— Não. Isso é grama de fogo de Svartalfheim. — Ela passou os dedos pelas folhas, e pequenas centelhas surgiram ao redor de sua mão, do jeito que a maioria das plantas espalharia suas sementes. Amora sorriu. — Não é mágica. É só a natureza.

— Isso faz de nós não naturais? — Loki perguntou.

Ela ergueu os olhos para ele, os finos veios verdes parecendo tomar conta das íris por um momento, como se fossem feitas da selva ao redor. Então, Amora voltou a fitar a grama, deixando uma fagulha acesa até se tornar uma pequena chama na ponta de seus dedos antes de apagá-la. Loki se sentou a seu lado, perto o bastante para que seus joelhos se tocassem. Mesmo através da névoa de melancolia que ele sentia graças à conversa com Thor, um arrepio elétrico atravessou seu corpo quando ela não se afastou de seu toque. Por menor que fosse aquele toque.

— Você pode me responder uma coisa? — ele perguntou.

— Depende da pergunta — ela respondeu.

Loki já se sentia frágil e inseguro, e a petulância de Amora, da qual ele geralmente gostava, desta vez teve o efeito contrário.

— Deixa pra lá.

Ele se levantou para ir embora, mas Amora o segurou pelo pulso, puxando-o de volta.

– Senta aí, Trapaceiro, e não seja tão dramático. É claro que vou responder sua pergunta.

Trapaceiro. O apelido costumava fazê-lo corar. Agora, sempre que ela o chamava assim, parecia algo íntimo e secreto, um nome que apenas ela usava. *Se sou trapaceiro, você é encantadora*, ele dissera na primeira vez, e achara divertido ver o quanto ela fora pega de surpresa. Amora quase nunca perdia a compostura, ou, se perdia, nunca deixava transparecer.

Encantadora, ela dissera, e Loki percebeu o prazer em sua voz. *Uma Encantor. Muito melhor do que* bruxa, você não acha?

Amora fez uma pausa, olhando para ele.

– Faça a sua pergunta – ela disse, a mão não chegando a tocar na dele, mas perto. – Darei minha melhor resposta.

Loki não sabia exatamente o que queria perguntar a ela. *Você acha que eu sou o tipo de pessoa que ajudaria a trazer o fim do mundo? Você acha que estou destinado a me voltar contra Asgard? Se eu souber, será que posso impedir, ou, se eu tentar impedir, tudo vai acabar acontecendo?*

Em vez de disso, ele perguntou:

– Você acha que meu pai algum dia vai me coroar rei?

– Não se você continuar devotado ao seu atual tratamento de cabelo – ela respondeu.

Loki revirou os olhos.

– Amora.

– É sério, um corte decente e um pouco de óleo diário fariam milagre com essa moita. – Amora ergueu a mão e tirou uma mecha de cabelo negro de trás da orelha de Loki. – Você acha que seu pai chegaria onde chegou sem aquela barba lustrosa?

– Por favor, não se refira a nada do meu pai usando a palavra "lustroso", é muito esquisito.

O sorriso no canto da boca de Amora não diminuiu, mas seu rosto ficou mais suave. Quando ela o encarou, Loki sentiu o olhar da aprendiz acariciando seu rosto. Desejou que ela o tocasse novamente, mesmo que fosse para desarrumar outra mecha de cabelo. Ela podia deixá-lo todo despenteado, ele não ligaria.

– Eu acho que seu pai seria um tolo se nomeasse como herdeiro qualquer pessoa que não fosse você – ela disse.

– Você acha que meu pai é um tolo?

Amora riu, os lábios pressionados tornando sua risada quase um sussurro.

– Você é muito esperto.

– Eu tenho meus momentos.

– Muitos. Você é feito de momentos.

Uma folha estava presa em sua calça na altura do joelho, e Loki tentou tirá-la, mas estava tão grudenta com algum tipo de seiva que não descolava do tecido. Ele mexeu os dedos, enviando uma pequena lufada de vento para arrancá-la. Mas saiu mais forte do que pretendia, jogando os cabelos dele e de Amora sobre seus rostos. Loki franziu o nariz. Controlar seus poderes ainda era algo difícil, e uma habilidade que, tinha certeza, fora negada por Odin para manter seu uso da magia a um nível mínimo.

– Você não gosta muito do meu pai – ele disse.

– Prefiro não pensar muito sobre ele, se possível – Amora respondeu, jogando os cabelos sobre o ombro e passando os dedos entre as mechas. – O que provocou essas perguntas?

– Nada. – Loki se recostou numa pedra atrás dele. – Só estou na fossa.

– Eu sei, e isso é adorável. Você fica com uma marquinha entre as sobrancelhas.

– Para com isso. – Ele afastou a mão dela quando Amora pressionou um dedo no espaço entre seus olhos. Ela riu. – Você encontrou Karnilla desde a cerimônia?

– Ainda não. Ela não continua com o seu pai?

– Eles voltaram para o banquete.

Ela correu a mão sobre os joelhos, alisando as calças.

– Por que quer saber? Você acha que ela quer falar comigo?

– Eu sei o que meu pai viu no Espelho do Olho de Deus.

Ela ergueu a cabeça, os olhos famintos.

– Conte para mim. – Loki afundou os pés no chão, olhando a terra se abrir ao redor dos calcanhares até que Amora empurrou o dedão do pé contra o dele. – Coooonta para mim.

– Ele viu um de seus filhos liderando um exército contra Asgard – Loki soltou. Ele pretendia contar, mas não de um jeito tão desastrado. – Ele acha que isso significa o Ragnarok.

Loki esperava alguma reação, mas o rosto dela não mudou.

– Qual filho? – Amora perguntou, sua voz sem nenhuma entonação.

– Ele não disse.
– Mas você acredita que sabe.
– O Thor acredita – Loki respondeu. – E ele acha que sou eu.

Ela apanhou uma folha da grama de fogo, que imediatamente virou cinzas entre seus dedos.

– O que importa o que pensa o cabeça-de-trovão?
– Não chame ele assim. – Loki não sabia por que estava defendendo o irmão depois do que ele havia dito, mas apenas *ele* tinha permissão para zombar de Thor. Não que houvesse mais alguém que zombasse.

– Você acha que eu faria isso? – Loki perguntou a Amora. – Lutar contra Asgard? Contra meu pai e minha família e meu povo?

– Eu acho que todos somos capazes de coisas que nunca imaginamos. – Seu tom de voz era leve, mas cheio de camadas. Ela sabia como era viver com uma herança que parecia precária e frágil. Amora era uma órfã, adotada por Karnilla de um orfanato asgardiano quando seu talento natural ficou óbvio por levitar as outras crianças do dormitório. Mas Amora era destemida. Era ousada. Era desconcertante, uma palavra que Loki ouvira sobre ele também. Contudo, eles pareciam lados opostos dessa mesma moeda. Amora falava demais; ele ficava em silêncio. Mas ambos eram estranhos e exóticos, desprezados pela maioria apenas por causa de um talento que não pediram para ter.

Amora limpou as mãos nas calças, algumas folhas de grama brilhando contra o material.

– A menos que pergunte a seu pai, não há nada que possa ser feito sobre a visão – ela finalmente disse. – A única coisa a fazer é viver sua vida e esperar para ver se um dia você estará diante de um exército contra o seu pai.

– Ou eu poderia olhar no Espelho – Loki falou.

Amora ergueu uma sobrancelha, analisando a sugestão.

– O Espelho do Olho de Deus?

A mente de Loki acelerava, as ideias deixando a boca antes mesmo de ele perceber que haviam se formado.

– Já deve ter sido levado de volta ao cofre agora – disse. – Ninguém notaria se a gente entrasse lá. E hoje é o único dia nos próximos dez anos em que seus poderes podem ser acessados. Se Odin pode saber meu futuro, então eu também posso.

– Se você vai olhar no Espelho do Olho de Deus – ela respondeu –, vai precisar de alguém para canalizar a magia dentro dele.

– Se Karnilla consegue, então você também consegue.

– Quem disse que eu vou ajudar?

– Ah. – Ele sentiu o rosto avermelhar. – Pensei que...

– Relaxa, é claro que vou ajudar. – Amora cutucou Loki com o cotovelo. – Você não acha que eu deixaria você invadir uma ala proibida do palácio para usar uma magia perigosa sozinho, não é? Fazer isso é minha coisa preferida na vida.

Loki sentiu o coração disparando, mas tentou não deixar isso visível em seu rosto. Amora não gostava de medo. Dizia que não tinha tempo para isso. Ele nem havia considerado olhar no Espelho do Olho de Deus até se sentar com ela. Talvez porque não fosse capaz de fazer aquilo sem ela – quem olhava no Espelho não podia também canalizar a magia. O Espelho possuía defesas. Possuía proteção. Era apenas para as vistas do rei.

Mas Loki também nunca pensara em transformar flores em dragões ou em pintar as unhas de preto ou em aprender a mudar de forma até Amora aparecer.

Ela o encarava, o rosto sem nenhum sinal do costumeiro sorriso torto.

– Você realmente quer saber?

Ele engoliu, a resposta entalada em sua garganta.

– Sim.

– Então, vamos descobrir. – Loki começou a se mexer, mas ela agarrou sua mão, impedindo-o de se levantar. – Só mais uma coisa. – De repente, ele estava olhando para ela, para o lugar onde a mão dela o tocava. As unhas de Amora eram verdes, as dele eram pretas. Loki gostou de como elas pareciam juntas, como as escamas de uma serpente. Gostava da sensação dos dedos em contato com sua pele, o jeito como sua mão se encaixa com a dela. Ao mesmo tempo, ficou preocupado que ela pudesse sentir em seu pulso a maneira como o coração dele batia mais rápido quando ela o tocava. Amora olhou para baixo, e Loki teve certeza de que Amora havia sentido o rubor se espalhando em sua pele e estava prestes a dizer algo sobre isso.

Mas, então, ela perguntou:

– Essas botas são minhas?

– Ah. Hum... – Os dois fitaram as botas. – Eu vi você usá-las ontem e gostei da aparência.

Amora soltou um suspiro exagerado.

– Bom, se você vai pilhar o guarda-roupa de alguém, que seja o meu. Parece que essa cidade inteira nunca ouviu falar em alfaiataria. Todas aquelas capas e mantos e túnicas; parece que vocês se vestem com cortinas.

– Bom, nem todo mundo consegue usar roupa justa – Loki disse. – Não somos todos abençoados com um corpo igual ao seu.

Loki não sabia se havia imaginado ou se o rosto de Amora ganhara cor quando ele dissera isso. Caso fosse, ela resolveu disfarçar com um sorriso maroto e uma piscadela que o fez corar.

– Eu sou divina, não é mesmo?

Capítulo Quatro

As sentinelas Einherjar patrulhando a entrada do cofre do palácio se endireitaram quando Odin desceu as escadas, passando por eles com sua túnica escarlate esvoaçando ao redor dos tornozelos. Eles bateram os calcanhares e puxaram os escudos junto ao corpo enquanto baixavam a cabeça.

 E isso foi uma sorte, pois, apesar das orientações de Amora, Loki ainda era apenas moderadamente competente em imitar a aparência exata de outra pessoa, e, se alguém olhasse por muito tempo, ele tinha certeza de que a ilusão não se sustentaria. Ainda não conseguia imitar o nariz do pai perfeitamente, ou a forma de seus ombros, e o tapa-olho estava atrapalhando sua percepção de profundidade. Por duas vezes ele quase trombou com uma coluna e só não quebrou o nariz porque Amora, transformada em um dos guardas Einherjar pessoais de Odin, o puxou por uma das volumosas mangas da túnica.

Mas ele estava no meio da escadaria, e a única coisa que podia fazer era andar com imponência, rezar para não cruzarem o caminho do Odin verdadeiro e agradecer em silêncio ao Pai-de-Todos pelos Einherjar serem orientados a olhar os próprios pés quando o rei passava por eles.

No fim da escadaria, um dos soldados, com as plumas do capacete proclamando sua posição de capitão, o saudou:

— Meu rei, não estávamos esperando a sua...

— Não dirija a palavra a mim — Loki soltou.

O guarda congelou.

— Vossa Majestade?

Loki o encarou, seu coração martelando.

— Sou Odin — ele disse rapidamente.

— Sim, Vossa Majestade — o guarda respondeu, franzindo as sobrancelhas.

— Nossa, quanta desenvoltura — ele ouviu Amora sussurrar de modo quase inaudível em seu ouvido.

Recomponha-se. Loki puxou a frente de sua túnica e tentou pensar no que seu pai diria, mas então anunciou, igualmente desajeitado:

— Estou só... visitando meus tesouros. — Quando o soldado não disse nada, ele ergueu uma mão e fez um gesto rígido na direção da porta do cofre.

O guarda pareceu confuso, mas fez seu melhor para esconder o desconforto com um obediente aceno de cabeça.

— É claro, Vossa Majestade. Existe algo que possamos fazer por você?

— Vossa Majestade deseja ficar sozinho — Amora interveio.

— É claro. — O capitão baixou a cabeça. — Se precisar de mim ou de meus homens...

— Não precisarei — Loki respondeu. — Mas chamarei se precisar. Mas não precisarei. Mas. Então. Obrigado. — Ele assentiu. O capitão, mais confuso do que nunca, assentiu de volta. Então Loki desceu o resto da escadaria em direção ao cofre, tentando salvar aquela conversa desastrosa com a força de sua postura.

Ao seu lado, Amora passou a mão sobre a barba do guarda que ela imitava.

— Só umas sugestões — ela murmurou.

Loki resistiu à vontade de revirar os olhos — seria menos dramático do que gostaria com aquele tapa-olho.

— É claro que você tem sugestões.

— Tudo é uma oportunidade para aprender. Primeiro, o vermelho realmente não cai bem em você — ela disse, pisando na cauda de sua túnica. — Você é pálido demais. Tons de verde e dourado combinariam melhor com a sua pele.

— O que isso tem a ver com a minha ilusão?

— Nada, é só uma observação geral. Segundo, você esqueceu de mudar suas unhas.

Loki olhou para as próprias unhas negras. Elas cintilavam no corredor escuro, como se cobertas de joias.

— Ninguém notou.

— Eu notei.

– Bom, sim. Mas ninguém olha para mim igual você olha.

Amora empurrou o ombro contra ele, sua armadura tilintando suavemente.

– Para com isso, você está me deixando corada. Terceiro, *Eu sou Odin*? Como você consegue ser tão ruim assim?

– Foi o pânico!

– Espero que sim. Se aquilo fosse você operando com calma, eu ficaria preocupada.

Eles alcançaram a porta do cofre, e Loki calçou as luvas equestres do pai, facilmente surrupiadas dos estábulos enquanto Amora conversava com um dos criados. As portas do cofre eram protegidas contra magia e só podiam ser abertas pelo toque de Odin. Loki mexeu os dedos, deixando a pele absorver a memória da palma da mão de seu pai, impregnada na luva. Era um truque que Amora lhe ensinara – pequenos detalhes podiam ser assimilados de itens de vestuário: o formato dos ombros de alguém em uma casaca, ou a maneira como os joelhos de uma pessoa se dobravam nas marcas de uma calça.

– E aqui está o seu momento, Trapaceiro – Amora disse.

Loki puxou as luvas das mãos, seus dedos agora carregando as digitais do pai como se ele tivesse nascido com elas, e pressionou a mão na porta. Com um clique suave, as portas se destrancaram e abriram.

Ao seu lado, Amora disse:

– Estou impressionada.

– Você achou que eu não conseguiria? – ele perguntou.

– Ah, eu tinha quase certeza de que não.

– Bom, você estava errada.

– Tudo tem sua primeira vez.

As paredes do cofre se curvavam em um teto alto, e o caminho à frente era forrado com pedras negras e polidas que se abriam em passarelas estreitas. Cada passarela levava a uma alcova, que guardava um dos tesouros do rei asgardiano, alguns coletados com a ajuda do Espelho do Olho de Deus.

Loki olhou para Amora quando seu rosto de guarda se afinou, a pele grossa secando até as maçãs do rosto aparecerem e o queixo se tornar suave e pontudo. Os cabelos, na altura dos ombros, se esticaram como uma cobra se desenrolando, derramando-se em uma longa trança. As roupas não mudaram a princípio, mas o corpo debaixo delas sim. Lentamente, as vestimentas se ajustaram, a armadura desaparecendo enquanto a túnica e as calças se adaptavam ao tamanho.

Amora passou a mão sobre o rosto – seu rosto de verdade – deixando para trás as leves sardas que salpicavam seu nariz e sua fronte. Ela fazia muitas coisas bem, e talvez a melhor entre elas fosse saber manter uma boa aparência enquanto fazia todo o resto. Cada movimento parecia orquestrado para que, caso um dia fosse imortalizado em um mural de algum palácio, o espectador não conseguisse desviar os olhos. E ela era sempre mais bonita quando retornava à sua forma original, cintilante e maleável como uma chama durante aqueles poucos segundos antes de voltar à própria pele, uma águia pousando com as asas abertas.

Em contrapartida, o retorno de Loki à sua forma era mais como o voo de um pombo desastrado. A silhueta de Odin sumiu, desfazendo-se de um jeito que a fazia parecer líquido, como se pudesse fluir para dentro de qualquer molde e se adaptar a qualquer forma que Loki escolhesse. E podia. Mas, em vez disso, ele deixou que fluísse para si mesmo, sua aparência normal, tentando não sentir vergonha de como seu próprio corpo parecia tão pequeno e frágil.

Amora, que observava sua transformação com um olhar crítico, sorriu com ironia.

– Aí está aquele sorriso.

Loki olhou feio para ela.

Amora começou a andar pelo corredor, espiando cada alcova por onde passava.

– Você já esteve aqui?

Loki a seguiu, puxando uma daquelas magníficas botas que havia escorregado abaixo do joelho.

– Nunca sem meu pai. Ele trazia Thor e eu aqui quando éramos crianças.

– Que passeio adorável entre pai e filhos. Não há nada igual a mostrar para suas crianças todas as coisas que você guarda no porão e que poderiam acabar com o mundo.

– Eu me divertia um pouco mais do que em nossa viagem aos campos de execução de Svartalfheim.

Amora parou em frente ao caminho que levava até o Diapasão, sua superfície refletindo um estreito facho de luz sobre o rosto da aprendiz.

– Então. Sobre as botas. Não estou brava, estou apenas desapontada por elas ficarem melhores em você. Aliás, pode ficar com elas. É um presente meu. – Ele a olhou no momento em que Amora analisava suas pernas. Loki sentiu um arrepio nas costas.

Ao final da passagem, diante deles, estava o Espelho do Olho de Deus, sua superfície cintilante misturando-se com a escuridão. Àquela distância, tinha o negro azulado das asas de um corvo, mas, quando Loki se aproximou, o objeto não mostrou nenhum reflexo. Ele observou Amora enquanto ela tocava um dos ramos dourados do Espelho e tracejava um de seus redemoinhos.

– Você não precisa olhar – ela disse quase sussurrando.

Mas precisava. Precisava saber o que seu pai havia visto.

– Fique ali – falou, apontando para trás do Espelho, onde Karnilla ficara. Quando Amora saiu de vista, mesmo sabendo que ela ainda estava lá, Loki sentiu a pele arrepiar-se com o súbito medo de ficar sozinho. Sozinho e olhando para o fim do mundo.

– Você sabe como ativar? – ele perguntou, sua voz mais alta do que gostaria.

Amora esticou o pescoço por trás do Espelho, a trança caindo sobre seu ombro.

– Eu canalizo o poder e os ramos direcionam. É magia rúnica básica.

– Certo – Loki disse, como se soubesse alguma coisa sobre magia rúnica. Nunca nem tinha ouvido falar. Mais um buraco em sua parca educação mágica.

Ela voltou a ficar atrás do Espelho, dizendo:

– Runas e ramos direcionam a magia. Tudo o que o feiticeiro precisa fazer é canalizar poder através deles.

– Eu sei disso.

Loki não podia vê-la, mas podia praticamente ouvir seu sorriso torto.

– É claro que sabe, príncipe. Você está pronto?

Sobre suas cabeças, ele ouviu um estalo como um trovão. Um lampejo de luz branca que ele sentiu queimar em sua pele.

– Estou pronto – disse.

O controle de Amora sobre a energia não era tão elegante quanto o de Karnilla. O relâmpago desviou e dançou pelo salão antes de encontrar seu caminho até ela. Loki viu o tremor no vidro quando ela pressionou as mãos no Espelho negro, e então sua lateral começou a estalar de repente com uma luz, como fogos de artifício que não explodiam por inteiro. Uma imagem surgiu tremeluzindo, então desapareceu, depois surgiu outra vez, embaçada demais para enxergar claramente.

– Precisa de mais poder! – Loki disse para Amora, e ele a ouviu respirar fundo. O ar ao redor deles cintilou novamente.

A imagem começou a ficar cada vez mais nítida até mostrar fileiras de soldados. Não soldados de Asgard – eles não tinham armadura nem estandartes, e pareciam animais selvagens, pálidos e espumando pela boca. Invadiam pelo observatório que conectava Asgard à Bifrost, atravessando a ponte arco-íris na direção da capital. Uma figura solitária se destacava entre as massas de soldados, plantada na porta do observatório, o brilho de uma lâmina na mão. Mas a imagem estava borrada demais para que pudesse distinguir os detalhes.

Loki fechou as mãos em punhos. Ele queria esticá-las para dentro da cena, queria agarrar aquela pessoa desconhecida pelos ombros e exigir saber quem era, mesmo se isso significasse olhar para o próprio rosto.

– Não é suficiente! – ele gritou para Amora quando a imagem começou a sumir outra vez.

– Essa é toda a energia que eu consigo juntar! – ela gritou de volta.

Loki se inclinou para a frente, pressionando os dedos contra o vidro. *Mostre-me*, ele pensou. *Mostre-me quem é*.

A imagem piscou novamente, reluzindo com uma claridade que não durou o suficiente para que ele distinguisse o que estava vendo. Estava lá, na ponta dos dedos, o seu futuro.

Ele não percebera que seu próprio poder estava se acumulando em sua mão até esse poder se libertar. A superfície do Espelho brilhou com uma luz branca, e Loki cambaleou para trás, as mãos queimando. Ele ouviu Amora gritar do outro lado do Espelho e jogou os braços contra aquela luz impossível, que irradiava da combinação de seus poderes, varrendo completamente a visão.

O Espelho explodiu. As rachaduras pareceram começar em um ponto no centro, e então o vidro desabou sobre si mesmo, virando um pó cravejado de cacos tão longos e afiados quanto adagas. Vários deles se enterraram nas paredes. Loki ergueu as mãos sobre o rosto, mas Amora lançou um feitiço, algum tipo de barreira para desviar os cacos que caíam sobre eles. Um dos pedaços voou de lado, na direção da alcova atrás deles, e atingiu o Diapasão. Uma única nota cristalina ecoou pelo salão, tão alta e clara que Loki mais sentiu do que ouviu, mesmo sob o som do Espelho se partindo. Fez seus dentes tremerem. Todas as luzes na alcova brilharam e depois se apagaram, deixando-os na escuridão.

Loki se endireitou, sentado no chão, uma fina camada de poeira preta brotando de suas roupas. Ele se sentia coberto daquilo. À sua frente, Amora estava tossindo, dobrada sobre si mesma, os cabelos loiros escurecidos pela poeira. Ele se arrastou até ela, as palmas queimando.

– Você está bem?

Ela esfregou a mão sobre o rosto, espalhando a poeira e criando listras pretas.

– O que você fez?

– Acho que nós passamos do limite de poder.

– *Nós* não fizemos nada – ela falou com rispidez, jogando os cabelos sobre os ombros. – *Você* lançou um feitiço.

– Foi um acidente. Eu estava tentando ajudar você.

– Acho que seu pai não vai se importar com as suas intenções.

Ele seguiu o olhar dela até os restos do Espelho – poeira negra e o contorno queimado e retorcido dos ramos. O pânico fez seu estômago embrulhar e, por um momento, ele achou que fosse vomitar. Eles haviam destruído o Espelho do Olho de Deus, um dos itens mágicos mais poderosos na sala do tesouro de Odin.

Eu fui poderoso o bastante para destruir o Espelho do Olho de Deus.

A ideia invadiu sua mente antes que pudesse evitar. E ele deveria ter ficado horrorizado com isso. Mas não ficou. Loki sentiu excitação.

Eu sou poderoso.

Na escuridão, Loki ouviu um estrondo. O chão sob seus pés tremeu.

Amora ergueu a cabeça.

– O que foi isso?

Loki se levantou, uma de suas adagas deslizando para a mão enquanto ele analisava os danos. Podia sentir algo se mexendo na escuridão, algum poder que ia além daquilo que eles haviam canalizado para dentro do Espelho.

– Fique aqui – ele disse, virando-se para Amora. – Vou ver se...

Algo o agarrou pela cintura e o ergueu do chão. Sua adaga caiu, tilintando em algum lugar no escuro enquanto ele era jogado no piso, aterrissando de costas. Sua cabeça bateu no chão de pedra e, por um momento, sua visão escureceu.

Quando a vista clareou, Loki ouviu um rugido, e acima dele pairava uma enorme criatura, de quase dois metros e pele púrpura, com uma brilhante cabeça careca e um rosto grotesco, dentes grosseiros aparecendo sob os lábios grossos. Os ombros pareciam pedregulhos, e o peito enorme estava inchando. A boca do monstro se abriu em um rugido, sua pele enrugando com veias e músculos enquanto ele descia o punho na direção de Loki. O Trapaceiro rolou para fora do caminho, o coração acelerando junto ao pânico. A criatura rugiu outra vez, o torso se avolumando e, de repente, um terceiro braço surgiu na lateral de seu corpo. Loki cambaleou para trás, assistindo horrorizado à criatura crescer ainda mais. Seus passos seguintes na direção de Loki criaram crateras no chão de pedra.

Mas então a criatura cambaleou para trás inesperadamente, soltando um rugido de dor. Amora já não estava mais caída no chão da alcova, e sim atrás da fera, enterrando um caco do Espelho em suas costas. O monstro lançou um golpe contra ela, usando sua mão de seis dedos, que tinham o tamanho da cabeça de Amora, mas ela se abaixou, rolando sob suas pernas até parar ao lado de Loki.

– O que é essa coisa? – ela gritou, sua voz quase perdida em meio ao rugido da criatura.

– O Desconhecido-Que-Espreita. – O Diapasão atingido devia ter causado aquela aparição. Loki já vira o monstro antes, na arena onde os guerreiros eram testados antes de se juntar aos Einherjar. Ele era convocado por uma nota do Diapasão e era capaz de se formar e desformar sempre que a nota tocava. O Desconhecido-Que-Espreita era o teste final para os Einherjar, com o objetivo de mostrar tanto suas habilidades de combate quanto a capacidade de encarar os inimigos com uma calma estoica.

– Ele se alimenta de medo – Loki gritou para Amora enquanto ela acumulava uma carga de energia entre as mãos. – Quanto mais medo você tiver, mais ele cresce.

O terceiro braço que brotara na criatura parecia mais atrofiado do que há um momento atrás, como se chamá-lo pelo nome tivesse enfraquecido o poder do monstro sobre eles. Mas Loki ainda sentiu uma forte lufada de ar quando o Desconhecido-Que-Espreita tentou golpear os dois. Em resposta, Amora lançou um disparo de energia azul, mas a chama foi extinguida contra a pele da criatura. Loki se atrapalhou procurando pela segunda adaga. Suas mãos tremiam; o monstro estava crescendo, e isso era culpa dele – era culpa de seu medo. Todo o poder que ele sentira há pouco fluindo dentro de si agora havia desaparecido.

Você não é poderoso. Você é fraco. Você está com medo. Você está fora de seu próprio controle.

– Como podemos derrotar isso? – Amora gritou para ele, tentando retirar outro caco do Espelho encravado na parede.

– Você luta contra ele sem medo – Loki respondeu, embora as palavras soassem impossíveis. – Até ele desaparecer.

Mas o Desconhecido-Que-Espreita não estava desaparecendo. Estava crescendo. Um quarto braço brotou em seu corpo, girando através do ar e acertando Amora no rosto, jogando-a contra a parede. E, então, a criatura se voltou para Loki e o agarrou pela garganta. Ele engasgou, lutando para levar a própria mão ao pescoço do monstro. Assim que sentiu os dedos raspando nos músculos de sua garganta, Loki conjurou sua adaga e a enterrou com força. O monstro cambaleou para trás com um urro de dor, derrubando Loki enquanto sangue negro e grosso jorrava de seu pescoço.

Loki aterrissou abaixado, puxando o ar para os pulmões, mas mal teve tempo de se recompor.

O Desconhecido-Que-Espreita já tinha arrancado a adaga do pescoço e a jogado contra Loki, que desviou, mas não rápido o bastante. A adaga cortou seu rosto antes de atingir a parede e ficar encravar na pedra.

A criatura ergueu uma mão para golpeá-lo novamente, mas Amora saltou alto o bastante para envolver as pernas ao redor de seu pescoço e usar o impulso do movimento para jogar o monstro no chão. Todo o salão do cofre pareceu tremer quando a criatura caiu de costas. Amora ficou de pé sobre ele, os saltos das botas cravadas em seu peito com força suficiente para arrancar mais daquele sangue negro. Ela acumulou mais energia entre as mãos e a lançou direto no rosto da criatura, que gritou outra vez. Seu corpo parecia encolher e crescer ao mesmo tempo: era a calma de Amora contrabalanceando o medo de Loki.

Mas, de novo, a energia do disparo de Amora pareceu ser absorvida pela pele do monstro. A criatura agarrou Amora pelas pernas e a tirou do chão, jogando-a do outro lado do salão como se ela não pesasse nada. Amora atingiu uma das colunas ao longo da parede com um estrondo, depois desabou no chão e permaneceu imóvel.

De repente, Loki sentiu um tipo de medo totalmente diferente – seu medo por Amora sendo muito maior do que poderia ser o medo por si mesmo. E a criatura cresceu, os dentes grosseiros de sua boca se tornando cada vez mais afiados e um outro braço brotando em suas costas. O monstro se lançou na direção de Loki. Este deu um passo para trás, o pé tropeçando na beirada da passarela, e ele escorregou para dentro do vão entre a passarela e a parede. A pedra se desfez debaixo dos pés da criatura quando esta deu alguns passos pesados na direção da porta.

Loki se arrastou pela passagem, respirando com dificuldade, as pedras soltas rasgando suas roupas. Se existia um feitiço que parasse o Desconhecido-Que--Espreita, ele não conhecia. A criatura soltou um uivo, depois jogou o ombro contra a porta no final do cofre, trincando-a. Um segundo impulso a abriu por completo. Loki ouviu os gritos de surpresa dos soldados que estavam do outro lado.

Amora, de repente, estava ao seu lado, o rosto coberto com o sangue de um corte na testa.

– Você está sangrando – ele disse.

– Você também. – Ela ofereceu a mão e o puxou. Ele sentiu aquele puxão em suas costelas. – Vamos.

Do lado de fora do cofre, a criatura continuou sua devastação, e, a cada soldado surpreso que encontrava, o monstro crescia, alimentando-se de seus medos até seus ombros chegarem ao teto, derrubando os lustres de seus ganchos. Enfrentar o Desconhecido-Que-Espreita no ringue de luta era uma coisa – outra completamente diferente era lutar contra ele sem aviso. Seu corpo quebrava as pontas das lanças dos Einherjar quando eles atacavam, seus comandos enchendo-se de pânico enquanto eles tentavam entrar em formação de ataque, apenas para se descobrirem isolados entre as crateras dos passos do Desconhecido-Que-Espreita. Um dos soldados devia ter conseguido escapar, pois o som de um gongo alertando sobre o ataque começou a soar pelos corredores, abafando os gritos do monstro.

Da porta do cofre, Loki observou, congelado, enquanto a criatura esmagava um Einherjar contra a parede, seu corpo caindo sem vida – era um dos professores de luta de Loki, o homem que o ensinara a empunhar uma espada do jeito certo e a manter os joelhos flexionados durante uma luta. Loki não sabia o que fazer.

E, então, a criatura soltou um grito diferente de seus rugidos de batalha. O som carregava a mesma ressonância cristalina do Diapasão. Seu corpo começou a encolher, murchando e atrofiando sobre si mesmo. Loki observou a criatura enquanto esta encolhia até o chão – do tamanho de Loki, depois metade desse tamanho, depois pequeno o bastante para caber na palma da mão, e então... nada.

Loki ergueu os olhos.

Karnilla e Odin estavam no topo da escadaria, Karnilla com a mão ainda estendida após o encanto que lançara contra o Desconhecido-Que-Espreita. Ela começou a descer na direção deles, sua saia transformando-se em uma calça para que a bainha não arrastasse no sangue de um dos Einherjar que se derramava nos degraus. Odin ficou onde estava, os braços cruzados e o rosto impassível, sua raiva traída apenas pelo vermelho das maçãs do rosto. Atrás dele, sua guarda pessoal

Einherjar esperava, empunhando suas lanças. Os dois soldados da frente pareciam se esforçar para não deixar o horror tomar conta de seus rostos. Atrás deles estava Thor, os olhos fixos sobre Loki.

Odin sinalizou para seus homens, e eles desceram as escadas, juntando-se a Karnilla enquanto ela examinava os soldados abatidos, procurando por ferimentos que necessitassem de um curandeiro e por aqueles que já não tinham mais salvação.

– Loki – Odin chamou, seu tom de voz como um passo em falso sobre a superfície de um lago congelado. Loki ergueu a cabeça e encontrou o olhar frio do pai. Sentiu uma gota de sangue escorrer em seu rosto e resistiu à urgência de limpá-la. – Explique-se – Odin exigiu.

Loki olhou para Amora. Ela encarava Odin com um tipo de ferocidade sem remorso que Loki desejou poder usar contra o pai. Mas, sob o olhar de Odin, ele desabou.

– Sinto muito, pai.

– Por que você veio até aqui? – Odin exigiu saber, seu olho ainda sobre o filho, e Loki soube que qualquer coisa que respondesse soaria trivial e frívola. Odin tinha o poder de fazer qualquer coisa soar estúpida apenas ouvindo.

– Viemos para olhar no Espelho do Olho de Deus – Loki murmurou, tentando manter o queixo erguido, embora tivesse certeza de que todos podiam sentir o vazio do gesto.

– E o que aconteceu quando você olhou? – Odin perguntou friamente.

Loki engoliu em seco.

– Nós o destruímos.

O que quer que Odin estivesse esperando ouvir, não era aquilo. A expressão endurecida de seu rosto sumiu por um momento, substituída por puro choque. Choque e medo.

– Você fez o quê?

– Foi um acidente.

– Você destruiu o Espelho?

Seu pai não parecia bravo – parecia assustado. Loki sentiu o próprio coração, ainda desacelerando depois da luta, voltar a martelar. Seu pai estava com medo dele. Com medo de seu poder. Com medo de qualquer um que tivesse magia suficiente para destruir um artefato como o Espelho do Olho de Deus. A mesma ideia – *Eu sou poderoso* – desta vez o deixou gelado. Agora, Odin sabia a verdade, sabia a extensão dos dons de seu filho, sabia que ele era poderoso demais para viver livre. Poderoso o bastante para liderar um exército contra Asgard.

Talvez Amora também tivesse sentido. Talvez esse medo também a gelasse. Talvez ela soubesse que Loki não seria um postulante ao trono se a corte entendesse até onde o poder dele alcançava. O que quer que a fizesse agir, ela deu um passo à frente, os ombros raspando contra os dele, e encarou Odin.

– Não foi Loki quem destruiu o Espelho – ela disse. – Fui eu. Eu canalizei energia para o Espelho e fui poderosa demais, e eu o destruí.

Na base da escadaria, Karnilla congelou. Amora relanceou para a feiticeira, e Loki achou que ela sentia orgulho de si mesma, como se o poder que havia destruído o Espelho fosse apenas dela, e ela gostasse da sensação. O rosto de Odin mudou, voltando à sua expressão de raiva, apesar de Loki perceber nele um lampejo de alívio que o deixou enjoado. Odin suspirou, passando a mão sobre o rosto, depois assentiu para os soldados Einherjar.

– Prendam-na.

Amora perdeu toda a cor do rosto.

– O quê?

– Não... – Loki disse, mas os Einherjar já estavam em cima dos dois. Um dos soldados, em uma tentativa de prender Amora, trombou em Loki e o derrubou no chão. Eles agarraram Amora pelos cotovelos e, quando ela se debateu, eles prenderam seus braços atrás das costas e a forçaram a ficar de joelhos. Amora gritou de surpresa e de dor enquanto tentava se livrar, mas, antes que pudesse lançar um feitiço para se libertar, os Einherjar a prenderam com um conjunto de algemas usadas nos calabouços para suprimir a magia de prisioneiros estrangeiros.

– Pai, por favor! – Loki gritou, debatendo-se ainda ajoelhado, odiando a aparência de súplica, mas incapaz de se levantar rápido o bastante sem cair. – Eu também fui cúmplice.

Odin não olhou para ele.

– Afaste-se, meu filho.

– Então, me prenda também! – Loki choramingou, sua voz quase sumindo. – Eu invadi o cofre; foi ideia minha!

– Eu disse para se afastar! – Odin rosnou, depois gritou para os soldados: – Ela vai esperar seu julgamento no calabouço.

Os Einherjar começaram a arrastar Amora, mas ela fincou os calcanhares no chão, tentando se libertar. Quando suas pernas fraquejaram, eles continuaram a arrastá-la sobre as pedras destruídas pelo Desconhecido-Que-Espreita, e estas cortaram suas calças até que o sangue corresse por suas pernas.

– Soltem-me! Karnilla, por favor! Karnilla, não deixe que façam isso comigo!

Karnilla deus as costas.

Loki queria seguir Amora. Queria perseguir os soldados, exigir que a soltassem, ou então se jogar na cela junto com ela, dispensando a proteção que ela havia lhe dado. Mas ele não conseguia se mexer. Estava pregado como um inseto em uma tábua, preso sob o olhar do pai enquanto o rei começava a descer a escadaria, analisando o estrago com uma expressão desconfiada.

– Thor – Odin chamou. – Leve seu irmão para seus aposentos e espere por minhas instruções.

Thor avançou com cuidado, passando pelo corrimão como se o Desconhecido-Que-Espreita pudesse ganhar vida outra vez. Ele estendeu a mão para Loki, mas o irmão não aceitou. Ele se levantou sozinho. Desajeitado, mas se levantou. Não foi o gesto desafiador que gostaria.

Ao saírem da sala de tesouros, Thor tentou puxar o braço de Loki por cima de seu ombro, mas Loki o afastou.

– O que você está fazendo?

– Você está ferido.

– Sim, mas não perdi uma perna. – Loki tocou o rosto antes de limpar o fino rastro de sangue. Havia escorrido por todo o seu queixo e manchado a gola de sua túnica. Ele andou à frente de Thor, os passos menos firmes do que gostaria.

– Loki. – Thor facilmente o ultrapassou, bloqueando o caminho. – Sinto muito.

– Sente muito pelo quê? – Loki perguntou, cruzando os braços, apesar de o gesto lançar uma pontada de dor por suas costelas. – Por ter perdido a diversão?

– Sinto muito pelo que eu disse.

– Ótimo, estou muito feliz por você estar preocupado com meu coração impressionável.

– Eu não quis dizer aquilo. Quando falei que... – Thor esfregou a mão atrás do pescoço. – Você seria um bom rei.

– Eu seria, não é mesmo?

– E você nunca trairia Asgard. Independentemente do que nosso pai tenha visto. – O olhar de Thor fugiu do de Loki, passando pelo corredor até o teto, e então ele disse, quase sussurrando: – O que você viu?

Loki passou as costas da mão sobre o rosto outra vez, embora o corte já tivesse parado de sangrar.

– Você e eu e nossa mãe e nosso pai, todos juntos no fim do mundo. Uma grande família feliz de não traidores.

– Por favor, me conte. – Havia um traço de desespero na voz de Thor.

– Não se preocupe, irmão – Loki disse, deixando Thor para trás. – Não foi você.

Capítulo Cinco

– Eu sou perigoso?

Os dedos de Frigga pararam de mexer na bolsa de ervas que ela preparava. Ela encarou as mãos por um momento, em silêncio, antes de erguer os olhos para Loki, sentado na janela dos aposentos da mãe com as pernas encolhidas diante do peito. Suas costelas feridas queimavam, mas ele não se movia. Parecia mais seguro ficar daquele jeito, encolhido sobre si mesmo.

– Por que você me pergunta isso? – Frigga disse.

Loki olhava para Asgard. A noite cinzenta já caía sobre as torres e, àquela hora, toda a cidade parecia emanar luz. Tudo dourado e cintilante. Ele pousou o queixo sobre os joelhos.

Amora fora presa por causa de um poder que era dele. Se ela era considerada perigosa por causa dessa força, então *ele* era perigoso. Mas aquele mesmo poder, antes de ser condenado pelo pai, o fizera sentir-se forte de um jeito que nunca experimentara entre os outros guerreiros, ou ao lado de Thor.

Loki pressionou a testa nos joelhos.

– Todos têm medo de mim.

– Eles não têm medo de você – Frigga respondeu.

– Eles têm medo da magia. De pessoas como eu.

– E eu? – ela perguntou, apertando o cordão que fechava a bolsa de ervas.

Loki abriu a boca, depois a fechou novamente enquanto Frigga levava a bolsa até os lábios e murmurava um pequeno encanto. O aroma se espalhou no ar, com tons florais e medicinais. Não havia ninguém em Asgard tão amado quanto sua mãe. Então, não era a magia. Era ele.

– Aqui. – Frigga atravessou o quarto na direção de Loki, e ele puxou sua túnica para que ela pudesse pressionar a bolsa contra suas costelas feridas. A dor diminuiu, e ele respirou fundo. Foi a primeira vez que sentiu os pulmões cheios desde que ele e Amora haviam enfrentado o Desconhecido-Que-Espreita. – Mantenha isso no lugar – Frigga disse, voltando à sua penteadeira para alcançar o pano e a vasilha de água. – Não vai demorar para sarar.

Loki mudou de posição, pressionando as ervas no lugar, usando o cotovelo e se recostando contra o peitoril da janela.

Frigga mergulhou o pano na água e o torceu entre as mãos. Loki observou a água cair e tentou respirar fundo outra vez, mas foi mais difícil, de uma maneira que não tinha nada a ver com suas costelas machucadas.

– Venha aqui. – Loki deslizou para fora da janela e se moveu para onde ela estava, sentando-se no banco ao lado antes que a mãe pedisse. Frigga passou o pano contra seu pescoço, limpando o sangue que havia secado embaixo de sua orelha.

– O que o meu pai viu no Espelho? – Loki perguntou, tentando manter um tom inocente. – Ele se retirou do banquete como se o salão estivesse em chamas.

Ela pressionou o pano contra seu rosto, arrancando os flocos de sangue seco de sua pele.

– Você conhece o seu pai. Ele sempre tem as maiores reações para a menor das coisas.

Loki se recostou sob o toque dela, deixando Frigga mover seu cabelo para trás da orelha enquanto limpava o corte. Ele se lembrou do que Amora havia dito e perguntou antes que pudesse se impedir:

– Ele tem medo de mim?

Frigga sorriu.

– Tantas perguntas pesadas.

– Mas não deveriam. – Ele se endireitou, e a mão dela se afastou de seu rosto. O ombro de Loki estava úmido por causa do pano molhado. – Não seriam se fosse Thor quem perguntasse a você.

– Mas você não é o seu irmão.

Sua irritação disparou, e ele levantou tão rápido que derrubou o banco.

– Como se eu não fosse lembrado disso todos os dias. – Ele começou a andar em direção à porta, mas então percebeu que não queria realmente ir embora, pois iria para onde? A última coisa que ele queria era ficar sozinho. Então, se virou outra vez para a mãe, que ainda estava em frente à penteadeira.

– Loki...

– Ele sabe que não posso competir com Thor no campo de batalha, então por que insiste em me colocar em corridas que nunca vencerei quando eu poderia facilmente ser o melhor em outras áreas? Ele quer que eu fracasse. – Sua voz estava subindo de tom. – Ele quer que eu pareça fraco. Quer que eu pareça indigno da coroa para que possa ficar tranquilo quando escolher Thor como herdeiro, porque eu provei que era indigno. Se eu causar o Ragnarok, será culpa dele. Não quero ouvir suas charadas nem suas desculpas vagas para ele, eu quero a verdade. Responda-me!

Ele estava gritando. Mas não queria gritar. Frigga deixou a vasilha sob a penteadeira, depois acenou e o banco se endireitou. Loki a observou, querendo oferecer-lhe a mão, mas seus punhos continuaram fechados ao lado do corpo. Frigga se sentou, as palmas pressionadas contra as coxas, e depois olhou para ele.

– Quem disse que você vai causar o Ragnarok?

– Eu... – Ele se atrapalhou. – Foi isso que ele viu, não foi?

– Você também viu? – ela perguntou.

Suas costelas ainda doíam. Ele queria dormir. Queria dormir por dias.

– Não. Eu o ouvi dizendo para você... Thor e eu estávamos ouvindo.

Frigga apertou os lábios. As luzes da cidade brilhavam sobre sua pele, fazendo-a cintilar como se fosse feita da própria noite.

– O seu pai – ela disse finalmente – viu foi seu filho liderando um exército de soldados erguidos dos mortos. Ele acredita que é uma visão do fim do mundo.

– Era eu? – Quando Frigga não respondeu, Loki insistiu. – E se eu escolher nunca deixar este palácio, ou se meu pai me jogar na prisão, ou se eu fugir para algum lugar longe daqui e nunca voltar a Asgard?

– Você não pode viver para cumprir ou evitar aquilo que pode acontecer – ela respondeu.

– Mas é isso que meu pai faz quando olha no Espelho, não é? – Loki perguntou. – Ele procura por perigos que possa evitar.

– Você não é perigoso, Loki, mas a feitiçaria é. A magia corrompe. Apenas os feiticeiros mais fortes são capazes de controlá-la. A maioria é controlada por ela. Seu pai testemunhou reinos derrubados pela magia. Ele é cauteloso. É só isso.

– Então, me deixe aprender a controlar! Se ele tem tanto medo de que isso vá me consumir, por que ele não me ensina a prevenir que aconteça?

– Porque aprender a controlar significa aprender magia. Ele espera que, ao mantê-lo ignorante, ele impeça que você tenha acesso à extensão completa daquilo que consegue fazer. Essa não é... – Frigga fez uma pausa, e ele sentiu que a mãe selecionava as palavras tão cuidadosamente quanto se estivesse escolhendo uma fina echarpe de seda da gaveta – ... uma decisão na qual eu e seu pai concordamos. Mas ele é o rei. – Ela ergueu os olhos para Loki, seu olhar faiscando. – Eu sei como é. Eu conheço essa fome. Sei que não passa.

Apenas aumenta. – Ela tomou o rosto dele entre as mãos, da mesma maneira que costumava fazer quando Loki era menor e ela pressionava o nariz em sua testa. – Mas você é tão jovem e tão poderoso. Você tem tanta coisa diante de si, tanto para aprender.

– Então, me deixe aprender.

– Eu deixarei.

Ele não esperava isso.

– Você... o quê?

– Eu deveria tê-lo ensinado há muito tempo sobre o poder que você possui e sobre como usá-lo – ela disse. – Seu pai e eu, nós dois deveríamos tê-lo ensinado. – Ela apanhou o pano úmido outra vez e o torceu, o sangue mudando a cor da água para um marrom enferrujado. – Se você deseja aprender feitiçaria, eu vou ensiná-lo.

– Ensinar o quê? – ele disse, a voz levemente debochada. – Como incendiar coisas e mudar minha forma e outros pequenos truques para impressionar a corte, mas não o bastante para assustá-los? É tarde demais para me civilizar. Vocês me deixaram viver solto por tempo demais.

– Eu o ensinarei como controlar sua mágica. Como usá-la. – A voz de Frigga repentinamente veio de trás dele, e, quando Loki se virou, ela estava de pé em frente à janela, as mãos dobradas sobre o estômago. Por um momento, ele não soube dizer qual era a real, sua mãe enquadrada pelas luzes da cidade ou aquela sentada diante da penteadeira. As duas viraram para ele, seus olhos em cada lado dele, e Loki se sentiu preso entre elas. – Existe magia em tudo sobre nosso planeta.

É energia, e isso vive no ar, na terra, em você e em mim. E alguns de nós nascem com uma capacidade inata de controlar e manipular essa energia. – O contorno de sua forma na janela começou a desbotar, depois murchou e virou fumaça como papel pegando fogo. Ele se virou para Frigga na penteadeira. Seus olhos estavam fixos sobre ele. – Vou contar a seu pai que estou ensinando você. Mas o que você aprenderá ficará apenas entre nós.

Loki a encarou, sem saber o que dizer. Ele sempre pensara em Frigga em perfeita união com Odin, seu toque suave equilibrando a aspereza bélica do pai. Ela o apoiava. Ele se consultava com ela. Eles se alinhavam em tudo, suas opiniões e políticas saindo mais fortes por causa do absoluto apoio de um ao outro.

Mas Frigga não era seu pai. Ela era independente.

– A energia de Asgard é atraída por você – ela continuou. – Você não pode mudar isso. Como você a usa é apenas uma questão de prática, assim como fortalecer os músculos e memorizar através da repetição, mas como você a controla... aí entra a habilidade. Para ser dono de sua magia em vez de ser possuído por ela. – Ela se levantou e ergueu a mão para ele. – Eu posso ensinar isso a você. Eu deveria ter ensinado há muito tempo.

Ele não acreditou.

– É isso que Karnilla ensinaria a Amora?

Frigga deixou a mão cair.

– Amora é diferente de você. Seu pai e Karnilla se preocupavam sobre ela se tornar poderosa demais para ser controlada. A decisão de Odin de aprisioná--la não foi uma decisão súbita. Eles vinham discutindo o assunto há algum tempo. As ações dela hoje apenas aceleraram isso.

Loki engoliu em seco. A culpa subia queimando por sua garganta.

— O que vai acontecer com ela?

— Isso vai depender de seu pai e Karnilla.

— E o que vai acontecer comigo?

Ele quis dizer *Qual será meu castigo?* Mas, quando saíram de sua boca, as palavras pareceram muito mais pesadas do que esperava. *O que vai acontecer comigo? O que vai acontecer comigo e com esse poder que eu tenho?* O que aconteceria se ele escolhesse lutar contra isso? E, ainda mais, o que aconteceria se não lutasse?

Frigga estendeu a mão e tocou seu rosto.

— Paciência, meu filho.

Capítulo Seis

Odin não convocou a corte para o julgamento de Amora. Era apenas o rei em seu trono, com Frigga, Karnilla, Thor e Loki, todos de pé ao seu lado enquanto ela era levada para ficar diante deles, os pulsos acorrentados atrás das costas. Ela ainda usava o mesmo vestido do dia do banquete, manchado com a poeira e o sangue do cofre, e seu cabelo estava mais sujo e áspero do que Loki já vira.

Loki não sabia que bem faria sua presença ali, mas a toda hora ele se pegava fincando os calcanhares no chão, como se seu corpo se preparasse para um ataque. Talvez ele fosse punido junto a Amora. Talvez Odin quisesse que ele testemunhasse a punição como uma forma de alerta. As algemas ao redor dos tornozelos de Amora tilintavam contra o chão, um som delicado que combinava melhor com joias do que correntes.

Ninguém limpara o sangue de seu rosto. Ninguém cuidara de seus ferimentos.

Odin não se levantou quando os soldados pararam na base da escadaria que levava ao trono. Ele apenas se ajeitou, segurando Gungnir. Do outro lado da plataforma onde estavam Loki, Thor e Frigga, Karnilla observava Amora, os lábios pressionados firmemente juntos. Com duas tranças negras caindo sobre o rosto, ela parecia ainda mais pálida do que o normal.

– Amora de Nornheim – Odin disse com a voz que usava para as reuniões e assembleias da corte, embora mais ninguém estivesse presente ali. O eco fez o salão parecer ainda mais vazio. – Você foi acusada de traição, furto, destruição de uma relíquia sagrada e roubo. Você tem algo a dizer para se defender?

Com a cabeça ainda baixa, Amora respondeu:
– As acusações são um pouco redundantes.

Ao seu lado, Loki sentiu Thor ficar tenso. Odin ergueu uma sobrancelha.

– Como é?

– Furto e roubo não são a mesma coisa, meu rei? – ela perguntou. – Acho que você está tentando inflar a lista de acusações contra mim usando sinônimos.

– Silêncio! – Loki esperava que o grito viesse do pai, mas foi Karnilla quem ergueu a voz. Amora tremeu. Karnilla desceu as escadas rapidamente, sua capa raspando em cada degrau. – Eu dei tudo a você. Um reino para herdar. Instrução para usar seus poderes. Um lar.

– Uma jaula – Amora rebateu.

— E é assim — Karnilla disse, a voz se erguendo outra vez — que você me retribui. Você desrespeita o seu rei. Você desrespeita a mim. Você pega as ferramentas que recebeu para controlar seu dom e as joga fora. Você se deixa controlar e corromper pelo seu poder.

— Eu não quero ser controlada — Amora argumentou. — Eu sou poderosa, então me deixe ser poderosa!

— E é esse poder que será a sua perdição — Odin interrompeu. — Pedi a Karnilla que defendesse a sua posição. Perguntei à sua delegação de Nornheim se alguém gostaria de atestar seu bom caráter. Ninguém quis. Ninguém quer defender você, Amora.

Loki deveria ter falado algo. Ele queria falar. Sentiu as palavras na ponta da língua: *Fui eu. Eu deveria receber a punição. Eu que sou poderoso e perigoso demais.*

Quando ergueu o rosto, Amora olhava para ele. Ela se sacrificara por ele, mas nenhum dos dois esperava por aquilo. Loki baixou a cabeça e continuou em silêncio.

— Seus poderes são fortes demais para continuarem sem controle, e você se recusa a controlá-los — Odin prosseguiu. — Assim, você será banida para Midgard, onde permanecerá para o resto de sua existência.

Loki precisou segurar seu assombro. A morte sob as mãos de um carrasco seria mais misericordiosa, pois aquilo era a morte em sua forma mais lenta, mais cruel. Em Midgard, não havia magia, nenhum poder para ser canalizado, poder que estava ligado intrinsecamente à vida de Amora. Aquela ideia fazia sua pele ficar arrepiada, pensar em perder sua magia devagar, devagar, devagar, uma gota por vez extraída dele pelo mundo em que seria forçado a viver. Era uma desonra. Era doloroso. Era a morte. Se Odin tivesse alguma compaixão, teria deixado o machado cair rápido e acabar com aquilo ali mesmo.

Os olhos de Amora se arregalaram, um raro lampejo de medo queimando incandescente, consumindo todo o seu ser. Seja lá o que tivesse esperado quando se responsabilizou por Loki dentro do cofre, não era aquilo.

– Por favor, não.

– Você será levada agora para o observatório, e a Bifrost se abrirá – Odin continuou enquanto a voz de Amora se tornava um grito. – E não abrirá mais para você.

– Não! Por favor! – Amora se debateu. – Karnilla, por favor, não deixe que façam isso comigo! Por favor!

A um aceno de Odin, os guardas começaram a arrastá-la, mas Amora se debatia como um falcão acorrentado. *Fale algo*, Loki disse para si mesmo. *Salve-a*. Mas ele não conseguia falar.

– Karnilla, por favor! Vossa Majestade, tenha clemência! Clemência! – Os joelhos dela atingiram o chão, e Loki sentiu como se fosse um terremoto. – Prenda-me em seus calabouços. Deixe-me apodrecer lá. Prenda-me em Nornheim, jogue-me em um buraco de minhoca, mas, por favor, não isso!

Os guardas abandonaram as correntes e começaram a puxá-la pelos cotovelos, arrastando-a de costas pelo corredor.

– Karnilla! – Ela se contorceu, suas súplicas mudando. – Frigga! Minha rainha, minha senhora, por favor, tenha clemência! Intervenha.

– Mãe – Loki falou muito suavemente, mas sentiu os dedos de Frigga contra suas costas.

Os guardas estavam quase na porta. A voz de Amora era um grito ensurdecedor agora:

– Minha rainha, por favor! Por favor! Frigga! Loki, espere! Loki, por favor, diga a eles...

As portas se fecharam, e Odin finalmente se levantou, voltando-se para Loki. Ele sentiu Thor se afastando, evitando o disparo de raiva do pai, mesmo que não fosse direcionado a ele.

Frigga deu um passo adiante, ficando entre os dois.

– Odin, deixe estar...

Mas Odin ergueu a mão.

– Deixe-me falar com meu filho. – Frigga silenciou, mas não recuou quando Odin se aproximou deles. Os passos do rei pareciam mais vagarosos do que o normal, e ele se apoiou pesadamente em sua lança quando ficou diante de Loki.

– Considere isto um aviso, meu filho – Odin disse –, daquilo que acontecerá com você caso também se torne imprudente com seu poder. Seu título não irá mais protegê-lo. Não permitirei que você seja a ruína deste reino.

E lá estava. Aquilo que Odin vira no Espelho do Olho de Deus, desnudado a seus pés. Agora ele sabia. Thor sabia. Todos sabiam qual príncipe se voltaria contra Asgard.

Loki sentiu a garganta apertar, as mãos se fechando em punhos.

Ele poderia ter falado. E queria falar. Queria ser como Thor e argumentar com seu pai e sair sentindo-se justo e correto, sabendo que Odin ficaria secretamente satisfeito com seu temperamento explosivo e com a maneira como defendera sua posição. Mas ele não era seu irmão. Insolência não seria um sinal de força, mas de rebeldia. Ele e o irmão podiam jogar o mesmo jogo proposto pelo pai, mas as regras nunca seriam as mesmas. A escuridão se move de um jeito diferente da luz. Ela sempre está lá antes da luz. Precisa ser mais rápida, e mais esperta, e mais furtiva.

Loki não era seu pai. Não era seu irmão ou sua mãe. Ele era Amora, e ela fora levada algemada e banida para Midgard. Ele precisava ser mais esperto e mais discreto do que ela. Precisava aprender tudo o que podia e nunca deixar que descobrissem o quanto ele sabia.

Ele não se sentia um príncipe. Poderia nunca se tornar rei. Não nascera para ser soldado e ainda não sabia se queria ser um vilão. Não sabia se tinha alguma escolha sobre isso.

A única coisa que sabia com certeza era que ele era poderoso.

Poderoso o bastante para acabar com o mundo.

Parte dois

Capítulo Sete

Thor foi o primeiro a complicar a missão diplomática em Alfheim.

Ele e Loki receberam todas as informações necessárias sobre a cultura dos Elfos de Gelo e o protocolo da Corte de Gelo. Uma cultura que ditava que os convidados não falassem primeiro na presença da realeza. Mesmo assim, no momento em que o Príncipe-General Asmund entrou na antecâmara, Thor disse: "Asmund!". A saudação ecoou por todo o espaço subindo até o teto alto, fazendo as estalactites de gelo tremerem. A voz de Thor, como tudo mais sobre ele, parecia criada para o campo de batalha.

Talvez tivesse sido um erro não intencional, ou talvez Thor se lembrasse, mas simplesmente preferisse ignorar as regras, querendo impor sua dominância, como vinha gostando cada vez mais de fazer ultimamente. Talvez Thor tivesse realmente cochilado durante as aulas em vez de apenas "descansar os olhos" como dissera, e agora realmente ignorava o próprio erro. Qualquer que fosse o caso, Loki fez uma nota mental para se lembrar de que, quer aquela missão falhasse ou não, fora Thor quem estragara tudo primeiro.

Provavelmente não importaria – Loki tinha certeza de que, no fim, a culpa recairia sobre ele caso a missão não saísse como planejado. Loki poderia estar a três reinos de distância amarrado em uma cadeira, e Odin ainda encontraria um jeito de responsabilizá-lo por qualquer problema.

Mas Loki geralmente não estava a três reinos de distância dos problemas. E certamente nunca amarrado em uma cadeira.

Loki não viajava muito com Thor em missões passadas por seu pai nos Nove Reinos. Ele nunca se destacara no campo de batalha, e lhe diziam que, nas negociações, seu olhar era desconcertante, tão afiado que poderia até cortar a nobreza dos outros reinos.

Ele e Thor tinham idade suficiente para serem considerados homens na tradição asgardiana, mas Loki ainda era o menos musculoso, o menos loiro dos príncipes. Cada conversa com os líderes estrangeiros começava com algum comentário sobre o quanto ele se parecia pouco com o pai, ou o quanto seu irmão se parecia em contraste. Talvez Odin não gostasse de enviá-lo apenas para evitar perder tempo com aquelas observações. E, enquanto Thor era agressivo e imponente de um jeito que poderia ser confundido com habilidade de liderança, Loki falava mais suave e não atravessava o punho por tantas paredes; por algum motivo as pessoas interpretavam isso como ele sendo escorregadio.

Tem alguma coisa sobre você, Thor havia dito uma vez, *que faz as pessoas simplesmente não confiarem em você.*

Mas ele estava tentando. Loki passou os últimos anos se lançando sobre os estudos, trabalhando duro, com inteligência, esforçando-se para ser um soldado melhor, um feiticeiro melhor, um príncipe melhor, um homem diferente da versão que seu pai vira transformando-se em traidor de Asgard no Espelho do Olho de Deus.

Odin estava cada vez mais cansado. Ele se levantava lentamente, reclamava das juntas, cochilava depois de duas canecas de hidromel, às vezes à mesa, antes mesmo de os banquetes terminarem. E os príncipes já estavam na idade. Mas, a cada dia que se passava, e por mais duro que Loki trabalhasse, ficava mais difícil fingir que Odin realmente estava pesando suas opções quando considerava quem seria seu herdeiro. O dia em que Odin passaria a coroa se aproximava, e já parecia decidido sobre qual testa ela repousaria.

Essa era a armadilha de se enxergar o futuro, Loki começara a pensar – se Odin nunca tivesse olhado no Espelho, se nunca tivesse visto Loki liderando um exército, ele ainda poderia considerá-lo como herdeiro ao trono. E, se ele fosse rei, por que lideraria um exército contra seu próprio povo? Talvez o futuro fosse apenas inevitável quando você começava a moldar suas ações para se encaixar nele.

Mas Loki tentava, todos os dias, provar que era diferente daquilo que o futuro havia prometido a seu pai que ele se tornaria. E, agora, Loki estava em Alfheim, com Thor, em uma missão dada pelo rei – explicar aos Elfos de Gelo a situação das Pedras Norn perdidas e assegurá-los de que Asgard tinha a situação inteiramente sob controle.

E, pelo menos, foi Thor quem cometeu o primeiro erro.

O Príncipe-General Asmund parou na porta, com fileiras de guardas atrás dele, olhando uns para os outros. Um dos guardas, seus longos cabelos brancos presos em tranças elegantes que emolduravam o rosto, deixou a mão descer até o cabo da espada, como se pudesse ser pessoalmente encarregado de despachar o filho de Odin.

Asmund cruzou os braços sobre o peito, os fios prateados de sua túnica refletindo a luz invernal. Seu cabelo era longo e loiro como o de Thor, mas, enquanto o cabelo de Thor tinha a cor do sol, o de Asmund era loiro de um jeito que parecia faltar pigmentação. Sua pele também era branca, tão pálida que emanava um tom azulado. A pele de todos os Elfos de Gelo era daquele jeito, como se eles fossem forjados no coração de uma geleira. Todos pareciam formados pela neve, feitos para se misturarem à paisagem congelada que cobria sua terra natal. Bastava a imagem do Príncipe-General de cabelos claros, uma leve linha de gelo sobre suas sobrancelhas, para deixar Loki ainda mais ciente do frio que fazia ali, mas que ele pouco sentia. Thor vinha se mexendo e tremendo sob seu manto de pele, mas Loki não se importava com as temperaturas gélidas. Curioso.

Quando Asmund parou, claramente desconcertado pela quebra de protocolo de seu irmão, Thor entendeu aquilo como um convite para seguir em frente, com uma mão estendida para cumprimentar o Príncipe-General.

Loki estremeceu, achando graça. Erro número dois – os Elfos de Gelo não apertavam as mãos. Os Elfos de Gelo evitavam contato físico sempre que possível, acreditando que, mesmo um leve toque no ombro, seria um gesto de insuportável intimidade.

Asmund olhou para a mão de Thor, depois para seu sorriso largo e para seus brilhantes olhos azuis. Loki continuou parado, meio que esperando que o irmão levasse um tapa no rosto por sua audácia e meio preparado para defendê-lo se isso acontecesse. Então, laboriosamente, um dedo por vez, Asmund tomou a mão de Thor. Foi um gesto endurecido, a execução de um ato do qual ele ouvira a descrição, mas nunca testemunhara pessoalmente, porém Thor o agarrou de imediato pelo cotovelo e deu um tapa em suas costas forte o bastante para derrubar alguns cristais de gelo de seu cabelo.

– É bom ver você, General.

E Asmund sorriu.

Loki poderia atear fogo no mundo. Ali estava ele, de joelhos em uma profunda reverência que fazia seus músculos doerem, tendo estudado a etiqueta dos Elfos de Gelo até os olhos secarem em preparação para aquela missão, e Thor mantivera o decoro equivalente a chutar uma porta, mas o príncipe não pedira por sua retirada imediata. Como Thor conseguia ganhar cada homem que encontrava com apenas um sorriso?

— Bem-vindo, Thor, filho de Odin — Asmund disse, as palavras alcançando os ouvidos de Loki no asgardiano traduzido pelo Todas-as-Línguas. Os olhos de Asmund passaram sobre o ombro de Thor, para onde Loki ainda se curvava tão baixo que já estava prestes a se tornar parte do chão, e disse: — E a você também, Príncipe Louco.

Loki cerrou os dentes.

— É Loki.

— Não foi isso que eu disse? — o Príncipe-General respondeu.

Thor riu. Loki fechou o rosto. Ótimo, agora eram os dois.

— Meu pai envia suas saudações — Thor falou, enquanto Loki se endireitava, cada osso de sua coluna estalando e ecoando no frio do saguão. — E sua gratidão por nos receber em sua corte.

— A honra é nossa — Asmund respondeu.

Amora teria achado graça, Loki pensou. Ela também começaria a chamá-lo de Príncipe Louco — ela teria achado isso hilário. Em sua ausência, às vezes Loki se flagrava imaginando Amora ali junto a ele, o que ela diria e como acharia graça de tudo. Ela diria que era divertido como ninguém se importava com as Pedras Norn até elas desaparecerem. Que coisa estranha ter algo que só assustava quando desaparecia.

Amora. Ele sentia sua ausência todos os dias como areia sob a pele, um grão irritante que raspava contra cada pensamento, cada feitiço que conjurava em seus dedos. Onde ela estaria agora? Depois de seu banimento, Amora desapareceu da vista de Heimdall. Ninguém sabia onde ela estava. Talvez estivesse morta. Talvez Midgard tivesse drenado sua força e magia tão rápido que ela murchou até sumir. Talvez estivesse se escondendo em algum canto do cosmos onde aqueles que não queriam ser encontrados ancoravam-se uns aos outros. Ele se apegava a essa esperança, de que um dia, se fosse coroado, ele poderia encontrá-la e trazê-la de volta para Asgard onde Amora serviria como sua feiticeira, assim como Karnilla servia a Odin. Era uma fantasia tola por muitas razões, a primeira delas sendo que Amora provavelmente não tinha mais poderes. A segunda, que era muito improvável que ele se tornasse rei algum dia.

Mas quem ele seria caso Amora não tivesse sido banida? Um feiticeiro mais forte? Um candidato melhor ao trono, com o conhecimento que ela repassaria a ele depois de aprender com Karnilla? As lições de feitiçaria da mãe haviam reforçado seu controle sobre o próprio poder, mas ela nunca o incentivaria a testar a si mesmo do jeito que ele sabia que Amora faria. Talvez Loki não estaria em Alfheim, os joelhos estalando alto quando se levantou, com Thor lhe lançando um olhar como se fosse ele quem estivesse passando vergonha.

Asmund falou, erguendo uma mão ossuda para mostrar o corredor atrás deles:

– Temos um banquete preparado.

— Não fomos enviados para jantar com você — Thor respondeu. — Apenas para repassar as informações sobre a situação...

— Mas podemos conversar durante o jantar. Venham, sigam-me, vocês devem estar famintos. Eu insisto.

— Ficaremos contentes em nos juntar a você — Loki interrompeu, e, quando os olhos de Asmund deslizaram para seu rosto, lentos como uma geleira, ele se curvou novamente, embora não tão baixo desta vez. Tinha medo de nunca mais ser capaz de se levantar caso descesse até o chão. — Com a permissão de Vossa Graça.

Thor e Asmund o encaravam como se Loki fosse algo preso debaixo de seus sapatos. Loki jogou as mãos para cima metaforicamente e decidiu abandonar todo o protocolo que havia estudado. Ao que tudo indicava, a corte dos Elfos de Gelo se importava apenas seletivamente com as boas maneiras.

Os Elfos de Gelo serviram doze pratos, cada um mais frio do que o outro, com as conversas sendo permitidas apenas na troca de cada prato. O único som que se ouvia durante as refeições era um mastigar molhado, o que arruinou completamente o apetite de Loki.

Thor se remexeu ao seu lado durante todo o tempo, devorando a comida e depois mal fingindo esperar para discutir o assunto que eles estavam lá para tratar. À frente deles, Asmund comia devagar, lambendo os dedos e roendo os ossos das lebres-da-neve que foram servidas inteiras, encontrando coisas para mordiscar em seu prato até a chegada da refeição seguinte para que ninguém pudesse dizer uma palavra. Até Loki já não conseguia esconder a frustração com aquele atraso óbvio. Ele olhou para o teto, as abóbodas angulares e brilhantes como flocos de neve fractais, cada uma incrustada com orbes azuis que emitiam luz, mas não calor. As paredes do salão de banquete pareciam feitas de água corrente que fora congelada no meio do caminho, com cenas da história de Alfheim esculpidas ao redor das bases. Loki pensou em como o artista ficaria furioso se o clima mudasse repentinamente e todo aquele trabalho derretesse. Quase ficou com vontade de atear fogo em tudo.

Quando a última refeição finalmente foi retirada, Asmund limpou os cantos da boca com seu guardanapo, e depois o dobrou cuidadosamente três vezes. As rendas das bordas ficaram levemente manchadas.

– Então. O assunto que os trouxe aqui, Filhos de Odin.

Thor se inclinou para a frente, os cotovelos na mesa. Uma veia em sua testa pulsava de tanto se esforçar para ficar em silêncio.

– Com certeza você já ouviu que um conjunto de Pedras Norn foi roubado da feiticeira Karnilla.

Asmund ergueu uma mão para que sua taça fosse reabastecida, e Loki notou os anéis brilhantes que adornavam seus dedos, cada um com uma ponta afiada para que os nós dos dedos ficassem cobertos por estacas de gelo.

— Ah, sim. As Pedras Norn de Karnilla. Os amplificadores mágicos mais poderosos dos Nove Reinos.

Loki olhou para Thor, tentando saber se o irmão também estava começando a sentir uma terrível sensação de perigo.

— De fato, Vossa Majestade.

— E ela não sabe onde estão.

— Ela perdeu um conjunto — Thor disse. — Cinco de muitas.

— E ela não as perdeu — Loki esclareceu. — Foram roubadas dela.

— E ela não consegue senti-las? — Asmund perguntou.

— Apenas quando são usadas — Loki respondeu. — E seus intrépidos ladrões ainda não as usaram.

— Mas estamos aqui, em nome de nosso pai, para discutir com você os planos de Asgard para recuperá-las, e como você e seu povo podem nos ajudar com isso.

— E o que acontecerá com as Pedras quando elas forem recuperadas? — Asmund perguntou.

— Serão devolvidas a Karnilla em Nornheim — Loki respondeu.

— De onde já foram roubadas uma vez.

— Nenhuma fortaleza é impenetrável — Loki rebateu. — Mas a segurança foi reforçada desde o roubo.

Um dos criados apareceu entre Loki e Thor, uma garrafa prateada nas mãos para encher seus cálices. O líquido branco parecia uma lama gelada. Loki precisou apenas cheirar seu cálice para saber que a bebida era doce demais para seu gosto.

Asmund apertou os lábios, os dedos tracejando a borda de sua taça.

— Se Asgard requer nossa ajuda para recuperar a relíquia que perderam, então gostaríamos de discutir uma distribuição mais liberal dos artefatos mais perigosos dos Nove Reinos.

— Você quer as Pedras Norn? — Thor exigiu saber.

Asmund ergueu uma sobrancelha.

— Apenas um conjunto. Cada reino deveria possuir um, para que possamos amplificar nossos próprios poderes e nos proteger, em vez de deixar que Asgard faça isso por nós.

— Você está seguro sob a proteção de nosso pai — Thor respondeu.

— Mas as Pedras Norn também não estavam?

— Os asgardianos são os protetores dos Nove Reinos. Tem sido assim por muitos séculos. Não viemos aqui discutir uma grande mudança nos poderes políticos. Você está sendo comunicado sobre o que vai acontecer após um incidente que pode afetar o seu reino, na esperança de que possa se proteger melhor contra isso. É uma cortesia que não precisamos lhe conceder.

— O que meu irmão quer dizer — Loki argumentou enquanto Thor fechava os punhos ao lado do corpo — é que as Pedras Norn pertencem a Asgard.

Asmund tomou outro gole de seu vinho doce.

— Elas pertencem a Nornheim.

— Uma província de Asgard — Thor respondeu rispidamente.

Loki cerrou os dentes.

– As Pedras Norn são protegidas por nossa feiticeira real como uma maneira de amplificar seu poder para que as pessoas de todos os Nove Reinos possam ser beneficiadas.

– Isso também significa que Asgard possui magia que pode ser projetada sobre outro reino – Asmund respondeu. – Sobre qualquer reino.

– Uma feiticeira asgardiana nunca usou mágica contra outro reino – Thor interrompeu. Aquela provavelmente era a única informação em que ele esteve acordado o bastante nas aulas de história para decorar.

– E mesmo assim ela conseguiu perder um conjunto para um ladrão comum. – Asmund encarou Thor e depois sorriu outra vez, mas o sorriso não alcançou seus olhos. – Você entende o poder que as Pedras Norn possuem? Elas são limitadas apenas pela imaginação de quem as usa. Elas podem transformar a matéria, criar portais entre reinos, lançar ilusões, aumentar habilidades, acordar os mortos. Por que a feiticeira de Asgard deveria reter todos esses poderes só para ela? Manter as Pedras Norn em um único lugar as torna poderosas demais para qualquer reino. Esse poder deveria ser dividido.

– E você acha que seu reino é digno de possuí-las? – Thor perguntou.

O rosto de Asmund permaneceu plácido, mas Loki percebeu a linha de seu queixo retesar quando ele cerrou os dentes.

– Tão digno quanto Asgard. Também tenho o apoio da corte dos Elfos de Gelo do sul, e nossa delegação em Vanaheim me assegurou de que eles se juntarão à nossa causa.

– Então existe uma união dos Nove Reinos tramando contra Asgard – Thor disse. – Você nos convocou aqui apenas para que caíssemos em uma armadilha?

– Se Odin deseja continuar discutindo o assunto, ele pode vir pessoalmente em vez de enviar seus dois garotos.

– Nós falamos por nosso pai – Thor respondeu.

– Seu pai nunca seria tão forçoso e desajeitado como vocês, Filhos de Odin.

Thor se ergueu, suas pernas atingindo a mesa com tanta força que ela levantou. O vinho branco de gelo foi derramado sobre o tampo, encharcando a toalha de renda. Loki também se levantou, agarrando o irmão pelo braço – como se isso fosse adiantar de alguma coisa para impedir Thor, mas às vezes só a sua presença já era suficiente. Ele lançou um pequeno feitiço, que diminuía o batimento cardíaco e acalmava alguém perturbado. Thor respirou fundo, a pele em seu braço tremendo.

Asmund não se abalou. Sua taça ainda estava em sua mão, e ele tomou um gole delicado.

– Vocês são bem-vindos em nossa corte para passar a noite, Filhos de Odin. Talvez amanhã possamos discutir mais sobre o assunto.

– É claro – Loki disse por cima do protesto que Thor começava a falar. Sob sua mão, sentiu os músculos do irmão se retesando outra vez. – Obrigado por sua hospitalidade. Nós nos retiramos agora.

Ele se virou e trombou com a capitã da guarda, que se aproximava para o caso de Thor realmente derrubar a mesa. Os dois se apoiaram um no outro para não cair.

– Desculpe-me – a capitã murmurou.

– Foi culpa minha – Loki respondeu com um sorriso, depois se virou para o irmão. – Thor? Vamos?

Thor encarava Asmund com os olhos cerrados. Ele virou de repente para ir embora, passando por Loki e pela capitã e saindo do salão a passos pesados, as portas do lugar batendo com força na parede quando ele saiu.

Capítulo Oito

– Que loucura é essa? – Thor perguntou, irritado, enquanto eles seguiam os guardas pelo corredor até seus aposentos. Loki mal conseguia acompanhar – mesmo com os cravos na sola das botas, ele achava difícil andar no chão de gelo. – Aquelas Pedras não pertencem a Alfheim, ou a qualquer outro reino. Elas pertencem a Asgard!

– Tecnicamente, Nornheim – Loki respondeu.

– Uma província de Asgard.

– Sim, eu ouvi da primeira vez. É bom saber que você prestou atenção aos primeiros cinco minutos da aula de geografia. O seu tutor ficaria orgulhoso. – Os pés de Loki escorregaram no piso de gelo e ele deslizou por alguns passos, quase caindo. Thor o agarrou e o endireitou, embora a consideração do gesto tenha se perdido diante da força que ele usou e do olhar de desaprovação que se seguiu.

— Não me provoque, Loki. Não estou com humor para brincadeiras.

— Você parecia de muito bom humor quando se derramou todo com a realeza dos elfos.

— Eu estava sendo amigável.

— Você estava sendo informal. Você não leu o sumário da bibliotecária?

Thor soltou mais um rosnado e bateu a mão no ar como se estivesse espantando aquela frase.

— Não tenho tempo para leitura.

— Eu sei, ficar escondido beijando Lady Sif toma muito do seu tempo.

Por um momento, ele pensou que Thor fosse esmurrá-lo contra a parede, e se perguntou se aquilo seria um incidente interdimensional ou apenas doméstico. Será que uma briga entre irmãos significaria mais ou menos crise caso acontecesse fora de seu próprio mundo? Thor já partira para cima dele muitas vezes sem com isso incitar algum tipo de guerra.

— Milordes — um dos guardas interrompeu, e Loki percebeu que eles haviam parado na frente de uma porta.

Quando os guardas abriram caminho para que entrassem, Thor irrompeu pelo cômodo sem dizer nenhuma palavra, e Loki o seguiu, acenando brevemente com a cabeça para os guardas. O quarto tinha o mesmo teto angular do salão do banquete, embora as paredes fossem lisas e forradas com grossas tapeçarias. Loki imaginou que fosse o quarto para hóspedes que não estavam acostumados com o frio. As camas estavam cobertas com peles cinzentas, com uma janela construída na parede oposta. Thor se jogou em uma das camas, ignorando o baque de sua cabeça atingindo a cabeceira de gelo. Loki não ousou ter esperança de que seu irmão fosse nocauteado pela cama e ficasse quieto por um tempo. Ele atravessou o quarto até a janela e olhou para o pátio e para os guardas patrulhando os arredores.

– Não era para ser simples? – Thor perguntou de repente. – Nosso pai disse que tudo isso seria simples.

Loki respondeu sem olhar.

– Não existem missões simples vindas de nosso pai.

– Não quando você está envolvido – Thor rebateu.

Os olhos de Loki se voltaram para Thor. Ele conhecia o irmão bem o bastante para saber quando Thor estava sendo maldoso apenas pelo prazer de irritá-lo, e sabia que a resposta mais enervante que podia dar era manter um tom de voz calmo.

– Você está se referindo às missões que não envolvem socar todo mundo?

– Eu tenho... outras habilidades!

– Mas usar palavras polissilábicas não é uma delas.

– Então, será você quem retornará até nosso pai para falar, com quantas sílabas quiser, que saímos com instruções de articular um plano de recuperação e retornamos com uma guerra interdimensional – Thor rebateu rispidamente.

– Você é tão dramático.

– O que diremos ao nosso pai?

– Não precisamos dizer nada se os Elfos concordarem em desistir dessa proposta ridícula.

– E como vamos convencê-los disso?

– Nós provamos que o Prisma deles não está nem de longe seguro como eles afirmam.

– O Prisma? – Thor repetiu.

– O centro do palácio. O lugar mais seguro de Alfheim. Sua magia é usada para energizar toda a corte e criar uma luz que não emite calor. Sério, pelo menos *passe a vista* nos sumários da missão.

– E como você propõe invadir a câmara do Prisma?

– Vamos começar por aqui. – Loki colocou a mão dentro do bolso de seu casaco, retirou um conjunto de chaves pesadas e o jogou sobre a cama ao lado de Thor.

Thor se sentou, olhando para as chaves, depois olhou para Loki.

– Onde você conseguiu isso?

– Foi um presente.

Na verdade, quando Thor estava dando seu showzinho no jantar, Loki esperou a capitã da guarda passar atrás de sua cadeira antes de se retirar para que pudesse trombar nela. Ela era uma guarda de alta patente – tinha uma pluma no capacete que nenhum dos outros usava, e o cabo de sua espada era mais ornado. Quando colidiram, ela havia se distraído com os pedidos de desculpa e com o desgosto natural dos Elfos por contato físico. Loki roubara as chaves que avistara no bolso dela e as substituíra por seus talheres para que ela não desse falta do peso. Não tinha certeza sobre quando a ausência seria notada, mas até agora nenhum alarme havia disparado. A capitã provavelmente ficaria envergonhada demais para admitir a falha por pelo menos mais um dia. Ela faria seus companheiros usarem suas chaves, procurando clandestinamente. Se Loki estivesse generoso, talvez ele as deixasse jogadas em algum lugar para serem encontradas mais tarde, e a capitã não teria que admitir que perdera suas chaves.

No momento em que Asmund havia virado a conversa contra eles, Loki começara a planejar o que faria em seguida. Thor pode não ter percebido aquela jogada se aproximando, mas Loki a sentira fermentando no ar. Os Elfos não ouviriam seus argumentos e estavam claramente usando as Pedras Norn perdidas como uma maneira de começar uma briga com Asgard que há muito tempo desejavam, então a única maneira de impedi-los seria provar que seu reino não era tão seguro assim. Forçá-los a recuar em silêncio sem que o pai viesse a saber sobre os burburinhos de uma insurreição.

Ele não podia falhar naquela missão. Talvez Thor pudesse, mas Loki tinha muito mais a provar, e poucas chances para fazer isso.

– Podemos continuar nossas negociações amanhã – ele disse –, chegar em um impasse tenso com o Príncipe-General e voltar para Asgard para contar ao nosso pai que nós deixamos o Príncipe-General e seus Elfos de Gelo, um homem cujo reino inteiro caberia em um armário do palácio de Asgard, nos passarem para trás. E que também uma coalisão entre os reinos está se formando, duvidando da capacidade de Asgard em proteger suas relíquias, colocando em questão nossa autoridade no universo.

– Ou?

– Ou provamos que, mesmo com todos os esforços, a segurança dos Elfos de Gelo não se compara com a que temos em Asgard. Eles não poderiam proteger as Pedras, muito menos qualquer outra relíquia, do jeito que nós protegemos. Asmund é colocado em seu devido lugar, e nós voltamos para nosso pai com a anuência do Príncipe-General de Alfheim em nos ajudar a encontrar as Pedras Norn.

Thor não respondeu.

– Mas, se você não estiver disposto a tomar controle da situação – Loki continuou –, então tudo bem. Talvez a sua próxima missão envolva mais negociações com os Elfos de Gelo. Apesar de quê, eu acho que Odin iria supervisionar a missão dessa vez, já que falhamos sozinhos. Mas nosso pai ficaria com a gente. Do nosso lado, na verdade. Provavelmente não teríamos permissão para falar, já que estragamos tudo agora.

Thor bateu com um punho sobre a palma da mão. Loki jurava que podia ouvi-lo pensando – um som como o de engrenagens enferrujadas.

– Pare de me provocar.

– Estou só dizendo a realidade da situação – Loki respondeu. – Aquelas Pedras são propriedade de Asgard. São poderosas e perigosas, e não deveriam estar sob os cuidados de uma corte cuja capitã da guarda não nota que suas chaves foram roubadas do próprio bolso. Então, se não formos nós, quem será o próximo ladrão a ganhar acesso a elas? Se os Elfos de Gelo tivessem um conjunto de Pedras Norn, elas chegariam ao mercado negro de Svartalfheim antes do próximo banquete oficial em Asgard.

Thor apanhou as chaves, jogou-as no ar e as pegou de novo. E então sorriu para Loki – certamente, o primeiro sorriso que abria para o irmão desde que chegaram. Provavelmente em até mais tempo que isso.

– Era para ser uma missão fácil.

Loki puxou o casaco de pele de volta sobre os ombros. Podia sentir um encanto faiscando na ponta de seus dedos.

– Mas não seria entediante?

Capítulo Nove

Os corredores da Corte de Gelo estavam todos cobertos por uma fina camada de neve, mas essa superfície se tornava mais áspera e congelada conforme eles se aproximavam do centro do palácio. Eles esperaram a noite cair para sair dos aposentos, mas os orbes presos dentro do gelo ao longo dos corredores ainda emanavam uma estranha luz azul. E era a luz perfeita para se mover furtivamente, Loki pensou.

A temperatura continuava a cair quanto mais eles andavam para dentro da corte. Mesmo os poucos guardas que encontraram – cada um facilmente despachado com um pequeno feitiço que os encorajava a olhar para o outro lado ou, se Loki não fosse rápido o bastante, um tapa forte na nuca enviado por Thor – vestiam mantos mais pesados do que os soldados vigiando a mesa do jantar. O material das roupas parecia liso e oleoso, como escamas de peixe.

— Por que você não está com frio? — Thor sussurrou para Loki. Ele estava de braços cruzados com força sobre o peito, segurando o manto apertado contra o corpo. Preso em seu cinto, seu martelo, Mjolnir, criava uma estranha protuberância sob o tecido.

Havia três conjuntos de portas que precisavam ser invadidas até chegarem ao Prisma, todas esculpidas com gelo espesso, construídas para favorecer mais a força do que a estética. Cada uma se abria com uma chave diferente da capitã. Alfheim não possuía as correntes mágicas que energizavam sistemas de defesa mais avançados como os de Asgard.

Por trás do último conjunto de portas, o teto do salão tinha a altura de uma catedral. Em seu centro, envolto em gelo, havia um enorme cilindro de luz azul pulsante. Loki sentiu a nuca arrepiar, a força de tanta magia concentrada em um único espaço vibrando através de seu corpo. Uma ponte estreita corria da porta até a plataforma que cercava o Prisma. Parecia tão delicada que Loki tinha certeza de que desabaria sob o peso dele e de Thor. Havia água embaixo da ponte, sua superfície brilhando com pedaços de gelo. Um fino rastro de água frígida caiu do teto e pingou em suas costas. Loki olhou para cima. O teto estava repleto de fileiras de estalactites de gelo, translúcidas e tremendo como se estivessem prontas para cair. As pontas pareciam afiadas como espadas.

Thor deu um passo hesitante sobre a ponte. A madeira estalou sob seu pé, e os dois estremeceram, mas a estrutura aguentou. Thor deu outro passo, depois outro, até estar a vários metros da porta, e então experimentou dar um salto. A ponte tremeu, mas não rachou. Nada se partiu sob seus pés. Ele se virou para Loki.

– É mais forte do que parece. Pode vir. – Quando seguiu para a ponte, Loki notou o Mjolnir na mão de Thor, embora não soubesse para qual luta seu irmão estava se preparando.

Loki sentiu um arrepio na pele, uma sensação diferente daquela provocada pelo poder do Prisma. Uma sensação de perigo que ele não sabia de onde vinha serpenteou por seu corpo, e ele quase olhou para trás para saber se alguém estava vindo. Parecia como se estivessem sendo observados.

– Então. – Thor alcançou a passagem que cercava o Prisma e abriu os braços ao se voltar para Loki. – Invadimos o centro da Corte de Gelo. Provamos que os Elfos são incapazes de guardar as Pedras Norn. O que faremos agora?

Loki postou-se ao lado de Thor e olhou para baixo. Sob a luz cerúlea, sua pele parecia azul, as mãos pouco familiares.

– Podemos desativá-lo – Thor disse. – Ou destruir. Isso provavelmente seria menos técnico. Apesar de ser um pouco mais hostil... O que foi?

– Tem algo errado.

– Como assim, tem algo errado? Isso foi ideia sua.

Loki tentou dar um novo passo na direção de Thor, mas não conseguiu tirar o pé do chão. Gelo se partiu, e ele sentiu o frio subindo pelas calças. Loki olhou para baixo. Uma fina camada de gelo havia começado a se formar ao redor de suas botas. Ele livrou os pés, pisando no gelo até que ele virasse neve.

– Ao sugerir a ideia, eu não disse que seria totalmente sem complicações.

– Então vamos prosseguir antes de encontrá-las. Vamos... – Thor havia começado a andar pelo corredor, mas então parou de repente. Ele olhou para baixo, e, quando Loki também olhou, percebeu que a perna de Thor estava envolta em uma película de gelo quase até a altura dos joelhos. Thor tentou se livrar dela, mas o gelo o havia prendido. Ele rosnou de frustração e começou a bater em sua superfície com o Mjolnir, mas seu lento progresso era desfeito quando a película voltava a subir por suas pernas. Seu outro pé agora também estava preso.

– Loki, o que está acontecendo?

Loki sentiu algo apertando-se ao redor de suas pernas e olhou para baixo. Seus pés estavam presos no gelo, grandes e grossos pedaços de cristal mantendo-o no lugar. Ele tentou se libertar, mas o gelo não cedia. Loki criou uma bola de energia quente entre as mãos e tentou derreter o gelo, mas este rapidamente crescia de novo.

Loki sentiu outra gota de água em sua cabeça e olhou para cima. O teto parecia brilhar em um tom laranja, uma cor tão fora de lugar em meio aos tons anêmicos da Corte de Gelo que ele pensou se tratar de uma ilusão da luz.

Mas então a primeira estalactite caiu, abrindo um buraco na ponte de gelo que levava de volta para a porta.

– É uma armadilha! – Loki deslizou suas adagas asgardianas para fora das mangas e enfiou uma delas com força na lateral do Prisma, tentando se livrar do gelo que o envolvia. Ele sentiu um puxão nos ombros. Thor conseguira livrar uma perna com o Mjolnir, mas o gelo já subia pela lateral de seu torso. Ele grunhiu, se esforçando, girando o corpo em busca de um ângulo melhor para golpear, mas seu martelo ricocheteou no gelo. Ele jogou a mão no ar, comandando o Mjolnir para que o puxasse para a liberdade, mas Thor estava tão enraizado quanto uma árvore.

Outra estalactite caiu, e uma seção da ponte foi derrubada no gelo lá embaixo, lançando cacos afiados pelo ar. Loki os sentiu atingir seu rosto. A estalactite seguinte derrubou todo o centro da ponte. Longos fluxos de água se derramavam pelo teto, congelando outra vez assim que atingiam as poças no chão.

O gelo agora já estava na cintura de Loki. Ele respirou fundo, tentando convocar toda a magia que conseguia para explodi-lo, mas o gelo era muito resistente e subia rápido demais. Estava apertando seu peito e dificultando sua respiração. E, mesmo se conseguisse se livrar, a única saída do lugar fora destruída. A água lá embaixo subia quando as estalactites caíam, a superfície tornando-se branca e espumosa. Thor gritou de dor quando o gelo se fechou sobre sua mão, ainda segurando o Mjolnir, forçando os ossos dos dedos em uma empunhadura cada vez mais apertada.

E então as portas da câmara do Prisma se abriram de repente, e Loki ouviu gritos. Ele esticou o pescoço e viu soldados se juntando, lanças e arcos apontados para ele e para Thor. O Príncipe-General estava no centro.

Ele empunhava sua própria adaga, mas a segurava casualmente diante de si. Não pareceu surpreso ao ver os príncipes asgardianos no núcleo de sua fortaleza e congelados até o pescoço.

Loki sentiu o coração desabar. Embora preferisse ser capturado a ser engolido vivo por um rio de gelo, isso significava que Odin certamente ficaria sabendo sobre o que eles fizeram. E seu plano para mostrar a força de Asgard se transformaria em um incidente interdimensional um pouco maior do que Loki havia planejado.

Ao seu lado, Thor devia ter adivinhado o que ele estava pensando, pois disse suavemente:

– Não se preocupe, irmão. Nosso pai vai entender.

Capítulo Dez

Odin não entendeu.

– Depois de tantos anos – ele encarava seus filhos, ambos ajoelhados diante do trono com as cabeças baixas, com aquele olhar que poderia derreter toda a Corte de Gelo –, de tantas pessoas dedicando suas vidas para lhes ensinar, de seus estudos, de suas compreensões da diplomacia, que insanidade foi essa que fez vocês acreditarem que a ação mais adequada para aquela situação seria encenar um roubo elaborado das fortificações de um reino aliado em uma tentativa de provar a falta de mérito da reivindicação deles por uma relíquia?

– A relíquia não é deles para que reivindiquem – Thor murmurou. Loki olhou para o irmão. Ele estava encarando o chão, mexendo em um fio solto de sua calça e parecendo mais indignado do que tinha direito de se sentir no meio de um sermão do pai.

– Silêncio! – Odin bateu com a lança Gungnir no chão, o baque do metal na pedra reverberando através da sala do trono vazia. Loki sentiu o tremor nos joelhos subir por todo seu corpo. Até os dentes tremeram. Odin ainda não havia contado para Frigga sobre o fracasso da missão, nem para seus conselheiros ou qualquer membro da corte real, o que era em si uma pequena benção. O Príncipe-General Asmund havia pessoalmente devolvido os irmãos para Asgard, os dois príncipes completamente encharcados e queimados pelo frio. Ele e seus soldados os levaram desde o observatório e pela Ponte Bifrost até a sala do trono com uma marcha tão determinada que nenhuma das sentinelas de prontidão os impediu. O único lado bom era que, nas primeiras horas do dia, poucos membros da corte estariam lá para testemunhar sua vergonha. Foi preciso acordar Odin em sua cama, e ele ainda estava de roupão enquanto passava o sermão. Odin provavelmente era o único ser dos Nove Reinos que conseguia parecer intimidador mesmo de pijama.

Loki se ajeitou sobre a pedra dura. Seus joelhos, ainda não recuperados desde que ficaram congelados por tanto tempo, estavam começando a doer.

– Nós fomos enganados – Thor disse, levantando-se sem receber permissão. Odin não o advertiu. Se fosse Loki, a repreenda de Odin ecoaria pelo salão. – O Príncipe-General nos atraiu para sua corte em uma tentativa de negar assistência a menos que prometêssemos entregar o controle das Pedras Norn a ele.

— E, em troca – Odin respondeu –, vocês não tentaram negociar, nem me consultaram. Vocês cometeram um ato de destruição e subversão.

— Nós fomos provocados – Thor argumentou.

— É claro que foram provocados! – Odin respondeu. – Meus filhos flagrados tentando sabotar a fonte de energia da Corte de Gelo é uma justificativa razoável para se dizer que Asgard não é capaz de cuidar de seus artefatos mais poderosos.

— Pai... – Thor começou a dizer, mas Odin o interrompeu com rispidez.

— Já chega.

Ele ajustou a mão sobre a lança Gungnir, e então disse, com a voz baixa, mas ainda ameaçadora:

— Vocês me desapontaram, meus filhos. Talvez, com a minha idade, e com minha esperança de que vocês se provariam dignos de herdar o trono, eu tenha lhes dado muita responsabilidade e rápido demais.

— A ideia não foi minha – Thor explodiu. Seu rosto estava vermelho e uma veia saltava em sua testa. – Foi Loki quem propôs aquilo como uma mostra de nossa força. Ele orquestrou tudo.

Loki imaginou, momentaneamente, o que seu pai faria se ele transformasse Thor em um furão bem ali no meio da sala do trono.

O olhar de Odin deslizou de Thor para Loki, inflamável como óleo.

— Isso é verdade, Loki?

Loki, ainda de joelhos, ergueu os olhos, primeiro para seu irmão, que não ousava encarar de volta, e depois para o pai, que o encarava com uma intensidade forte demais. Mesmo se tivesse sido sua culpa, Thor não precisava dizer aquilo de forma tão contundente. Eles poderiam ao menos compartilhar a responsabilidade.

— Eu não tive escolha a não ser participar — Thor disse.

Não, Loki pensou, um furão seria bom demais para Thor. Preferia transformá-lo em uma aranha. Algo pequeno e irritante que podia facilmente ser esmagado com o pé.

— Loki — Odin disse.

Loki engoliu em seco, ainda fitando o chão. A luz do sol invadindo a sala do trono parecia brilhante e melosa demais contra os azulejos dourados. Ele quis fechar os olhos.

— É verdade, pai.

— Muito bem. — Odin os encarou por um momento, batendo com os dedos contra o cabo de sua lança. Então, ele disse: — Thor, um rei não tenta passar a culpa de suas ações para os outros. Ele aceita as consequências. Um rei é forte o bastante para assumir seus erros, e admitir quando toma decisões ruins. Ele não alega que não teve escolha, pois sabe que sempre há uma escolha. Você faria bem em se lembrar disso.

— Sim, pai — Thor murmurou.

— E Loki... — Odin se virou para ele, e Loki jurou que viu os círculos sob os olhos do rei escurecerem. Odin soltou um suspiro, depois disse: — Deixe-nos, por favor, Thor. Eu gostaria de conversar em privado com o seu irmão.

Não foi preciso pedir duas vezes. Thor saiu voando da sala do trono, determinado a olhar para qualquer coisa, menos para Loki. A porta se fechou com força atrás dele. Odin se levantou com a ajuda de Gungnir, depois começou a descer a escadaria do trono. Seus passos estavam pesados.

– Levante-se, meu filho. – Loki obedeceu. Ele era mais magro que seu pai, mas quase do mesmo tamanho, a ponto de poder encará-lo de frente quando estavam no mesmo nível. Mas Odin parou dois degraus antes do fim da escadaria, então continuou a olhar para ele do alto. Como era possível que Odin tivesse, com apenas um globo ocular, um olhar mais penetrante do que a maioria dos homens conseguiria, mesmo se fossem feitos só de olhos?

– Recebemos nossos instintos por uma razão – Odin disse, e Loki se preparou para mais um dos sermões do pai sobre moralidade, que soavam profundos até você tentar entender o que realmente significavam. A maioria da corte pensava que as palavras do rei eram simplesmente filosóficas demais para serem compreendidas, mas Loki já havia aguentado palavras demais para saber que geralmente elas não significavam nada.

Odin continuou.

– Nossos instintos nos protegem. Eles nos mantêm seguros. Nossos primeiros instintos vêm de nosso mais sincero coração, de nosso mais puro desejo. E eu me preocupo, meu filho, que seus instintos estejam corrompidos. – Loki levantou a cabeça para argumentar, mas Odin ergueu uma mão. – Eu esperava muito que você estivesse pronto para essa missão. Após anos estudando com sua mãe, eu queria que você estivesse pronto. Queria que fosse digno de tal missão e capaz de deixar seu próprio coração tolo para trás a fim de completar seu objetivo. Eu queria que fosse uma oportunidade para você demonstrar que está pronto para mais missões e para as responsabilidades que cabem aos membros da corte real. Eu temo ter estado errado.

Loki tensionou a mandíbula. É claro que as últimas palavras de Odin para Thor foram sobre o papel de um rei, mas, quando falou com Loki, ele mal o tratou como um cortesão.

– Os Elfos de Gelo estão tramando contra nós – Loki soltou antes que pudesse se impedir.

– Então, você achou justo tramar de volta? – Odin respondeu, a questão soando ao mesmo tempo retórica e sincera.

Loki agora tensionou o rosto inteiro.

– Eu não devo nada a eles.

– Vocês eram convidados na corte deles – Odin disse. – Embaixadores diplomáticos. Você devia a eles o seu respeito. Todas as suas ações, seus instintos básicos da situação, foram o oposto de como você deveria ter se comportado. Existem coisas que não podem ser ensinadas, e uma delas é como mudar nosso coração. Nosso verdadeiro eu sempre aparece no final.

Mil respostas passaram pela mente de Loki, desde *Foi o seu garoto dourado e cabeçudo que estava pronto para nocautear o Príncipe-General*, passando por *Talvez, se você tivesse sido um governante dos Nove Reinos mais benevolente, não teríamos essas disputas diplomáticas* e até *Se você parasse de pensar em mim como nada mais do que o inimigo que você viu no Espelho do Olho de Deus, talvez tivesse para mim a mesma paciência e piedade em seu coração que tem para Thor.*

Mas tudo que ele disse foi:

– Sim, Pai.

Odin se virou, subindo a escadaria outra vez, e disse, com as costas para Loki:

– Thor e eu voltaremos para Alfheim para pedir desculpas formais aos Elfos de Gelo antes de continuarmos a busca pelas Pedras Norn roubadas.

Os músculos das coxas de Loki estavam queimando. Ele queria correr.

– E quanto a mim?

Odin fez uma pausa, o rosto ainda voltado para longe.

– Você permanecerá em Asgard.

Loki ergueu a cabeça de repente.

– Pai...

– Você poderá continuar seus estudos – Odin disse, como se o filho não tivesse falado nada. – E participará das reuniões da corte enquanto estivermos fora.

– Eu deveria sentir gratidão por isso? – Loki falou, a voz cheia de amargura.

Loki sabia que não deveria dizer mais nada. Ele estava pisando em um gelo muito fino ali.

– Não quero ficar aqui enquanto você dá a Thor outra oportunidade para provar que é digno de ser um rei – ele disse. Odin parou, uma das mãos agora apoiada no braço do trono. Loki insistiu: – Me dê outra chance. Outra chance de provar que sou capaz. Meus instintos não foram corrompidos, eu simplesmente cometi um erro. Eu admito isso. Não é o que você disse que um rei deveria fazer?

Odin afundou em seu trono, passando a mão pela barba enquanto estudava Loki.

– Você acha que não dei chances suficientes para você provar que é digno da coroa? – ele perguntou.

Loki podia sentir a cilada se fechando sobre ele, mas mesmo assim respondeu:

– Não, pai.

– E você me pede outra chance.

– Sim.

– Então, você pode se ocupar com uma das tarefas onde a sua tolice me custou tempo. Existe uma questão de magia na Terra...

– Midgard? – Loki desdenhou. – Esquece, ficarei em Asgard.

– Você pediu por mais uma chance – Odin disse.

Loki resistiu à vontade de bater com a mão no chão da sala do trono. Seu pai sempre sabia como virar suas próprias palavras contra ele.

– Que missão você tem para mim em Midgard? – ele perguntou através de dentes cerrados.

– Existe uma organização que monitora a entrada de seres de outros reinos em Midgard. A maior parte dos nativos continua ignorando a existência de outras dimensões, e gostaríamos que permanecesse assim. Eles chamam a si mesmos de Sociedade SHARP.

– Que nome ridículo – Loki murmurou, mas Odin não o ouviu ou simplesmente o ignorou.

– Eles suspeitam de que uma série de mortes misteriosas na cidade de Londres são resultado das forças mágicas de outro reino, e eles gostariam do nosso apoio para uma investigação. – Ele ergueu uma sobrancelha para Loki. – Isso soa excitante o bastante para você? Morte e magia?

Loki deu de ombros.

– São apenas humanos.

– Suas vidas são tão menos importantes do que a sua?

Bom, sim, eles são humanos, Loki pensou, mas não disse.

– Você viajará para Midgard em meu nome – Odin continuou. – Você se encontrará com a Sociedade SHARP e investigará as alegações. Você dará qualquer conselho e assistência de que eles necessitem.

Conselho e assistência. Thor procurava pelo ladrão responsável por roubar um dos artefatos mágicos mais poderosos de Asgard, enquanto Loki estava sendo enviado para sorrir e assentir enquanto humanos agiam de modo histérico perto dele, dizendo como estavam sendo assassinados por asgardianos. Como se os asgardianos não tivessem nada melhor para fazer.

– Você vai retornar quando eu o considerar digno de retornar – Odin disse.

Era um banimento em miniatura. *Sente no canto até você aprender sua lição.*

Loki estava planejando um jeito de escapar daquilo quando Odin soltou outro longo suspiro, dois dedos na têmpora. Até a curva de seus ombros parecia cansada.

Ele sempre parecia cansado nos últimos tempos, mas dessa vez parecia especificamente cansado de Loki.

– Não teste minha bondade – ele disse. – Os efeitos do seu erro tolo serão grandes o bastante para justificar uma punição maior. Você deveria me agradecer por minha benevolência.

Loki encarou seu pai, os músculos tensos. Ele poderia atear fogo na sala do trono, mas isso pareceria óbvio demais.

Em vez disso, fez aquilo que há muito tempo aprendera ser o melhor quando se tratava do pai: ele fez uma reverência com a cabeça e engoliu seu orgulho. Já tinha anos de prática fingindo estar em paz com as escolhas de Odin. Loki era muito bom em se sentar em silêncio e deixar a raiva borbulhando dentro dele sem ser vista.

– Sim, pai – ele disse, e, quando deixou a sala do trono, Odin não o chamou de volta.

Capítulo Onze

Loki retornou para seus aposentos, sentindo-se mais prisioneiro em seu próprio quarto agora do que quando seu pai o exilava ali quando criança, como punição por alguma travessura menor. Mas, assim como nos dias de sua juventude, Loki se permitiu desabar dramaticamente sobre a cama. Ficou olhando para as tapeçarias, a raiva passando por ele apesar de suas tentativas em se controlar. Quantas vezes Thor se comportara de modo muito mais imprudente durante as missões de Odin? E ele nunca fora colocado no banco de reservas daquele jeito, proibido de participar das tarefas que claramente serviam para testar o merecimento dos príncipes à coroa. Será que o problema real foi a armadilha? A premeditação? Ou será que Odin estava simplesmente procurando por uma razão para mantê-lo tão indigno do trono quanto possível?

Thor não bateu na porta, mas Loki reconheceu o som de sua entrada. Ninguém mais tinha uma marcha tão galopante.

— Me deixe sozinho — Loki disse, seu rosto ainda mergulhado no meio do cobertor de pele em sua cama.

— Eu sinto muito — Thor disse.

— Não, não sente. — Loki se sentou na cama, resistindo à vontade de pentear os cabelos com os dedos. Ele sabia que tinha se despenteado nas cobertas da cama, mas a vaidade cedia lugar à raiva em momentos como aquele. — Se você sentisse muito, teria admitido a responsabilidade que era sua. Você não ouviu o que o pai falou?

— Eu não tive nenhuma.

— Ah, que estranho, eu me lembro de um gigante loiro junto comigo quando invadimos a câmara do Prisma dos Elfos de Gelo. Ele estava tentando socar seu caminho para fora dali, mas isso deve ter sido uma alucinação da minha mente pequena.

— Minha presença não significa que sou responsável — Thor rebateu.

— Mas você me apoiou — Loki disse. — Você podia ao menos ter dito isso para ele.

— Sinto muito, Loki, mas não posso arriscar a raiva do nosso pai agora. — A voz de Thor veio com tanta empáfia que fez Loki querer gritar.

— E você acha que eu posso? — Loki respondeu.

— Estou tentando ajudá-lo. E nosso pai também está.

Loki caiu de costas na cama outra vez.

— Vá embora. Estou de mau humor.

— Por favor, não fique com raiva de mim.

— Ah, acho que é um pouco tarde para isso. Você tem sorte por eu não ter lançado minha horda de pequenos dragões sobre você. Eles têm os dentes muito afiados e um apetite insaciável.

— Loki, se eu lhe causei alguma ofensa...

— *Se?*

Thor soltou um pesado suspiro.

— Não sei o que foi que eu fiz — ele disse, a voz mais suave do que o normal.

Loki riu.

— Ora, por favor.

— Estou tentando pedir desculpas.

— Mas nem consegue entender por quê, então eu acho que não conta.

Thor o encarou, fechando e abrindo os punhos ao lado do corpo. Loki se preparou, pronto para que Thor socasse alguma coisa, possivelmente ele mesmo, mas seu irmão apenas disse, com um tom suave e cheio de mágoa:

— Você é muito determinado a me menosprezar, não é?

Teria sido melhor levar um soco. Loki estremeceu como se tivesse levado um.

— Eu não...

Mas Thor ergueu uma mão.

— Poupe-me, irmão. Seja o que for que você tenha contra mim, seja o que for que eu tenha feito a você, espero que saiba que não sou seu inimigo. Quero lutar ao seu lado, não contra você.

Eles encararam um ao outro. Loki desejava saber como explicar por que ele não podia separar seu irmão de todas as forças ocultas que haviam moldado os dois. Tudo o que havia cavado aquele abismo entre eles. Loki não sabia como existir naquele mundo construído ao redor deles, um mundo que eles continuaram construindo para si mesmos, porque não conheciam nenhuma outra maneira de viver. Um mundo que havia decidido que aquilo que o esperava no final era o papel de um traidor.

Finalmente, Thor disse:

– Nosso pai e eu vamos voltar para Alfheim.

Loki rolou de costas, puxando os joelhos até o peito.

– Mande um corvo quando chegar para eu saber que você está bem – ele respondeu secamente.

Silêncio. E então:

– Eu gostaria que você viesse junto.

– Mas eu não – Loki respondeu, encarando a parede. – Estou muito feliz por ser mandado para Midgard com todos os humanos e seus adoráveis rostos humanos e comida gordurosa e sangue sem magia.

– Tenha cuidado – Thor disse.

Loki fez um movimento com o dedo na direção de Thor.

– Suma daqui.

Loki fitou o teto, contando as esquadrias de gesso e esperando pelo som das botas de seu irmão saindo do quarto, seguido pelo suave clique da porta. Ele finalmente passou a mão nos cabelos – haviam crescido, estavam quase batendo nos ombros. Ele os enrolou ao redor da palma e fechou os dedos sobre as mechas, do jeito que Amora fazia quando ela estava pensando, mas, em vez de desenrolar como as mechas dela sempre faziam, o cabelo de Loki se emaranhou em um nó. Loki deixou sua mão cair.

Seja o bruxo, ele disse a si mesmo. Seja mais inteligente e esperto e rápido do que qualquer um. Invente *algo*.

Mas seu cérebro estava lento e ocupado com ciúmes e fúria. Pela primeira vez, ele desejou também possuir um martelo. Queria quebrar alguma coisa.

Mas talvez em Midgard ele pudesse causar alguma destruição. Não muita. E não óbvia. Apenas o suficiente para ser notado. Só o suficiente para ser o herói quando ele surgisse para consertar a bagunça que ele mesmo criou.

Capítulo Doze

Quando a névoa cintilante do portal que o transportara de Asgard para a Terra se dissipou, Loki descobriu que fora deixado no meio do nada. Midgard já era o meio do nada quando se tratava dos Nove Reinos, e, naquele ponto em particular, também não havia nenhum sinal discernível de civilização. E estava chovendo. Ele nem dera seu primeiro passo em Midgard e já estava com lama até os calcanhares.

    A paisagem do campo ao seu redor não era de todo mal, mas era apenas isso: uma paisagem rural. Montes verdejantes onde os pequenos pontos brancos de ovelhas pastavam, encharcadas e berrando com irritação. Loki quis se juntar a elas em seus protestos. Ele deu um passo, arrancando o pé do meio da lama. Quase deixou uma bota para trás e ficou chocado quando o pé aterrissou não em outra poça lamacenta, mas em algo duro. Ele olhou para baixo. Havia pisado em algum tipo de trilho, duas barras de ferro paralelas enfiadas no chão, conectadas por tábuas de madeira perpendiculares.

Um apito de estourar os ouvidos o assustou tanto que ele quase caiu para trás. Loki ergueu os olhos. Algo vinha em sua direção pela pista, cuspindo fumaça preta no céu. A chuva o atingia e evaporava em sua lateral metálica. A coisa soltou outro uivo, claramente sem intenção alguma de diminuir a velocidade, e Loki saltou para fora do caminho, sacando sua adaga por instinto.

Era um trem – ele só entendeu quando o veículo passou por ele, os pistões impulsionando as rodas pelo trilho. De sua posição na locomotiva, o maquinista gritou algo que Loki tinha certeza se tratar de uma obscenidade. Ele se levantou com dificuldade, guardando a adaga de volta na manga. Havia esquecido o quão primitivos eram os midgardianos, o quão fantasticamente atrasada era sua tecnologia comparada com a de Asgard. Trens a vapor eram arcaicos. Que buraco atrasado era aquele para o qual seu pai lhe enviara?

Loki observou o trem passar, os primeiros vagões alinhados com janelas nas quais ele podia distinguir turvas figuras humanas. A metade de trás do trem era feita de vagões negros e sem janelas. Nas laterais havia um emblema pintado – uma cobra comendo sua própria cauda ao redor de uma caveira sobre ossos cruzados. Também havia palavras, mas o trem se movia mais rápido do que o Todas-as-Línguas podia traduzir.

Ele olhou para si mesmo, a lama agora espalhada até os joelhos, e as roupas grudando em seu corpo por causa da chuva quente. Loki suspirou, depois lançou um pequeno feitiço para se proteger da chuva. Frigga o alertara de que Midgard iria drenar suas forças mais rápido do que Asgard, e, sem a magia forte e nativa de seu reino natal, seu poder seria recarregado mais lentamente. Pequenos feitiços precisariam de mais energia, e, em excesso, eventualmente consumiriam toda sua magia. Ali, a mágica não morava no ar como fazia em Asgard – ele precisaria contar com as reservas de força que sua mãe lhe ensinara a carregar, como cantis de água em uma expedição no deserto.

Mas certamente seu próprio conforto constituía um tipo de emergência.

Seu pai lhe passara o nome do ponto de encontro onde a Sociedade SHARP estaria esperando por ele – a Ala Nórdica do Museu Britânico de Londres. Como se isso significasse alguma coisa para ele. Fosse o que fosse, Loki tinha certeza de que não ficava no meio daquela paisagem esmeralda debaixo da chuva. Ele seguiu os trilhos do trem, subindo a colina, e, quando alcançou o cume, pôde ver onde o céu escurecia no horizonte, uma fumaça negra de chaminés manchando e engrossando o céu. Mesmo a chuva parecia querer se afastar dali.

Londres, ele pensou, e começou a seguir os trilhos naquela direção.

Após uma vida inteira em Asgard, ele sabia que Midgard seria decepcionante. Mas realmente precisava ser assim tão dramático? A mudança foi desorientadora

– dos céus cristalinos sobre o palácio dourado de seu pai, das ruas tão limpas que brilhavam e da água límpida jorrando das fontes em cada quarteirão, para as ruas de Londres, onde os céus eram cinzentos e as torres cuspiam uma horrível fumaça para cima. O ar parecia denso, as ruas pantanosas, e todas as pessoas pareciam tão cinzentas quanto o céu. Figuras passavam pela rua, curvadas dentro de roupas maltrapilhas, gritando umas com as outras em meio ao barulho de grandes máquinas fora de vista. Nas esquinas, garotos em roupas puídas brandiam jornais pelo ar, gritando manchetes em coro junto aos gritos dos bordeis e tavernas, embora ainda não passasse do meio-dia. As pessoas tiravam os cabelos oleosos do rosto, suas peles curtidas e marrons como o couro velho das botas, enquanto conduziam cavalos esfomeados, seus lados vibrando com mosquitos, o conteúdo de seus estômagos sendo esvaziado na rua e depois deixados onde caíam.

Ele torceu para ser apenas lama em suas botas.

Mas Londres não era inteiramente desagradável, se você deixasse a sujeira de lado. Parecia um campo de batalha, um lugar estridente e estonteante, onde era preciso muita esperteza só para permanecer de pé. Asgard era tão silenciosa quanto um funeral em comparação. Talvez fosse assim que Thor se sentisse quando encarava um inimigo do outro lado do campo de batalha e se preparava para a luta. Essa energia caótica, esse calor emanando da cidade, esse era o tipo de luta de Loki.

Se não desse mais certo com Asgard, talvez ali pudesse ser seu novo reino. A cidade parecia precisar desesperadamente de alguma liderança. Talvez até construíssem uma estátua para ele.

Levou alguns momentos de observação antes que ele mudasse a túnica verde e preta que sempre vestia em Asgard para imitar aquilo que via os midgardianos vestindo: um terno escuro e um colarinho alto, preso com uma gravata. Ele ergueu a mão e fez aparecer um chapéu alto e preto, e depois o colocou na cabeça. Uma vestimenta encantada não era um feitiço sustentável, mas serviria até encontrar a Sociedade SHARP e algumas roupas de verdade. Embora ele não planejasse ficar tempo o bastante para precisar trocá-las.

Loki andou um quarteirão, decidiu que o chapéu era alto demais e o diminuiu até um suave gorro de lã.

Foi preciso apenas perguntar para um garoto jornaleiro a localização do Museu Britânico – um garoto que exigiu uma moeda pela informação. Loki deu a ele uma pedra, que encantou para se parecer com um xelim, e o garoto ficou satisfeito o bastante para oferecer levá-lo até lá.

O Museu Britânico era pequeno quando comparado com as bibliotecas e galerias que Loki crescera visitando na capital, mas, com a cidade negra ao redor, ele achou que era até impressionante. A frente de pedra era alinhada com colunas de topo arredondado e possuía um telhado triangular, a pedra ainda brilhando por baixo da camada de sujeira causada pela fumaça das fábricas. Lá dentro, mais arcos de pedra se empilhavam para formar o saguão de entrada, e vozes ecoavam no teto alto, risadas e saudações ocasionalmente se libertando do tumulto. Loki seguiu o mapa que havia retirado na entrada, passando por dois animais de pescoço longo empalhados no topo das escadas e atravessando o corredor com vitrines baixas, onde tumbas douradas haviam sido posicionadas em uma fileira tão organizada quanto as teclas de um piano.

Loki não sabia quem estava procurando, ou como deveria encontrar a Sociedade SHARP, mas soube assim que chegou na Ala Nórdica. Era estranho estar cercado por tantas coisas que pareciam itens de sua casa, mas não exatamente. Talvez, se Asgard tivesse rolado na lama, rachado em alguns lugares e depois fosse abandonada por milhares de anos, então se pareceria um pouco com aquelas relíquias. As formas eram familiares. O bronze esculpido, as linhas entrelaçadas como as raízes de Yggdrasil, os domos redondos das cabeças de dragão esculpidas em cabos de machados, escudos e cálices ornados que, se fossem lustrados e decorados com algumas joias, ele até podia imaginar os nobres menos importantes da corte usando para beber durante um banquete. Os mostruários estavam cheios, e um segundo conjunto de galerias fechadas ao público guardava livros de aparência antiga, encadernados em couro pesado e cheio de vincos. Mesas com coberturas de vidro se espalhavam a partir do centro do salão, com pingentes, talheres e pequenos fragmentos de pedra alinhados sobre almofadas.

Era uma loucura total, Loki pensou, enquanto examinava aquilo que parecia dois pedaços disformes de pedra e que uma pequena placa identificava como sendo um par de dados, as coisas que os humanos guardavam como vestígios de seus ancestrais e que consideravam dignas de ser exibidas. Quem queria ser lembrado por seu garfo ou pente? Isso não dizia nada sobre a maneira como eram as pessoas.

– É fascinante, você não acha?

Loki se virou. Um jovem rapaz estava de pé atrás dele, seu cabelo castanho avermelhado se derramando em cachos rebeldes sob um boné, a pele pálida coberta por tantas sardas que parecia ter sido salpicada com lama. Talvez tivesse sido mesmo – Loki não confiava naquela cidade suja. Ele não era especialista em julgar a idade dos midgardianos, mas o rapaz devia ser jovem, embora se apoiasse em uma bengala, seu peso cuidadosamente equilibrado em uma perna.

Loki pôs as mãos dentro dos bolsos e depois se virou outra vez para o mostruário, adotando aquilo que achava ser uma inconfundível postura do tipo *deixe-me sozinho*.

– É bonito.

– Bonito? – O jovem rapaz era implacável ou não entendia nada sobre linguagem não verbal, pois se aproximou mancando até o mostruário onde Loki estava e cutucou o vidro, deixando para trás uma impressão digital. – Você sabe o que é isso?

– Talheres – Loki respondeu.

O homem franziu as sobrancelhas diante da impressão digital, depois puxou a manga sobre a mão e tentou limpá-la, mas conseguiu apenas piorar a situação.

– Talheres de uma civilização de pessoas que viveram há milhares de anos.

– Você é algum tipo de docente? – Loki perguntou. – Porque não estou querendo uma lição.

– Não, apenas fico profundamente ofendido quando vejo as pessoas não dando importância aos artefatos. Olhe para esses. – Loki se virou para o mostruário atrás deles. Dentro, dois esqueletos foram arranjados como se ainda estivessem no meio da terra. Os ossos pareciam frágeis e quebradiços, mas alguém havia dobrado os dedos de cada um deles sobre os cabos de suas espadas, as lâminas enegrecidas pela idade. Um dos crânios estava afundado na lateral, e o outro usava um capacete com um ramo protetor esculpido na frente.

O rapaz olhava para o rosto de Loki como se estivesse esperando sua reação. De propósito, Loki manteve a face completamente sem expressão, só para irritá-lo.

– Eles são guerreiros – o rapaz finalmente falou.

– Não, eles definitivamente são esqueletos.

– Em vida, eles eram guerreiros.

– E isso importa? – Loki perguntou. – A morte transforma todos os homens na mesma coisa.

– Bom, eles não eram os dois homens, para começar – o rapaz interrompeu. – Aquela ali é uma mulher. As espadas foram trocadas em um ritual de casamento. São melhores que alianças, eu acho. São mais práticas.

– Se você é um guerreiro.

– Ou se não se importa com joias. – O rapaz ofereceu a mão. Havia sujeira embaixo das unhas em forma de lua crescente, e sua pele era seca e rachada. – A propósito, eu sou Theo. Theo Bell.

Loki deu um tapinha desdenhoso em sua mão, depois lhe deu as costas.

– Não estou interessado.

– Você não ficou impressionado com tudo isso? – Theo perguntou.

– Eu deveria? – Loki respondeu.

– Bom, sim, já que é uma das alas mais interessantes de um dos lugares mais interessantes em Londres.

Loki riu.

– Para os maiores tesouros do seu reino, eles não são tão interessantes assim.

– Reino? – Theo repetiu.

– O seu... mundo.

– É o seu mundo também.

– Não significa que eu preciso ficar impressionado com uma coisa que alguém achou cavando no quintal e depois exibiu junto com uma placa. – Ele assentiu na direção do mostruário, onde havia um par de objetos identificados como "panelas", embora parecessem mais como pedaços de metal fundido, carcomidos nas beiradas pela ferrugem.

– Você conhece as histórias? – Theo perguntou quando Loki se virou outra vez. – Os deuses e os mitos. E os barcos e as espadas e as coisas. Odin e Thor e Loki.

Loki parou e olhou para trás sobre o ombro. Theo provavelmente tentava lhe passar algum sinal, e Loki desesperadamente tentava ignorá-lo. Se aquele era o representante da Sociedade SHARP, ele daria meia-volta imediatamente e retornaria para Asgard. Preferia limpar o chão do palácio usando as unhas enquanto seu pai e Thor procuravam as Pedras a lidar com humanos.

Theo sorriu para ele. Suas orelhas eram grandes demais para seu rosto e pareciam como folhas em uma árvore.

– Você não é da região, não é?

Loki suspirou, resignando-se com o fato de que aquele era mesmo o seu contato.

– Ora veja, não é que você é *esperto* de verdade?

O sorriso de Theo aumentou.

– Posso mostrar outra coisa?

– Claro que pode.

– Tente não parecer tão resignado com o fato.

Loki seguiu Theo pela galeria, na direção de uma porta fechada que Theo destravou usando uma chave de seu bolso, dando uma rápida olhada ao redor antes de indicar que Loki entrasse. Ele pensou que estaria na próxima exibição, mas aquela parecia ser uma área de estoque, escura e sem janelas, com nada além de caixotes de madeira que estranhamente se pareciam com caixões, o interior cheio de palha macia para proteger seus conteúdos. Pareciam grandes o bastante para transportar os esqueletos casados e suas espadas.

A porta se fechou atrás dele, e Loki se virou para encarar Theo, de braços cruzados.

– O que tem nesse armário? Mais esqueletos? Vocês, humanos, não têm um ditado sobre isso? – Theo não respondeu. Ele havia deixado a bengala encostada contra a porta e agora mexia em uma pequena caixa prateada. – O que é isso?

— Você usa rapé? – Theo perguntou, abrindo a tampa.

— Não.

— Ainda bem. – Ele deu de ombros. – Porque eu não tenho nenhum.

Loki estranhou.

— O quê?

Antes que Loki pudesse reagir, Theo abriu a caixa e soprou um pó preto e áspero no rosto de Loki, como carvão de um fogo que tivesse sido apagado com os pés. Loki inalou antes que pudesse se impedir, e sentiu a garganta queimando com o pó. Ele tossiu, depois tossiu mais forte, a névoa preta pairando no ar e crescendo ainda mais. Sua visão piscou.

— O que foi isso? – ele conseguiu dizer entre as tossidas.

Theo já havia guardado a caixa prateada de volta no bolso e agora tentava alcançar um gancho ao lado da porta, tirando sua jaqueta e a substituindo por outra que parecia parte de um uniforme. Aquele não podia ser o grupo que deveria recebê-lo como embaixador de uma terra estrangeira – aquilo era uma armadilha.

Loki tentou apanhar suas adagas, mas sua magia estava cada vez mais difícil de alcançar. Uma das lâminas deslizou para sua mão com uma lentidão dolorosa. Ao ouvir aquilo, Theo ergueu os olhos de seus botões e franziu as sobrancelhas.

— Ora, pelo amor de Deus. – Ele pressionou a ponta da bengala contra o peito de Loki e, antes que este pudesse afastá-la com sua lâmina, Theo empurrou. Não foi um empurrão forte. Certamente não forte o bastante para derrubar um asgardiano. Mas as pernas de Loki cederam com pouca persuasão, e ele caiu para trás, aterrissando com força no caixote aberto atrás dele. Uma nuvem de palha subiu ao redor, acomodando-se no tecido de seu casaco. A adaga caiu de sua mão e tilintou pelo chão.

Theo apanhou a arma e a guardou dentro da bota, o movimento suave demais para ser a primeira vez em que manuseava uma arma. Ele enfiou a bengala debaixo da maçaneta da porta e depois mancou até a caixa. Loki tentou se sentar, mas seus membros pareciam gelatinosos, como se levassem tempo demais para entender o que seu cérebro pedia deles.

Theo o observou por um momento enquanto Loki se debatia, como se considerasse o que fazer em seguida, depois buscou a caixa prateada em seu bolso novamente. Ele jogou o resto do conteúdo sobre o rosto de Loki.

Os músculos de Loki relaxaram, e ele caiu de costas na caixa. Piscou lentamente, e, quando abriu os olhos de novo, houve uma batida acima e tudo escureceu. Será que ele por fim estava inconsciente, com aquele pó finalmente o consumindo? Mas então ouviu o som de um martelo, e a escuridão foi interrompida por uma fina linha de luz, uma abertura entre as tábuas quando a tampa foi martelada no lugar.

Ele não conseguia lançar um feitiço, nem conseguia fazer sua adaga aparecer em sua mão outra vez, embora tivesse adorado esfaquear através da tampa daquela caixa e tentar adivinhar onde teria acertado apenas pelo som que Theo soltaria. Ele ainda não estava inteiramente consciente quando ouviu vozes, e então a caixa foi virada – virada na direção contrária, de modo que sua cabeça ficou apontada para baixo e ele deslizou lá dentro, batendo a cabeça com força. O golpe foi quase suficiente para fazê-lo acordar de vez.

Do lado de fora da caixa, ele ouviu Theo gritar:

– Ah, não, esse é o lado errado.

– Ele vai ficar bem. – A caixa foi virada outra vez, e Loki sentiu os dentes baterem uns nos outros. *Acorde*, ele tentou ordenar a si mesmo. *Mova-se! Pense! Lute!* Mas tudo o que podia fazer era ficar ali, encolhido no fundo daquilo que poderia ser seu próprio caixão, enquanto era carregado para sabe-se lá onde.

Capítulo Treze

Os efeitos do pó pioraram antes de melhorar, ou talvez fosse apenas a desorientação por ter ficado de cabeça pra baixo em uma caixa escura e confinada que o deixava efetivamente morto para o mundo. Ele não sabia quanto tempo se passara entre ser nocauteado por Theo e o momento em que a caixa finalmente foi colocada no chão com um baque. Ou quanto tempo depois disso até ouvir o barulho de um pé de cabra contra a tampa, abrindo aquilo que Theo havia pregado no lugar. O pó devia ter atrapalhado seus sentidos mais do que ele percebera no escuro, pois não conseguia enxergar nada. Apenas alguns lampejos de conversas passavam por sua consciência.

– ... usou tudo?!

– Eu tive que usar! – Loki reconheceu a voz de Theo, mas não a da mulher com quem ele estava conversando.

— Você sabe como é difícil conseguir isso? — a mulher disse. — Era suficiente para derrubar um Gigante de Gelo.

— Como você sabe o que seria preciso para derrubar um Gigante de Gelo? — Theo perguntou.

Uma terceira voz — outro homem, dessa vez com uma voz grave e áspera.

— Eles seriam nocauteados só com o cheiro das suas axilas.

— Não enche — Theo respondeu com irritação.

Então, Loki ouviu o pé de cabra sendo jogado de lado e a tampa sendo levantada. A tampa caiu no chão também com um baque. Loki sentiu a suave pressão da luz sobre suas pálpebras, mas manteve os olhos fechados. Alguém agarrou seus pulsos, e ele se perguntou se estariam tentando saber se ainda estava vivo. Ele podia sentir a palha contra sua nuca e o toque de alguém em sua pele.

Então ouviu a voz de Theo logo acima dele.

— Então é ele, não é mesmo? Loki, Príncipe de Asgard, Lorde das Trevas e da Trapaça e do Caos e de Tudo que é do Mau?

Se estivesse em melhores condições, ele teria protestado contra aquele último título, e particularmente contra a certeza com a qual foi pronunciado. Ele era príncipe de Asgard, mas Lorde das Trevas e etc. nunca fora registrado em sua certidão de nascimento.

Alguns passos curtos, saltos de botas batendo na pedra. Então, a voz da mulher.

— Não creio que esse seja seu título preferido. Mas, sim, é ele.

– Um pouco menor do que eu esperava – disse a terceira voz, parecendo um pouco mais distante. – Como você, Bell.

– Cale-se, Gem – a mulher disse. – Levante-o.

Loki não sabia o quanto aquele pó ainda o afetava, mas ele não estava preparado para ir a lugar algum sem lutar. Abriu os olhos, levantando-se de repente. Theo, que estava abaixado sobre ele, cambaleou para trás soltando um grito de susto. Os membros de Loki ainda pareciam feitos de gelatina, mas ele já tinha controle e foco suficientes para agarrar Theo com um braço ao redor do pescoço e para pressioná-lo contra seu peito, certificando-se de que Theo estaria entre ele e quem quer que fossem aquelas outras pessoas.

Loki convocou sua adaga até a mão, levou-a para a garganta de Theo e encontrou... nada. Sua mão estava vazia.

Ele ergueu os olhos. Estava dentro de um quarto pouco iluminado que mais parecia um caixão, estreito e de teto baixo, e cheio de caixotes e caixas iguais àqueles onde fora jogado. A única iluminação vinha de algumas lanternas, as luzes dançando com as mariposas que voavam ao redor, e havia uma janela no canto do teto. Através do vidro pequeno e sujo, Loki podia ver botas passando na rua. Do outro lado da caixa onde havia sido carregado, olhando para ele com surpresa, estavam duas pessoas, uma delas um homem de ombros largos, com cabelos raspados tão curtos que pareciam pintados. A largura de seus ombros teria intimidado até mesmo Thor. Ele havia apanhado o pé de cabra que fora usado para abrir a tampa da caixa e o ergueu pronto para lutar. Ao seu lado, com uma mão cautelosa levantada para impedir essa mesma luta, havia uma mulher, seus cabelos cinzentos presos para trás em um coque firme. Ela exibia uma forma imaculada, com suas calças pretas de pernas tão largas que Loki pensou por um momento se tratar de uma saia até que ela desse um passo adiante. Ela era tão magra que parecia um esqueleto, com a pouca carne prensada sobre ela como massa fechando uma torta. Ela olhava para Loki com uma expressão cuidadosa, mas sem medo.

Ele tentou convocar sua adaga novamente, movendo o braço que não estava prendendo a garganta de Theo. Nada. Theo agarrou o pulso de Loki, tentando se livrar, e Loki quase o deixou escapar. Seu grande plano de usar um refém para negociar contra seus captores havia falhado completamente já que ele não tinha uma arma.

E nem feitiços. Algo acontecera entre ali e a Ala Nórdica do museu que desfizera o encantamento de suas roupas – agora vestia outra vez a túnica asgardiana. Ele tentou conjurar outra arma, ou ao menos atrair alguma coisa do chão até a sua mão, algo que pudesse causar estrago caso fosse lançado com grande entusiasmo. Mas não conseguia encontrar uma gota de magia naquele ar completamente seco. Parecia como a sede no deserto – pior, por ser tão incurável. Ele quase se afogava naquela falta de magia.

– Bom, isso foi... – A mulher cruzou os braços. – Dramático. – Sua voz tinha um sotaque marcante e formal, em grande contraste com as vogais abertas e as consoantes arrastadas do homem.

— Quem são vocês? — Loki exigiu saber. — E onde eu estou?

— Primeiro, solte o Sr. Bell, depois podemos conversar.

— Não até eu saber o que vocês querem comigo. — Ele flexionou as mãos, desesperado por uma adaga, e até rosnou de frustração quando nenhuma arma se manifestou. Parecia fora de alcance, como dedos raspando na beira de um penhasco enquanto ele caía.

— Se você está tentando algum tipo de feitiço, pode desistir — a mulher disse. — A menos que queira se exaurir.

— Por que não posso usar minha mágica? — Loki perguntou rispidamente.

— Nós colocamos restrições sobre você — a mulher respondeu.

— Restrições? — Loki ergueu a mão livre e notou um tira de metal ao redor do pulso. Eles deviam ter colocado aquilo enquanto ele estava incapacitado. Havia uma ao redor do outro pulso também, e Loki finalmente reconheceu o metal — era asgardiano, as mesmas algemas que eles usavam nas masmorras do palácio para impedir que os prisioneiros manipulassem magia. E, se fossem iguais àquelas usadas em Asgard, o prisioneiro não conseguia tirá-las. Ele praguejou para si mesmo.

— Sra. S. — Theo disse com a voz rouca, e Loki percebeu que estava apertando o pescoço de Theo sem querer. Ele relaxou o braço, e Theo ofegou, embora os dedos dele ainda estivessem cravados na pele de Loki.

— Nossa intenção era amarrá-lo melhor antes que acordasse — a mulher, a Sra. S, disse. — Para prevenir exatamente esse tipo de confusão e esperando que pudéssemos ter uma conversa razoável primeiro.

— Não acho que sobra muito espaço para razão quando uma das partes está amarrada — Loki respondeu.

Um pequeno sorriso surgiu nos lábios dela pela primeira vez.

— Claramente você ainda não foi amarrado do jeito certo, meu querido. Agora, por que você não solta o Sr. Bell e então podemos todos nos apresentar? Ninguém vai ficar amarrado em nada.

— Você vai tirar essas coisas? — Loki disse, mostrando uma das mãos para se referir à algema de metal ao redor do pulso.

— Ainda não — a Sra. S. respondeu. — Mas acho que podemos todos concordar que, enquanto estiverem no lugar, é inútil você continuar prendendo o Sr. Bell.

— Posso lutar contra vocês sem mágica.

— Tenho certeza de que pode, meu querido. Mas tudo vai acabar muito melhor se você não tentar provar isso.

— Você tem mais daquele pó negro? — o homem grande, Gem, falou, seu punho se fechando sobre o pé de cabra como se estivesse pronto para usá-lo caso a resposta fosse negativa.

— Eu deveria ter — a Sra. S murmurou, olhando feio para Theo. Até mesmo Loki pensou que criticar um homem sendo feito de refém era golpe baixo.

— Não foi culpa minha — Theo disse, engasgando. — Ele é mais forte do que você pensava!

— Pelo amor de Deus — a Sra. S. murmurou. — Ele está ficando azul. Vossa Majestade, por favor solte meu associado. Isso é uma exibição de força indecorosa para um homem de sua estatura.

— Como vocês sabem quem eu sou? — Loki exigiu saber.

A Sra. S. ergueu uma sobrancelha e, relutantemente, Loki tirou o braço do pescoço de Theo. O rapaz cambaleou para longe, apoiando-se na beirada da caixa quando sua perna ruim cedeu. Gem apanhou a bengala de Theo no chão e a jogou para ele.

Embora nenhum deles fosse particularmente ameaçador, com exceção de Gem — apesar de ser ameaçador da mesma maneira que Thor era, então lhe parecia familiar —, Loki subitamente ficou muito ciente de que estava em menor número, em um lugar desconhecido, desarmado e incapaz de acessar sua fonte de poder. Ele nunca havia ficado sem sua magia antes, e isso era suficiente para deixar sua pele arrepiada. Seus olhos passaram pela sala, procurando por algo que pudesse usar como arma caso eles atacassem, mas os melhores instrumentos já haviam sido tomados: o pé de cabra de Gem e a bengala de Theo. Não havia nada na sala com exceção dos caixotes cheios de palha, e procurar dentro deles por algo pontudo não parecia ser o melhor uso do tempo. Loki flexionou as mãos distraidamente. Sabia como lutar sem a ajuda dos feitiços, mas não os ter ali caso precisasse estava criando um bloqueio em seu cérebro. Loki não conseguia pensar em nenhum plano que não usasse mágica.

— Vossa Majestade — a Sra. S. disse —, você gostaria de se sentar?

— Onde? — Loki perguntou.

A Sra. S. deu de ombros.

— Estou simplesmente sendo educada. Mas não tenho problema nenhum em pedir para o Gem se fazer de banco, se você quiser.

— Quem são vocês? — ele exigiu saber.

— Somos representantes de uma vasta organização secreta chamada Sociedade Humana para Acolhimento e Recepção Planetária.

— Vocês são a Sociedade SHARP — Loki disse.

A Sra. S. curvou-se em uma pequena reverência. Um anel em seu dedo reluziu.

— Sim, somos.

— Meu pai disse que vocês sabiam que eu estava vindo.

— Sim, sabíamos.

— Então por que me derrubaram e tiraram minha mágica?

— Nós lidamos com ameaças interdimensionais, e você é um visitante interdimensional de poder desconhecido — ela respondeu. — É sempre bom ter cautela com pessoas como... você.

— O que você quer dizer com "alguém como eu"? — Loki rebateu. — Estou aqui em nome de meu pai. — Certamente Odin não dissera que ele era um delinquente, mas parecia a única explicação para o quão longe e o quão incorreta sua reputação chegara. Loki tinha certeza de que eles não derrubariam seu pai e o trancariam em uma caixa se ele viesse pessoalmente.

— Você é um ser estrangeiro em nosso planeta. Perdoe-nos por nossa precaução.

— Você absolutamente não está perdoada.

— Eu gostaria de lembrá-lo — a Sra. S. disse — que você é um convidado em nosso reino.

— Estou aqui em nome de meu pai, o rei de Asgard — ele rebateu rispidamente. — Tenho o *direito* de estar em seu reino.

A boca da Sra. S. tremeu.

— Que pensamento mais colonialista da sua parte. Você é um convidado da Sociedade SHARP...

— Só para você saber, esse nome não faz sentido — Loki disse. — Sociedade SHARP. Não significa nada e o S é redundante.

— É uma sigla para Sociedade Humana para Acolhimento... — A Sra. S. começou, mas Loki a interrompeu.

— Sim, eu ouvi da primeira vez.

— Nós escolhemos uma sigla e encaixamos as palavras depois — Theo murmurou.

— Talvez vocês pudessem achar algo que fosse mais preciso. Vocês podiam se chamar a Sociedade onde a Hospitalidade é Ignorada Totalmente. Ou, para encurtar...

— Independentemente dessas trivialidades — a Sra. S. interrompeu —, nós da Sociedade SHARP nos dedicamos a observar e intervir se necessário quando seres de outros reinos viajam para nosso planeta. E, embora você seja nosso convidado, ainda é nossa responsabilidade mantê-lo sob restrição enquanto estiver aqui.

Loki quis protestar, dizendo que até agora não fizera nada que indicasse a necessidade de qualquer tipo de "restrição", e também que estava ali para ajudá-los, não para causar mais problemas, mas aquilo era um círculo que ele já estava cansado de percorrer.

– O seu pai lhe informou por que você foi convocado aqui? – a Sra. S. perguntou.

– *Convocado* parece uma palavra grandiosa demais – Loki respondeu. Ele queria muito se sentar na beirada do caixote – suas pernas ainda tremiam –, mas estava determinado a não mostrar qualquer fraqueza. – Estou aqui como um favor.

– Reclamar de trivialidades é muito menos engraçado do que você pensa – a Sra. S. respondeu. Sua voz começava a ficar mais séria. Ele estava testando sua paciência. Ótimo. – Nós pedidos ajuda para Asgard por causa de uma série de mortes inexplicáveis aqui em Londres.

Loki jogou as mãos para cima.

– Fácil, eu já desvendei o mistério.

Um momento de silêncio, então Theo perguntou timidamente:

– Já desvendou?

– Sim. – Loki dobrou as mãos diante de si, como se estivesse prestes a dar notícias terríveis, e então disse em um tom muito sério: – Vocês humanos estão sendo assassinados por... outros humanos. – Quando nenhum deles riu, Loki riu por eles. – Vocês acham que um ser interdimensional baixou em seu reino patético só para assassinar alguns humanos? Sem querer ofender as suas vidinhas frágeis, mas eu poderia eliminar continentes inteiros se eu quisesse. A maioria dos *alienígenas* hospitaleiros tem coisas melhores para fazer.

– Nosso povo está morrendo, e o culpado é um feiticeiro – a Sra. S. disse. – Você não pode negar isso.

– Você não tem prova de nada.

– Mas, quando você vir os cadáveres, entenderá que suas mortes não foram causadas por humanos. Tem mágica envolvida.

– Olhar para cadáveres. Que tentador. – Ele esfregou as mãos juntas. – Mas acho que já acabamos por aqui.

Ele começou a seguir para a porta, mas a Sra. S., Gem e Theo barraram sua passagem ao mesmo tempo.

– Precisamos do auxílio de Asgard – a Sra. S. disse, e pela primeira vez ele ouviu um leve tom de desespero em sua voz. – Não podemos lutar contra um feiticeiro sem a ajuda de Asgard.

– Não acho que você vai precisar fazer isso – Loki respondeu. – Esta cidade me parece o tipo de lugar onde um monte de pessoas morrem sem precisar de um pingo de magia. Então, se você puder me mostrar como sair daqui, eu gostaria de voltar para casa. – Gem olhou para a Sra. S. e depois levou a mão para o caixote outra vez, mas Loki o interrompeu: – Absolutamente não, eu não vou a lugar nenhum dentro de um caixão.

– Eu vou levá-lo de volta para o anel de fadas – Theo disse.

– Tem certeza? – Os olhos da Sra. S. recaíram sobre sua bengala, mas, se Theo notou, ele não disse nada.

– Logo, Gem sairá para a patrulha. Eu vou.

– Só as direções até a superfície já serão suficientes – Loki respondeu. Não queria passar mais tempo com aqueles humanos do que o necessário. – E tire essas coisas de mim, por favor. – Ele empurrou os pulsos para Theo, mostrando as algemas de metal.

Theo olhou para a Sra. S. em busca de instruções. Ela ainda estava de braços cruzados, e Loki estava começando a se perguntar se seus olhos ficavam permanentemente cerrados daquele jeito.

– Ainda não.

– Se eu não conseguir mudar minhas roupas, vou parecer um idiota andando nas ruas da sua cidade.

– Vamos arriscar, pela segurança do Sr. Bell – a Sra. S. disse.

– Não se preocupe – Theo acrescentou. – Nem de longe você seria o homem mais esquisito de Londres. Vamos, siga-me. Não é muito fácil sair deste lugar.

Loki riu.

– Vocês são um grupo amador de detetives, não a polícia secreta.

– Somos uma sociedade secreta – a Sra. S. respondeu. – Não adianta nada se você não tentar manter seus segredos. Vá com ele, Theo. E nos veremos em breve, Vossa Majestade. – Ela fez uma leve reverência.

Loki ofereceu um lábio curvado em troca.

– Eu certamente espero que não.

Capítulo Quatorze

Por mais relutante que Loki estivesse em admitir que Theo estava certo, os túneis embaixo do Museu Britânico eram difíceis de navegar. Todos pareciam iguais – feitos de pedra escura e estreita, pouco iluminados e cheios de caixotes, alguns maiores do que aquele em que Loki ficara preso, alguns que cabiam no bolso. Alguns estavam abertos, revelando seu conteúdo – cabeças de estátuas esculpidas em pedra cinza, um broche dourado, uma armadura cravejada de filigranas intrincadas. Quando ele e Theo emergiram sob o sol pálido das ruas de Londres, Loki havia perdido todo o senso de onde estava ou qual direção haviam tomado.

Theo bateu com a bengala na sola de sua bota, raspando algo grudento que havia aderido ali.

– Você precisa voltar para o anel de fadas.

– O que é isso?

— O lugar de onde você chegou. O ponto de conexão entre Asgard e a Terra — Theo respondeu. — Existem centenas deles na Terra, mas aquele é o mais próximo.

— Por que você chama de anel de fadas?

— Ah, os humanos chamam isso de todo tipo de nome. Stonehenges, anel de fadas, portais. Lugares onde mundos se sobrepõem.

— Então você podia ter me encontrado lá, em vez de no museu.

Theo encolheu os ombros.

— Bom, nós tiramos no palitinho e ninguém queria ficar na chuva esperando você. E a Sra. S. trabalha no museu, então é conveniente, e eles têm tantos itens estranhos jogados por lá que ninguém faz perguntas sobre os nossos. E é mais fácil encontrar um inimigo em terreno familiar.

— Eu sou seu inimigo? — Loki perguntou. — Achei que fosse a sua ajuda tão imprescindível de Asgard.

Theo não o ouviu ou ignorou a questão. Ele enrolou o cachecol no pescoço e bufou sobre as mãos.

— Então vamos, se você quer tanto ir para casa.

Mas Loki não se moveu.

— Eu não vou machucá-lo.

Theo sorriu.

— Eu meio que acredito em você.

Nenhum dos dois falou nada quando começaram a andar. Theo comprou uma vela de um faroleiro, já que a noite começava a cair. A luz lançava um brilho fosco no caminho diante deles enquanto a cidade dava lugar ao campo, o tênue pavimento das ruas de Londres dando lugar a caminhos lamacentos, cheios de marcas de rodas e pegadas profundas dos cascos dos animais.

Theo foi o primeiro a quebrar o silêncio. Ele pendeu a cabeça para trás, seus cachos ruivos caindo em cascata para fora do rosto. Sob a luz do crepúsculo, sua pele parecia lisa, como se tivesse acabado de emergir da água. Um pequeno sorriso apareceu em seus lábios, e ele ergueu uma das mãos, apontando para cima.

– Veja.

Loki ergueu a cabeça para seguir o dedo de Theo, sem saber o que deveria olhar.

– O céu está tão claro hoje – Theo disse. – Você nunca consegue ver as estrelas na cidade.

E Loki entendeu que Theo estava olhando para as estrelas. Ele também olhou para cima, para o açúcar espesso de uma galáxia se espalhando na escuridão, salpicado por toda parte com planetas e constelações. Atrás deles, a cidade brilhava dourada com as luzes das lamparinas, sua própria pequena galáxia sob o céu noturno. Londres era feita de cobre e prata, coberta por nuvens de vapor com buracos vazios que engoliam a luz.

– Podemos enxergar Asgard daqui? – Theo perguntou, a cabeça ainda jogada para trás, como se estivesse bebendo aquela visão.

Loki sabia a resposta – as estrelas estavam mais próximas dele do que seu lar –, mesmo assim ele procurou pelo céu.

– Não.

– Vocês têm estrelas em Asgard? – Theo perguntou.

– Se nós *temos* estrelas?

— Vocês conseguem ver? — Theo esclareceu. — Ou o seu céu é vazio à noite?

— Podemos ver as estrelas em Asgard — Loki disse. — Mais do que vocês conseguem ver da Terra. Dez vezes essa quantidade.

— E quanto à cerveja? — Theo perguntou.

— Se podemos ver cerveja em Asgard?

Theo tirou os olhos do céu por tempo suficiente para lançar um olhar aborrecido para Loki.

— Vocês têm cerveja em Asgard?

— Todos os tipos — Loki respondeu, sem entender aonde Theo queria chegar, mas achando graça de que o pensamento dele tivesse se desviado de um jeito tão primoroso do céu para a bebida. — E vinhos de mel e licores efervescentes e hidromel de maçã que te deixa mais jovem e aguardentes de vinagre que derrubam um adulto na hora.

— Música?

— Em todos os banquetes.

— E dança?

— Se tem música, tem dança.

— E cachorros?

Loki estranhou, surpreendido pela primeira vez.

— Não sei o que é isso, então acho que não.

— Bom, isso vai contar contra Asgard.

Agora foi a vez de Loki de olhar com incredulidade.

— Até parece que Midgard consegue competir com Asgard.

Theo jogou a cabeça para trás e riu.

— Midgard? É assim que vocês chamam nosso planeta?

– Você acha engraçado?

– Não, não, eu gostei. *Midgard*. Isso faz de mim um *midgardiano*? – Ele inflou o peito quando disse isso. – Parece poderoso.

– Então, temos um problema de tradução aqui.

– Me dê um momento, por favor? – Theo parou e se encostou em uma árvore, esticando sua perna ruim e estremecendo. – Desculpe, eu não consigo andar tão rápido.

– Aqui. – Loki ofereceu a mão e Theo lhe entregou a vela. – Está quebrada?

– Minha perna? – Theo riu enquanto recuperava o fôlego. – Faz tempo. Nunca curou direito.

– Poderíamos ter ido de trem – Loki disse. – Tem um trilho que passa no meio da... aquela coisa que você falou. Anel de fadas.

Theo riu com desdém.

– Você não quer viajar naquele trem. É o Trem da Necrópole. O trem que carrega os mortos de Londres até os cemitérios para serem enterrados.

– Vocês não enterram seus mortos na sua própria cidade?

Theo sacudiu a cabeça.

– Não tem mais espaço. Eles começaram a juntar corpos nas ruas depois do surto de cólera. – Ele soltou outro suspiro pesado, e Loki repentinamente se sentiu estranho, observando Theo respirar com dificuldade em silêncio. Olhou ao redor do campo, o topo das árvores como nuvens negras contra o céu. Um bando de morcegos voou acima, apagando a lua.

Quando se virou de volta, Theo o encarava com um estranho sorriso no rosto.

– Por que você está me olhando desse jeito? – Loki perguntou.

O rosto de Theo não mudou.

– Que jeito?

– Como se me achasse engraçado.

– Eu não diria engraçado. – Ele apanhou a bengala de onde estava encostada na árvore e se levantou soltando outro grunhido. – Já faz um tempo que trabalho com a Sra. S., mas nunca realmente encontrei alguém de outro reino. E é *você*. – Theo esticou a mão, pedindo a vela, mas Loki não a entregou.

– O que quer dizer com *é você*?

– Você é... – Theo fez um gesto vago no ar. – Você é Loki.

– Estou ciente disso. – Os dois se olharam na escuridão, o ar entre eles dourado, dançando à luz da vela. Theo sabia algo sobre ele – Loki tinha certeza. Certeza de que toda a Sociedade sabia. Mas nem imaginava o que seria para que eles o tratassem daquele jeito tão estranho. O que seu pai dissera a eles? *Enviarei meu filho, a quem vi trazendo o fim do mundo, liderando um exército contra mim. Divirtam-se bastante, sintam-se livres para tirar sua magia e pensar todo tipo de coisa!*

Ele não ficaria surpreso se fosse isso mesmo.

Theo endireitou seu boné, depois voltou a andar.

– Estamos quase lá.

Quando alcançaram o anel – um círculo vazio no meio da grama, cortado ao meio pelos trilhos do trem

—, Theo jogou a bengala de lado e sentou-se em uma pedra, tirando o boné e enxugando a testa com o braço. Loki esperou que ele dissesse algo — algum tipo de adeus ou agradecimento por ter vindo ou, baseado na maneira como Theo o havia olhado antes, talvez um pedido para autografar alguma lembrança de seu tempo juntos. Mas Theo apenas lhe deu aquele mesmo sorriso estúpido.

Loki ergueu os pulsos.

— Tire essas coisas.

— Nem mesmo um *por favor*? — Theo perguntou.

— Você tirou minha magia, então me perdoe se eu não estiver com paciência para amenidades.

Theo tomou a mão de Loki e virou a palma para cima enquanto começava a mexer nas dobradiças do mecanismo. Loki quase perguntou como ele havia conseguido aquele conjunto de algemas modificadas de Asgard, mas logo isso não importaria. Ele estaria em casa.

Se o seu pai o deixasse voltar para casa.

As algemas se abriram, e Theo deu um tapinha no pulso de Loki antes de guardá-las no bolso da jaqueta.

— Aí está, Vossa Alteza. Você está livre.

Loki flexionou os dedos, sentindo a magia começando a se acumular sob a pele. Mais lenta do que em Asgard, mas ainda assim um alívio. Ele sacudiu as mangas da roupa e depois encarou Theo.

— Bom. Eu diria que foi um prazer conhecê-lo, mas eu odeio mentir.

— Então tá.

Loki não se moveu, sem entender por que ficara irritado com a recusa de Theo de ao menos lhe dar um aceno. Theo esticou as pernas e levou as mãos para trás da cabeça em um gesto exagerado de despreocupação.

– Preste atenção. Você está prestes a testemunhar uma viagem interdimensional. Se você já gostou da minha presença, pode até desmaiar de excitação ao ver isso.

– Veremos – Theo respondeu.

– O que quer dizer com *veremos*?

– Veremos se Asgard quer você de volta.

– Por que você acha que Asgard não me quer de volta? – Loki disse, a agressividade subindo de tom para encobrir o próprio pânico. Seu pai dissera que ele seria forçado a ficar ali até que seu trabalho fosse considerado satisfatório, mas certamente Odin deixaria que ele mancasse de volta para casa e implorasse por perdão.

– Porque você foi enviado aqui para nos ajudar, e você não fez isso – Theo respondeu. – A Sra. S. disse que o seu pai não deixará que você retorne até terminar seu trabalho.

– Certo. Então, veja isto. – Ele seguiu para o meio do anel de fadas e então, só para dar um ar dramático e fazer Theo se sentir um tolo, Loki jogou a cabeça para trás na direção do céu e abriu os braços. – Heimdall! – ele chamou. – Leve-me de volta!

Ele esperou pelo céu se abrir. O ar cintilar e estalar. As nuvens se partirem e a Bifrost se abrir para ele.

Nada.

A noite continuou silenciosa.

– Heimdall! – Loki gritou outra vez. – Heimdall, leve-me de volta!

Ainda nada.

Loki continuou olhando para céu, certo de que a ferocidade de seu olhar poderia penetrar a Bifrost.

– Heimdall, isso não é engraçado. Leve-me de volta. Diga a meu pai para me levar de volta. Heimdall, seu filho de uma... – Atrás dele, Loki ouviu alguém mastigando, e ele girou para Theo. – Você está *comendo*?

Theo congelou, uma das mãos dentro de um saco de papel engordurado.

– Eu perdi o jantar porque estava cuidando de você.

– Estou tentando acessar um portal interdimensional e você está fazendo um lanche?

Ele ofereceu o saco de papel para Loki.

– Você quer um pouco? É amendoim. Vocês têm amendoim em Asgard?

Loki jogou a cabeça em direção ao céu outra vez.

– Heimdall, me tire deste reino. Vamos lá, Heimdall! – Ele virou de volta para Theo. – Acho que ele está ocupado em outro lugar.

– É claro.

– Ou não estava me esperando.

Theo jogou um amendoim no ar, mas errou a boca e acertou a própria testa.

– Certo.

– Então, Heimdall provavelmente está... tirando uma soneca. Ou algo assim.

– É claro – Theo disse com um aceno solene, apesar de Loki perceber aquele sorriso irônico querendo aparecer em seus lábios. – Tirando uma soneca. Você quer esperar um pouco aqui e tentar de novo? Quando ele não estiver... tirando uma soneca?

Loki queria bater o pé no chão de tanta frustração. Acordar Heimdall de sua provavelmente improvável soneca não era uma opção. Sua mãe mencionara que, embora algum dia ele pudesse aprender como projetar a si mesmo entre os reinos, esse dia ainda estava no futuro. Mesmo em Asgard, suas projeções ainda não conseguiam se mover direito entre as salas do palácio.

– Você tem alguma maneira de contatar Asgard? – ele perguntou a Theo. – Preciso falar com meu pai.

Theo limpou a boca com a parte de trás da mão.

– Em nosso quartel-general.

Loki quase revirou os olhos. É claro que esse grupelho amador tinha um *quartel-general*.

– Certo. Então me leve ao seu quartel-general.

– Primeiro você precisa vir comigo até Southwark.

– Onde?

– É um bairro na zona sul da cidade. É lá que os corpos estão sendo guardados. – Theo guardou o saco de amendoim no bolso e sorriu. – Já que está esperando Heimdall acordar, você podia dar uma olhada naquilo que trouxemos você aqui para fazer.

Loki suspirou pelo nariz, uma ação que ele sabia que fazia suas narinas dilatarem de um jeito pouco atrativo – ao menos fora isso que Amora lhe dissera –, mas ele cedeu ao drama. O que realmente gostaria de fazer era desabar no chão, cruzar os braços e se recusar a se mexer até Heimdall puxá-lo daquele reino miserável pela Bifrost. Preferia ficar deitado na grama molhada e deixar que fosse engolido por ela a voltar para Londres. Ele deveria estar em Alfheim. Deveria estar com seu pai e seu irmão. Deveria estar realizando o trabalho digno de um rei, o que certamente não era feito no meio de tanta lama. Ou, se fosse, deveria ter uma espada envolvida.

— Não vou aceitar colocar as algemas de novo — Loki disse.

Theo deu de ombros.

— Que seja, mas eu não vou tolerar qualquer trapaça mágica.

Como se você pudesse fazer algo a respeito. Loki ficou tentado a transformar Theo em um sapo, só para lembrá-lo de quem realmente estava no comando ali. Mas um feitiço daquele tamanho seria difícil demais de justificar naquele planeta destituído de magia. Por mais satisfatório que fosse.

Loki soltou um suspiro suave.

— Certo. Leve-me até Southern Erk.

— Na verdade, é Erk do Sul — Theo corrigiu.

— E o que eu disse? — Um pequeno sorriso puxou os lábios de Theo. Loki olhou feio para ele. — Você está tirando sarro de mim.

— Eles me avisaram que você era esperto.

— Quem são "eles"?

— Todos os livros.

— Livros? — Loki repetiu, mas Theo já tinha apanhado sua bengala e começado a retornar pelo mesmo caminho que vieram.

— Vamos, a Sra. S. está esperando no necrotério.

Capítulo Quinze

Southwark ficava à beira de um rio fétido, cujo cheiro fez Loki puxar o colarinho da camisa sobre o nariz apesar de Theo dizer a ele que isso era rude e conspícuo. Mesmo sob a luz fraca das lamparinas, as casas de tijolos eram ainda mais escuras por causa da fuligem, e gesso se desprendia das fachadas, caindo nas ruas como deslizamentos de terra em miniatura. Crianças com rostos sujos de carvão sentavam-se debaixo dos telhados caindo aos pedaços, cuspindo sementes ou possivelmente dentes umas nas outras. Os paralelepípedos inchavam aleatoriamente, como se grandes raízes de árvore os empurrassem por debaixo da terra, e as sarjetas se derramavam sobre as ruas, seus conteúdos espessos e viscosos.

– Aqui é a sua casa? – Loki perguntou, seu lábio curvando-se quando desviou de uma fruta apodrecida que fora lançada contra a parede. – Você deve estar orgulhoso.

– Ora, vamos. Tenho certeza de que existem outros cantos mais decrépitos da Yggdrasil – Theo respondeu alegremente. – Não muitos, mas ao menos um.

– Se existem, eu nunca vi.

Ele seguiu Theo por uma pequena passagem, e depois ao redor dos fundos de uma taverna de portas vermelhas, janelas tortas e um andar de cima que parecia se projetar para fora em um ângulo perigoso. Para a surpresa de Loki, o beco estava repleto de pessoas esperando para entrar no prédio diante deles, e o burburinho animado ecoava para fora do corredor estreito. Vendedores andavam pela multidão, oferecendo fatias de laranja e biscoitos.

Talvez algo tivesse se perdido na tradução, mas aquilo não era o que Loki esperava quando Theo dissera que o estava levando para ver os corpos. Tinha pensado em algum cemitério, ou ao menos em um porão silencioso. O corredor subterrâneo do museu parecia um lugar mais apropriado do que aquele beco, com as pessoas e o barulho e aquela atmosfera animada. Parecia mais uma feira.

Theo não parecia abalado por nada daquilo. Ele navegou através da multidão até onde a Sra. S. os esperava, sentada em um depósito de carvão e tricotando. Ela mal ergueu os olhos quando eles se aproximaram.

– É bom saber que vocês não foram roubados no caminho – ela disse.

– Tenho certeza de que Vossa Majestade teria me protegido de qualquer bandido errante – Theo respondeu. – Ou ao menos protegido a si mesmo e acidentalmente me salvado também.

– Você ainda tem a sua carteira? – ela perguntou.

– Sim – Theo respondeu com confiança, mas Loki viu a mão dele voando até o bolso da calça. – O que você está tricotando?

– Um chapéu para o príncipe – ela respondeu, mostrando o monte de lã ainda sem forma. – Algo com chifres.

– Que lugar é este? – Loki disse de repente.

A Sra. S. voltou os olhos sobre ele.

– Theo não lhe contou?

– Ele disse que era um necrotério – Loki respondeu. – Então o que todas essas pessoas estão fazendo aqui?

– São turistas – a Sra. S. respondeu, guardando a lã em uma bolsa e tirando pó das calças quando se levantou. – Eles começaram a exibir os mortos em Paris e agora virou moda em Londres também. Cobram sessenta centavos por uma visão privilegiada das muitas maneiras com as quais você pode deixar este mundo. Quanto mais horrendo, melhor. Essa onda recente de mortes misteriosas aumentou muito a procura. – Ela assentiu na direção da multidão. – Talvez eles devessem pagar uma comissão para o seu pessoal.

– Todos vieram aqui para ver os mortos? – Loki perguntou. – Isso é mórbido.

A Sra. S. deu de ombros.

– Isso é humano. Vamos, meninos.

Ao se encaminharem para a entrada, praticamente empurrados pelo fluxo de turistas, Loki notou outro grupo reunido ao redor das portas, segurando placas no ar ou as vestindo apoiadas nos ombros com cintas. Alguns entoavam a mesma mensagem pintada em muitas das placas: DEIXE QUE VIVAM. A Sra. S. passou por eles sem nem olhar.

Quando Loki a seguiu, uma mulher vestindo uma das placas saltou na sua frente e empurrou um folheto em sua mão.

— Aqueles que você vê aqui exibidos como mortos ainda não se foram para sua grande recompensa! — ela gritou, meio que para ele e meio que para toda a multidão. Loki até sentiu o cuspe dela atingir seu rosto. Ela provavelmente tinha a idade da Sra. S., com cabelos escuros salpicados por mechas grisalhas e um pequeno chapéu preso com um alfinete. Sua saia escura estava começando a subir onde a placa havia se prendido à barra. — A polícia e os jornais querem que você acredite que eles estão mortos, mas estão meramente dormindo! — ela gritou, empurrando um folheto para Theo, que colocou a mão livre no bolso e olhou de propósito para o outro lado. — Enterrar esses mortos seria como enterrar os vivos!

— Vamos. — Theo removeu a mão do bolso e agarrou o braço de Loki, arrastando-o pela porta e para longe da mulher. Loki olhou o panfleto. O texto estava manchado com o suor das mãos dela, mas a ilustração no topo mostrava um esqueleto dentro de uma moldura ornada, sua mão ossuda segurando uma foice.

As grandes letras abaixo diziam: NÃO DEIXE OS VIVOS SUFOCAREM EM UMA COVA. AINDA EXISTE ESPERANÇA PARA AQUELES CONSIDERADOS MORTOS.

Vários longos parágrafos se seguiam em uma fonte pequena demais para discernir sem mais cuidado, mas parecia que a mulher com a placa tinha muito a dizer sobre o assunto. Loki guardou o panfleto no bolso, depois seguiu Theo e a Sra. S. para dentro do necrotério.

Os corredores do necrotério estavam tão cheios de pessoas que Loki teve de esticar o pescoço para enxergar dentro dos mostruários pouco iluminados e, mesmo assim, ele mal conseguia enxergar. Em cada lado do corredor, janelas de vidro do chão ao teto separavam os espectadores dos cadáveres deitados em macas, inclinadas para que os corpos ficassem visíveis. Havia panos sobre os corpos em lugares estratégicos, com as roupas dos cadáveres penduradas em ganchos atrás deles. Uma água escura pingava de um cano ao longo do teto, provavelmente fria para manter os corpos preservados. Alguns policiais patrulhavam nos dois lados do vidro, embora parecessem não se incomodar com o espetáculo.

O nojo embrulhou seu estômago. Mas não era apenas a morte; a morte não lhe afetava. Todas as vidas terminavam – ele e Thor haviam aprendido isso muito cedo. Guerreiros davam suas vidas por Asgard todos os dias. Mesmo aqueles que morriam de velhice e em paz estariam desgastados pelo serviço prestado ao reino.

Em vez disso, era a indignidade de todo aquele espetáculo, a exibição horrenda, os espectadores, as crianças pequenas com seus narizes pressionados contra o vidro, manchando-o com seus rostos enquanto ficavam de queixo caído diante dos ferimentos abertos. Eram apenas humanos, mas, naquele momento, Loki desejou poder colocar cada um deles em uma barcaça e enviá-los ao Hel.

— Isso é uma barbaridade — ele murmurou.

Ao seu lado, Theo olhava para o chão.

— Pelo menos nós temos cachorros.

A Sr. S. parou atrás de um grupo maior e esperou, batendo o pé no chão com um ritmo impaciente. Ao se aproximarem do vidro, Loki ouviu alguém sussurrando para uma amiga:

— Esperei a semana inteira para ver os mortos-vivos.

Ele virou para trás.

— O que você disse?

A garota, baixinha, cheia de sardas e ainda jovem, se assustou a princípio, mas depois ergueu o queixo em um gesto desafiador.

— É assim que os jornais estão chamando — ela disse. — Aqueles que morrem por nenhuma razão. — Ela apontou o dedo na direção do vidro. — Ela deveria estar viva.

As palavras ecoaram dentro dele, a memória daquilo que seu pai vira anos atrás na última vez em que olhara dentro do Espelho do Olho de Deus. *Liderando um exército de mortos-vivos.*

Ele sentiu os dedos da Sra. S. se fecharem ao redor de seu braço, puxando-o para longe das garotas.

– Venha olhar, não temos muito tempo.

Theo ficou para trás na multidão, mas Loki a seguiu para a frente do grupo até eles estarem quase pressionados contra o vidro, encarando o corpo da mulher diante deles. Estava nua, os longos cabelos soltos e posicionados para cobrir seus seios. Sob a luz gélida através do vidro, ela não parecia morta: parecia estar dormindo. Sua pele não havia adquirido aquela qualidade pegajosa e pálida que os cadáveres tinham, e não havia descoloração, nenhum sinal de doença ou ferimento. Apesar de sua relutância em parecer interessado naquela missão, Loki acabou chegando ainda mais perto, até seu nariz quase raspar no vidro.

Foi só então que olhou para o restante da fileira de cadáveres e percebeu que todos estavam do mesmo jeito – com aquela aparência de quem está dormindo, e não morto. Não havia sangue, nenhum ferimento, nenhum sinal visível do mal que lhes acometera. Não tinham nada em comum, apenas a morte.

Repentinamente, ele entendeu como a Sra. S. tivera tanta certeza de que a causa da morte daquelas pessoas era a magia. Não havia nada natural ali. Nada humano, nada nativo de Midgard.

– Quantos são? – ele perguntou, sua respiração embaçando o vidro.

– Tem mais dois corredores cheios – a Sra. S. respondeu. Ele podia ver sua expressão séria refletida no vidro. – A Scotland Yard não permitiu que nenhum seja enterrado. Estão mantendo todos aqui para observação.

– Observação? – Loki repetiu. – O que estão esperando observar exatamente?

– Eles não sabem – ela respondeu. – Mas, como nenhum dos corpos está se decompondo, algumas pessoas acreditam que não estão realmente mortos. Não há batimento cardíaco ou respiração, mas não são cadáveres. A polícia poderia provar a morte ou a vida definitivamente com uma autópsia. É um exame que se faz em um corpo para determinar a causa da morte...

– Eu sei o que é uma autópsia – Loki interrompeu, embora não soubesse de verdade.

– ...mas nenhuma das famílias dos mortos deu permissão.

– Por que seria importante fazer uma autópsia? – Loki perguntou, tentando dizer a palavra com confiança, mas ela pareceu estranha em sua boca.

Se a sua pronúncia havia sido questionável, a Sra. S. não comentou.

– Por causa de seu estado incomum, seria a única maneira de declará-los oficialmente mortos e depois enterrá-los. E, já que ainda há algum debate sobre se estão ou não mortos de verdade, o legista não pode legalmente realizar uma autópsia sem a permissão da família. Mas nenhuma família quer ceder seu amado irmão, irmã, mãe ou pai para ser cortado e costurado se, no fim, descobrirem que existe um jeito de acordá-los. Então, nada de autópsia, nada de enterro. Os corpos simplesmente são empilhados aqui na exibição. Grupos como esses aí fora – ela usou o polegar na direção da porta – convenceram todas as famílias a não autorizar a autópsia, porque acham que eles não estão realmente mortos.

— Você quer dizer os manifestantes? — Loki perguntou.

A Sra. S. confirmou.

— Não sei como as coisas são feitas em Asgard, mas aqui é preferível não colocar uma pessoa viva debaixo da terra. Se não estavam já mortos, então ficariam.

— Sim, creio que é universalmente verdadeiro em todos os reinos, exceto por alguns habitantes subterrâneos que enterram seus mortos no céu.

A Sra. S. riu suavemente. Loki ainda podia ver seu reflexo no vidro que os separava dos corpos.

— Sempre que eu acho que já descobri as coisas mais estranhas do universo, algo ainda mais estranho se revela. Funerais no céu. — Ela esfregou a mão no queixo, e Loki percebeu que ela estava imaginando a cena.

— Como você ficou sabendo disso tudo? — Loki perguntou.

— Temos um contato dentro da polícia — a Sra. S. respondeu. — Ele nos deu a dica. E é nossa responsabilidade saber sobre essas coisas.

— Sua responsabilidade pela autoridade de quem?

— Do seu pai.

— E o que ele dá em troca? — Loki voltou a olhar pelo vidro. — Você está desperdiçando seu tempo trabalhando para alienígenas, Sra. S.

— Bom, e você vai desperdiçar mais um tempo com a gente, Vossa Majestade? Notei que não está em Asgard.

— Minha viagem sofreu um atraso. — Por mais que não quisesse admitir, para aquela mulher ou para seu pai, caso algum dia voltasse para seu reino, ele estava intrigado. Qualquer que fosse a magia afetando aquelas pessoas, ele nunca a tinha visto.

– É mesmo? – a Sra. S. perguntou, e ele ignorou a diversão em sua voz.

– Então acho que ficarei e investigarei isso com vocês.

O reflexo dela sorriu.

– Que generoso da sua parte, Vossa Majestade.

Capítulo Dezesseis

O escritório da Sociedade SHARP ficava na Finch Street, número $3^{1/2}$, como se alguém tivesse lembrado dele apenas de última hora e incluído o prédio no meio de um beco. Não era nem de longe grande o bastante para abrigar uma vasta sociedade secreta. Tinha menos janelas e uma porta mais estreita do que as lojas de cada lado. Aos fundos, uma fábrica cuspia fumaça preta em intervalos intermitentes. Sob a pálida luz do amanhecer, Loki podia ver um pequeno letreiro onde se lia B. B. SHARP, ANTIGUIDADES.

Embora uma sineta tivesse tocado quando Theo conduziu Loki para dentro, a loja parecia deserta. Havia mostruários de vidro e estantes vazias, seus cantos juntando poeira e teias de aranha. O balcão já tinha mofo crescendo onde pingos de água vazavam de um cano acima.

— É para a loja em si ser uma antiguidade? — Loki perguntou.

— O quê? — Theo olhou para cima para acender uma lamparina. — Ah, não, era do Sr. Sharp. Nós apenas usamos a sala dos fundos. Nosso escritório fica ali. Vamos.

Theo o conduziu por trás da bancada, atravessando uma cortina de veludo mofado que cheirava como se a água estivesse pingando nela antes de tomar o balcão.

Aquilo mal podia ser chamado de escritório. Loki começava a suspeitar de que eles mal eram uma sociedade.

A sala dos fundos, em contraste com a loja, estava cheia. Havia livros empilhados até o teto. Uma pesada mesa redonda ao centro começava a ceder sob o peso de papéis e caixotes e de uma espada muito enferrujada. Uma estação de trabalho fora enfiada num canto, cheia de fios e engrenagens.

Enquanto Theo tirava seu casaco, Loki apanhou um anel com uma óbvia joia falsa. A pedra havia sido levantada do metal para revelar um conjunto de engrenagens em miniatura.

— Não toque nisso — Theo disse rapidamente.

— O que isso faz? — Loki perguntou.

— Dispara dardos com sedativos. Ou melhor, vai disparar, quando funcionar. É um mecanismo temperamental.

— De onde veio tudo isso? — Loki perguntou.

— De mim, a maior parte.

— Você que fez?

— Algumas coisas. Eu já fui um estudante de engenharia. Eu iria me tornar um engenheiro também, mas o plano foi... arruinado. — Ele deu de ombros. —

Provavelmente é tudo bobo comparado com as coisas que você tem em Asgard.

– Sim.

Theo olhou feio para Loki enquanto colocava lenha no fogão.

– Não era pra você concordar comigo.

Loki encolheu os ombros.

– Foi você que falou.

– Sim, mas esperando que você fosse protestar de alguma forma. *Não, é muito impressionante, digno de Asgard, e você é maravilhoso e brilhante e lindo, Theo.* – Ele riscou um fósforo na mesa e o deixou cair no fogão. O fósforo soltou fumaça, mas a lenha não pegou fogo. – Pelo jeito, seria pedir demais.

Loki apanhou um conjunto de manoplas douradas que pareciam muito mais algo de Asgard do que da Terra.

– O que essas coisas fazem?

Theo ergueu os olhos enquanto acendia outro fósforo.

– Nada. São antiguidades que o Sr. Sharp encontrou em uma expedição.

– Sr. Sharp. O misterioso dono da loja vazia.

– Não tão misterioso assim – Theo respondeu. – Era o marido da Sra. S. Ele era um arqueólogo que coletava artefatos nórdicos para o Museu Britânico. Os dois eram. Ele a Sra. S. Foi ele quem primeiro fez contato com o seu pai em Asgard, completamente por acidente, depois de encontrar o anel de fadas perto de Brookwood.

– Sr. Sharp – Loki repetiu. – O nome da sua sociedade maluca faz mais sentido agora. – Theo riu. – Você deveria fazer uma petição para mudar esse nome e ter algo menos constrangedor no cartão de visitas.

– Não estamos entregando muitos cartões ultimamente. – Theo assoprou o fogão, depois acrescentou: – E a sociedade não é tão secreta se você ficar distribuindo cartões por aí.

– Já considerou colocar em votação? – Loki perguntou, passando um dedo pela moldura engordurada da janela. – Ajudaria os muitos, *muitos* outros membros da sua claramente enorme organização secreta a aparecerem no escritório se vocês tivessem um nome mais chamativo.

Ele virou para Theo, que mordia o lábio e olhava intensamente para sua caixa de fósforos.

– É um tributo, o nome – Theo disse.

– Um tributo?

– Para o Sr. Sharp.

– Foi o que eu achei. O que aconteceu com ele?

– Ele morreu alguns anos atrás – Theo respondeu. – Antes de eu conhecê-lo. Você não consegue fazer fogo, consegue? Agora que eu tirei as algemas. – Ele jogou o terceiro fósforo queimado no fogão. – Está frio demais e não consigo acender.

Loki considerou. Considerou dizer não. Theo tremeu dramaticamente e bateu os dentes.

– Que seja.

Loki se aproximou do fogão, esfregando as mãos juntas, em parte para se exibir, em parte porque realmente estava frio naquela pequena sala dos fundos. Ele criou uma chama entre os dedos e a deixou cair na barriga do fogão. A lenha ganhou vida, banhando ele e Theo em um brilho avermelhado e acolhedor. Loki pressionou as mãos no topo do fogão, depois olhou para Theo.

— O que foi?

— Isso... — Theo passou a mão pelo queixo, e Loki de repente se sentiu estranho, do jeito que se sentia em Asgard sempre que seus poderes se manifestavam. Mas então, Theo completou: — Isso foi brilhante.

— É um feitiço simples.

— Sim, bom, acontece que alguns de nós não conseguem fazer feitiço nenhum. — Theo pendurou a bengala no encosto de uma cadeira à mesa e afundou nela, tirando a espada enferrujada de cima da pilha de papéis diante de si.

— Você também fez aquelas algemas? — Loki perguntou, lançando uma isca, sentando-se na frente de Theo e colocando os calcanhares em cima do fogão. — Aquelas que suprimem a magia.

— Não, elas vieram de Asgard — Theo respondeu. — O seu pai as enviou para o Sr. Sharp para prender qualquer ser mágico que ele detivesse. Aparentemente, aconteceram alguns incidentes.

Loki achou que, se você fosse convocar humanos para lutar contra poderosos seres mágicos em seu nome, o mínimo que podia fazer era repassar as armas necessárias, mas, antes que pudesse dar voz a esse pensamento, Theo puxou um conjunto de papéis de baixo da pilha e começou a posicioná-los na mesa entre eles.

— Então, aqui estão os relatórios policiais...

— Espera aí. — Loki colocou a mão sobre o topo do primeiro relatório ao mesmo tempo em que Theo foi apanhá-lo e, por um momento, suas mãos bateram uma na outra. Foi desajeitado e sem intenção — a breve sensação de pele sobre pele assustou a ambos, embora apenas Theo tenha recuado, esfregando a mão como se ela tivesse sido queimada.

— Você prometeu me ajudar a contatar Asgard se eu fosse com você até o necrotério — Loki disse.

— Eu prometi? — Theo esfregou a nuca.

— Eu me lembro como se fosse ontem. — Uma pausa. — De fato, isso foi só algumas horas atrás.

— Sim, eu me lembro, obrigado. — Theo se levantou com dificuldade e apanhou uma jarra e uma tigela de cerâmica de uma estante ao lado da estação de trabalho, e depois as colocou sobre os relatórios da polícia. Ele tirou a rolha da jarra e despejou todo o líquido transparente dentro da tigela. — Isso aqui também veio de Odin.

— Ah, ele deu a vocês uma jarra de água? — Loki pressionou a mão sobre o peito. — Meu pai é tão atencioso.

— Não, ele nos deu uma *tigela* — Theo corrigiu. — Funciona como um meio de comunicação entre aqui e Asgard. — Theo deu um passo para trás. A superfície do líquido brilhou e, daquele ângulo, Loki viu que uma imagem havia se formado, mas não conseguia discernir o que era. — Você quer um pouco de privacidade? — Theo perguntou.

— Por quê? Você consegue ouvir os dois lados da conversa?

– Por quê? – Theo o imitou. – Você vai falar de mim?

– Possivelmente. Apenas coisas depreciativas, eu garanto.

Theo apanhou sua bengala no encosto da cadeira, olhou para o fogão já com saudades e depois falou sobre o ombro enquanto abria a cortina de veludo:

– Diga olá ao seu pai por mim.

Loki se inclinou sobre a tigela, a superfície ondulando levemente como se o chão estivesse tremendo. Ele esperava ver a sala do conselho do pai refletida de volta, ou o observatório de Heimdall. Talvez até a sala do trono. No mínimo, os escritórios dos cartógrafos ou a biblioteca, o tipo de lugar onde outros dignitários eram recebidos quando visitavam ou se comunicavam com a corte asgardiana.

Em vez disso, ele se encontrou olhando para pedras brancas, e Loki precisou de um momento até entender que elas faziam parte de um teto. Eram tão comuns e pouco adornadas que dificilmente pertenceriam a algum lugar significativo do palácio. Qualquer que fosse aquele lugar onde Odin decidira aceitar as comunicações da Sociedade SHARP, definitivamente não era um lugar de honra. Loki sentiu mais uma pontada de raiva contra o pai por tê-lo condenado àquele lugar, àquele embaraço. Trabalhando com humanos a quem Odin não podia nem ao menos dedicar um canto de sua sala de reuniões. Ele nunca faria contato com alguém em Asgard naquele lugar escuro e escondido do palácio. Teria sorte se algum garoto esvaziando penicos passasse por ali.

Ele se endireitou, procurando por Theo. Considerou chamá-lo, para perguntar como conseguiam fazer contato com Asgard se aquilo era tudo o que eles tinham, ou se havia algum horário marcado em que passava um guarda fazendo patrulha. E então algo refletiu na superfície da água, e Loki voltou a olhar para a vasilha, seu nariz quase tocando a superfície.

– Thor!

Uma longa pausa, depois o som de passos, e uma sombra caiu sobre sua linha de visão, bloqueando o teto. Era Thor, o cabelo preso, molhado de suor e sem camisa.

Ele soltou um grito de surpresa.

– Loki!

– Por favor, diga que você está usando calças – Loki respondeu.

– O que você está fazendo nesse lavatório?

Era ali que estava? Pior do que o esperado. Odin banira toda a comunicação com a Sociedade SHARP para o vestiário da arena onde os soldados treinavam. Era um lugar onde o próprio rei nunca ia.

– O que você está fazendo atendendo um chamado de um lavatório? – Loki disse. – Você está no treinamento?

– No vestiário debaixo da arena. Você não pode simplesmente... – Thor se moveu, apanhando uma toalha fora da linha de visão de Loki e jogando-a sobre o ombro como se tentasse se cobrir. – E se eu estivesse sem roupa?

– Então eu ficaria para sempre traumatizado – Loki respondeu com sarcasmo. – Acredite em mim, esse também não é o lugar que eu escolheria.

Thor esfregou a toalha sobre a cabeça, depois a jogou no chão. Se estivesse presente, seria preciso muito esforço da parte de Loki para não a apanhar do piso.

– Essa toalha não vai secar se você a deixar desse jeito.
– O quê?
– A toalha.
– Você apareceu aqui só para discutir... meus hábitos de higiene?
– Você não podia ter escolhido um jeito pior de dizer isso?

Thor soltou um suspiro irritado, olhando para a toalha, e depois pareceu tomar a decisão consciente de não a apanhar do chão.

– Onde você está? – ele perguntou.
– Em Midgard – Loki respondeu. – Onde fui banido.
– Você não foi banido – Thor respondeu com indignação. – Você está em uma missão.

Loki ofereceu um sorriso açucarado.
– Ah, que bonitinho que você pense assim. Por que você não está em Alfheim?
– Nosso pai foi sozinho – Thor respondeu. – Ele vai me enviar junto com uma brigada para procurarmos as Pedras em um porto de contrabandistas perto de Vanaheim. Um de nossos espiões por lá acha que elas podem ter passado pelo mercado negro.

Loki quase caiu para a frente dentro da tigela de tanta raiva – e um pouco também na esperança de cair direto em Asgard.

– Mais uma missão heroica para acrescentar ao seu generoso currículo.
– Ele achou que seria um melhor uso das minhas habilidades...

— É claro que ele achou — Loki interrompeu. — E os meus talentos são melhor usados bancando o detetive com humanos.

— É importante para um rei... — Thor começou a dizer, mas Loki o interrompeu:

— Não, é uma perda de tempo pensada só para me punir. Você precisa me tirar daqui.

Thor estranhou.

— Chame Heimdall.

— Eu chamei. Acho que nosso pai disse a ele para não me trazer de volta. A Bifrost está fechada para mim.

— Então eu também não deveria trazê-lo de volta.

Loki percebeu que estava apertando a tigela com força.

— Irmão, por favor.

— Mas a sua missão...

— Não tem missão nenhuma. Nosso pai inventou uma razão para me tirar de Asgard e apaziguar esses humanos patéticos que acham que nós nos importamos com o que acontece com eles. Deixe-me ir com você para encontrar as Pedras. Eu teria muito mais valor para ele nessa missão. Ele está fora do reino, nem precisaria saber até eu retornar com você.

Thor mordeu a parte de dentro da bochecha, com aquela familiar veia de preocupação aparecendo em sua testa.

— Sinto muito, irmão.

— Thor, por favor...

— Desejo sorte com a sua missão e vejo você quando retornar para Asgard.

— Thor! — Loki gritou, mas seu irmão já tinha sumido. E então voltou apenas por tempo suficiente para apanhar a toalha que havia descartado, dobrá-la desajeitadamente e ir embora outra vez.

Loki afundou na cadeira, pressionando os punhos contra a testa e permitindo a si mesmo um grunhido de frustração. Talvez tivesse exagerado quando disse que não havia razão para ficar na Terra. Algo mágico realmente estava acontecendo àqueles humanos de Londres, mas ele não queria ser a pessoa que desvendaria o mistério. Ele queria estar vasculhando os reinos atrás das Pedras Norn com Thor, não em uma sala tão estreita que mal podia abrir os braços, cercado por imitações humanas das coisas de Asgard e um ar tão seco que fazia sua pele coçar. Ele queria estar em casa. Queria receber uma chance.

Loki se levantou de repente e passou pela cortina, quase trombando com Theo, que estava encostado no balcão do outro lado.

– O que aconteceu com a privacidade? – Loki perguntou.

– Tinha uma cortina – Theo respondeu, seu rosto começando a corar. E então ele perguntou, quase como se não conseguisse evitar: – Então nós somos humanos patéticos que não importam para o seu pai?

Loki soltou um longo suspiro pelo nariz.

– Tenho certeza de que o trabalho que vocês fazem é muito importante para o seu reino e sua segurança, e equilíbrio e ordem e todas aquelas palavras diplomáticas. Mas vocês não entendem a escala maior do universo. A coisa mais importante que acontece em Midgard é apenas um pontinho. Um momento. O equivalente interdimensional de um espirro. Meu irmão está prestes a sair em uma expedição que vai atravessar múltiplos reinos procurando um dos amplificadores mágicos mais perigosos da galáxia, então, perdoe-me por não dedicar toda a minha energia à morte de um punhado de humanos nesta cidade imunda.

Theo tensionou a mandíbula, e Loki sentiu que ele queria dizer ainda mais.

— Aquelas pessoas têm família.

— Todo mundo tem família.

— Isso não quer dizer que suas vidas não importam.

— Ora, por favor. — Loki riu. — A vida não tem nada de rara ou preciosa. Você a encontra em qualquer lugar. Se for chorar por cada vida perdida que *importava*, você choraria até o mundo acabar.

— Elas merecem justiça — Theo insistiu. — E as pessoas daqui merecem estar seguras contra o que as está matando do mesmo jeito que o seu povo merece estar seguro contra seja lá qual artefato o seu irmão esteja procurando.

— Você está tentando me comover? — Loki abriu as mãos. — Está esperando lágrimas? Não sou do tipo que chora à toa.

— Não, acho que seria esperar demais de *você*. — Eles foram interrompidos pela sineta sobre a porta, e Theo girou para trás. — Não estamos abertos... — ele começou a dizer. — Ah, é você.

Loki precisou de um momento para reconhecer Gem do corredor escuro do Museu Britânico, vestido em um uniforme azul elegante com um chapéu alto. Mesmo se não tivesse visto os policiais no necrotério no dia anterior, não seria preciso muito entendimento da moda midgardiana para perceber que Gem era um policial. Soldados pareciam iguais em qualquer lugar.

Gem estava sem fôlego e com o rosto vermelho, seus enormes ombros subindo e descendo como uma montanha em um terremoto.

– Eles encontraram mais um.

O cotovelo de Theo escorregou de cima do balcão.

– O quê?

– A Scotland Yard – Gem respondeu enquanto arfava. – Um dos policiais em Clapham, atrás de Plough. Outro corpo.

Theo praguejou para si mesmo.

– A Sra. S. já... – ele começou a dizer, mas Gem o interrompeu.

– Eu mandei que a chamassem no museu. Ela já deve estar a caminho. Você sabe onde fica? Os caras não podem me ver com vocês.

– Posso descobrir. Vou pegar o kit. E o meu casaco. – Theo seguiu para o quarto dos fundos e quase trombou com Loki. – Ah, e você. Você vem junto.

– Para um assassinato? – Loki perguntou.

– Para uma cena do crime – Theo respondeu.

Capítulo Dezessete

A multidão ao redor do Plough Inn era quase tão grande quanto aquela esperando na frente do necrotério. Loki não sabia se deveria ficar impressionado ou sentir desgosto pela dedicação incansável da humanidade à morbidez.

Na parte de trás da multidão, a Sra. S. esperava por eles, uma capa escura jogada sobre seu corpete de gola alta. Ela vestia calças de pernas largas, que se acumulavam sobre as botas curtas, e seus braços magros estavam cruzados sobre o estômago. Podia até ser um gesto para demonstrar impaciência, mas Loki sentira que ela estava simplesmente com frio. Ela usava um par de óculos escuros sobre o nariz, a armação tão pequena que as lentes mal eram maiores do que os olhos.

— Aí estão vocês — ela disse quando eles se aproximaram. — Consegui pouca informação com esses policiais irritantes, mas Gem pode descobrir outras coisas mais tarde. Foram Ashford e Baines – ela falou para Theo, nomes que claramente significavam algo, pois ele franziu a boca. – Agora. – Ela se virou para Loki. – Só para prepará-lo um pouco para aquilo que está prestes a acontecer...

– Estou prestes a ver um cadáver? – ele ofereceu.

– Ah. – Ela fez uma pausa. – Sim, mas não era para isso que eu queria prepará-lo. A força policial aqui é bastante hostil.

– Com todo mundo?

– Sim, mas especificamente conosco.

– Ora, Sra. Sharp. – Loki espelhou a postura dela, braços cruzados sobre o estômago. – Por que alguém seria hostil com você?

– O que quero dizer – ela falou – é que devemos usar o pouco tempo que temos para acessar a cena do crime da melhor maneira possível. Você trouxe o kit? – ela perguntou para Theo, e ele apalpou a bolsa de couro pendurada em seu ombro. – Excelente. O príncipe é responsabilidade sua.

– Sou capaz de ser minha própria responsabilidade – Loki protestou.

A Sra. S. ergueu uma sobrancelha, mas não comentou nada.

– Sigam-me.

A multidão era menos animada do que aquela do lado de fora do necrotério. Nada além de sussurros escapavam entre as pessoas, como participantes de um funeral trocando fofocas sobre o morto. Loki notou várias pessoas se aproximando do ouvido umas das outras quando viram a Sra. S., seus olhares parando sobre seus óculos peculiares e suas calças largas. Nenhuma das outras mulheres de Midgard usava calças, Loki percebeu.

Dois policiais estavam de pé na frente da multidão, de braços dados para manter as pessoas afastadas. Um deles era Gem, fingindo muito bem que não os conhecia. O outro policial era tão grande quanto Gem, seu cabelo raspado da mesma maneira. Ele ofereceu um sorriso irônico quando eles se aproximaram.

– Que grande surpresa.

– Boa tarde, Paul – a Sra. S. respondeu. – Você parece bem.

– Você precisa me chamar de Oficial agora, Sra. Sharp – Paul rebateu.

A Sra. S. estalou a língua.

– Ora, não acho que a sua mãe aprovaria você usando esse tom comigo.

Paul ficou corado.

– Ela não quer ter mais nada com você, e nós também não.

– Foi o que ela me disse – a Sra. S. respondeu. – Posso falar com o seu comandante?

– A mãe diz que você ficou maluca depois que o seu marido bateu as botas – Paul continuou.

O sorriso da Sra. S. ficou tenso.

– Que bondade da sua mãe falar de mim pelas costas. E sua, por mencionar. – Ela se virou para Gem. – Senhor, você poderia nos deixar passar para que eu possa conversar com o seu oficial comandante? Já que o seu irmão não me deixa?

Foi então que Loki notou a semelhança entre Paul e Gem. Era sutil – ele achara que os dois se pareciam apenas do jeito com que todos os homens de mãos grandes e ombros largos se parecem. Mas eles também tinham o mesmo nariz achatado e olhos pequenos, com testas tão amplas que você poderia acertá-las usando balas de canhão.

Gem lançou um olhar para o irmão.

– Eles não fazem mal, Paul.

– O detetive Baines não gosta de... – Paul começou a falar, mas Gem baixou o braço e disse:

– Vocês podem atravessar, Sra. S.

– Obrigada, Gem – ela respondeu, e então eles passaram entre os dois homens. – Diga a sua mãe que eu ainda tenho minhas faculdades mentais em perfeito estado e que espero que ela esteja bem.

Gem assentiu.

– Madame.

O corpo do homem assassinado parecia igual aos outros no necrotério, rosto sem expressão e membros sem vida, mas era como se estivesse dormindo, não morto. Estava vestido com meias até os joelhos e um casaco áspero. As mãos estavam pretas ao redor dos nós dos dedos, e um conjunto de escovas de cabo longo amarradas nas costas havia caído na lama, com as correias apertando seu pescoço.

Alguns homens com o mesmo uniforme de Gem perambulavam pelo beco, virando caixotes e chutando areia, procurando por qualquer coisa deixada para trás. Um homem com um tripé estava preparando uma câmera para tirar fotos. Dois outros conversavam abaixados sobre o corpo, um deles com um bigode grosso, o outro um ruivo de barba rala, e eles ergueram os olhos quando o grupo se aproximou. O homem com o bigode sorriu, mas seu rosto não mostrou emoção alguma.

– Vejam só, rapazes, chegou a turma dos fantasmas.
O sorriso da Sra. S. foi quase tão forçado.

– Boa noite, detetive Ashford. – Ela se virou para o oficial ruivo e assentiu rapidamente. – Detetive Baines.

– Sra. Sharp. – Ashford ergueu a mão para impedir o progresso deles. – Vocês estão invadindo uma cena de crime oficial da Scotland Yard. Outra vez.

– Você quer fazer nosso teatrinho em que você pede que eu vá embora enquanto eu protesto? – a Sra. S. perguntou.

– Prefiro simplesmente prender vocês – Ashford respondeu.

– Isso não é do seu feitio, detetive. – A Sra. S. ergueu as mãos, as palmas abertas, e balançou os dedos. – Geralmente você prefere não sujar as mãos.

Ashford ajeitou suas calças com uma risada sem humor.

– Então, o que é que matou o sujeito dessa vez? Aparições? Um fantasma? Ele foi estrangulado por um poltergeist? Ou será que irritou a mesma bruxa que matou todos os outros malditos cadáveres de Londres?

– Você achou um novo admirador, Bell? – Baines disse para Theo, antes que a Sra. S. pudesse responder. – Esse aí é bem desleixado, hein? Eu achava que você gostava dos intelectuais.

Parecia desaconselhável lançar qualquer feitiço na frente daqueles policiais, ou mesmo ameaçar lançar um feitiço, então Loki simplesmente deu ao homem um olhar que dizia claramente: *Eu vou transformar você em um sapo*.

— Ignore-os — Theo murmurou para Loki, mas sua voz saiu apertada.

— O que você acha das minhas calças? — a Sra. S. interveio, e Theo cutucou a perna de Loki com sua bengala.

— Vamos, precisamos olhar melhor enquanto ela os distrai — ele disse.

— Agora eles me deixam usá-las no museu — Loki ouviu a Sra. S. falar enquanto seguia Theo para dentro dos limites da cena do crime.

— Você precisa ser seu próprio marido agora que o seu morreu? — Baines perguntou com um sorriso maldoso. — Por que você tenta tanto se parecer com um homem, Sra. Sharp?

— Porque — a Sra. S. respondeu, sem desperdiçar um olhar fulminante para ele — vocês, garotos, precisam de um bom modelo.

Theo rangeu os dentes, depois se abaixou ao lado do cadáver, soltando um leve gemido de dor ao tirar o peso do corpo da perna ruim. Loki se abaixou ao seu lado.

— Aqui. — Theo buscou em sua bolsa, puxando um par de óculos iguais aos da Sra. S.

— Para que servem? — Loki perguntou ao pegar os óculos.

— Você consegue enxergar o resíduo do feitiço.

— Eu não sabia que feitiços deixavam resíduos — Loki respondeu.

— Só aqui na Terra, porque o ar é destituído de mágica. Imagino que em Asgard exista tanta magia que você nunca iria encontrar uma marca.

Loki levou os óculos até os olhos. As cores ao seu redor se tornaram ácidas, a luz ganhando uma qualidade doentia, exceto por uma pequena faixa de ar branco que pairava acima do homem morto, como uma fina nuvem de neve sobre seu corpo inteiro. Quando olhou acima do topo das lentes, o brilho desapareceu. Loki empurrou os óculos sobre o nariz, depois olhou para a própria mão, conjurando um feitiço até a ponta dos dedos sem, contudo, executá-lo e, para sua surpresa, seus próprios dedos adquiriram o mesmo brilho fantasmagórico.

— Você criou isso? — ele perguntou para Theo.

— Os óculos? — Theo desdobrou seu próprio par sobre o nariz e encolheu os ombros. — Eu montei, mas não foi ideia minha. Eles funcionam com o mesmo princípio básico de exposição dupla da fotografia de espíritos.

— Eu não sei o que nada disso significa.

— Não é muito impressionante — Theo disse. — Você sabe que tipo de feitiço é esse?

— Acho que feitiços não têm aparências diferentes. Aqui. — Ele ergueu a mão para que Theo a examinasse, acumulando energia outra vez.

Theo franziu a testa, olhando por cima dos óculos e depois através deles outra vez.

— E eu não conheço nenhum feitiço que possa fazer isso com um humano. Ou com qualquer ser. — Loki se inclinou para trás, mas errou a posição da mão ao se apoiar e quase caiu. Ele tentou impedir a queda, procurando agarrar alguma coisa rápido, mas sua mão acabou pousando no braço do homem morto.

Ele sentiu o feitiço, embora não soubesse dizer exatamente o que era. Sob seu toque, o corpo do homem, ainda quente mesmo na morte, espasmou. O cadáver lançou os dedos à frente, agarrando o pulso de Loki. Seus olhos se abriram de repente, e os dois encararam um ao outro.

E então o homem voltou a apagar, morto novamente.

Loki se afastou rapidamente, tirando os óculos escuros e olhando para o homem. Estava morto. Estava. Estivera. E então, só por um momento...

Ele percebeu de repente que não era o único a ter notado o incidente. Os policiais haviam parado de falar e agora gritavam confusos sobre o que havia acontecido. Várias pessoas na multidão, que conseguiram espiar entre os enormes braços de Gem e Paul, gritaram. Alguém agarrou Loki pelo colarinho de sua casaca e o arrastou para fora do caminho, depois se abaixou para medir o pulso do homem.

– Nada – ele disse para ninguém em particular.

O detetive Ashford estava pálido, os olhos arregalados.

– Eu vi. Eu o vi...

Baines ergueu os olhos.

– Eu também vi. Todos vimos.

– Maldição.

– O que você fez? – Theo murmurou para Loki.

– Não faço ideia – ele respondeu.

O detetive Baines girou de repente e empurrou Theo, derrubando-o para trás em uma poça. Seus óculos escuros caíram de seu rosto e tilintaram pelos paralelepípedos.

– Você está tentando nos enganar, não é?

– Eu não fiz nada! – Theo protestou.

– É claro que fez – o detetive rosnou, pisando de propósito sobre os óculos de Theo. Eles foram esmagados sob o peso de seu pé como ossos se partindo. – Vocês malucos aparecem na mesma hora em que algo estranho e inexplicável acontece? Que grande coincidência.

– Deixe-o em paz – a Sra. S. disse.

O detetive chutou um pouco da poça fétida sobre Theo, que desviou.

– Não pense que eu não vou prendê-los de novo!

Ele ergueu o pé outra vez, agora mais alto, como se ainda estivesse decidindo onde o golpe acertaria, mas Loki se levantou de repente, ficando entre o detetive e Theo. Estava se segurando para não deslizar uma de suas adagas até a mão, mas achava que isso não os ajudaria muito a não serem presos. O detetive parou, o pé ainda erguido. Ele e Loki se encararam, depois o homem bateu o pé no chão mais uma vez, molhando os dois antes de se virar para ir embora.

– Sra. Sharp – Loki ouviu Ashford dizer. – Acho que é melhor você e seus homens se retirarem imediatamente.

Loki se virou e ofereceu a mão para Theo. Theo a aceitou, e Loki pôde sentir um leve tremor ao puxá-lo de pé. A Sra. S. apanhou a bengala de Theo de onde estava caída e assentiu na direção pela qual eles haviam chegado.

Ao seguirem no meio da multidão, várias pessoas começaram a vaiá-los, repetindo muitos dos insultos que o detetive ruivo havia usado. Alguns pularam na frente deles, implorando para saber o que havia acontecido, pois não tinham conseguido enxergar. Um homem disse que trabalhava para um jornal e pediu algum comentário. A Sra. S. ignorou a todos.

– Vocês precisam de uma praga – Loki disse quando finalmente entraram em Clapham Common, as ruas cheias de carruagens e carroças, mas com as calçadas menos congestionadas e muito menos hostis. – Algo para diminuir um pouco o excedente da sua população.

– Nós tivemos uma – a Sra. S. respondeu. – Várias, na verdade, mas os bastardos continuam por aí. – Ela parou, virando-se para Theo. – Você quer se sentar? Está doendo?

Theo sacudiu a cabeça, apesar de parecer aflito.

– Vamos para casa.

– Certo. É claro. Vou encontrar um táxi. Você pode ficar com ele, por favor? – ela pediu a Loki, e então ganhou a rua, tentando acenar para uma das carruagens que passavam.

Theo se recostou contra a parede de um açougue. Loki fez o mesmo ao seu lado, olhando para os tijolos debaixo de seus pés, manchados pela sujeira espalhada no beco.

– Obrigado – Theo disse depois de um tempo.

Loki deu de ombros. Cavalheirismo o deixava desconfortável, mas lhe pareceu uma crueldade desnecessária dizer a Theo que ele não quisera realmente intervir. Nem percebera que estava se levantando até já estar no meio do caminho.

— Sempre é assim? — Loki perguntou. — Com os guardas?

— Você quer dizer com os policiais? — Um meio-sorriso passou rápido pelo rosto de Theo. — Geralmente. Às vezes eles cospem na gente. E xingam. Foi até pouco, dessa vez.

— Vocês precisam trabalhar com eles frequentemente?

— Dizer que trabalhamos juntos seria uma generosidade. Mas nós nos cruzamos. Com frequência. No geral, quando tem algo mágico envolvido, a polícia é chamada para investigar. Pensando que é algo não mágico, é claro. E geralmente nós estamos lá, e eles geralmente não nos querem lá, então sempre há uma troca de palavras. — Ele tirou o boné e passou a mão pelos cachos. — Mas nós temos o Gem lá dentro. E... outros. — Ele disse a última palavra sem muita convicção.

— É a sua vasta rede de membros da sociedade secreta — Loki comentou.

Theo olhou de lado para ele.

— Certo. Vasta.

A Sra. S. voltou naquele momento.

— Consegui um táxi para nos levar de volta ao escritório. — Ela entrelaçou seu braço com o de Loki. — Vamos, Vossa Majestade. Seria uma honra mostrar a você como nós humanos lidamos com nossas frustrações.

— Como vocês lidam? — Loki perguntou.

— Nós bebemos até cair.

Capítulo Dezoito

Eles beberam no escritório da Sociedade SHARP, sentados ao redor da mesa que era grande demais para a pequena sala dos fundos. A Sra. S. apanhou uma garrafa de um líquido claro em um armário e serviu três copos, virando o dela duas vezes antes de os outros sequer pegarem os seus. Loki cheirou a bebida – tinha um aroma excessivamente ácido e um pouco floral. Conseguiu tomar apenas alguns goles antes de seus olhos começarem a lacrimejar, e então baixou o copo, certo de que o álcool causara algum tipo de dano corrosivo e permanente ao seu estômago. Theo apanhou seu copo, tomou um longo gole e pareceu se arrepender de imediato. Ele pressionou o punho contra o peito, os lábios apertados e as bochechas inchadas como se estivesse tentando não cuspir tudo de volta.

– Então – Loki disse após um momento de silêncio. – Vocês não são realmente uma vasta sociedade secreta, não é?

Theo olhou para a Sra. S., que se servia de mais uma dose.

— Não somos uma organização reconhecida pelo governo, se é isso o que você está perguntando. Não temos uniformes, salários ou proteção da lei.

— Quantos membros existem?

— Três.

— Só mais três membros adicionais?

— Não. Nós três somos a sociedade inteira. — Loki suspeitara disso, e pensou que fosse achar engraçado vê-la admitindo, mas o que sentiu mesmo foi pena. A Sra. S. passou o polegar pelo canto da boca e apanhou a garrafa outra vez. — Somos pequenos em tamanho, mas compensamos em personalidade. Não foi Lord Byron quem escreveu isso?

— Não — Theo disse sem erguer os olhos.

A Sra. S. acenou com a mão.

— Como era aquela parte sobre os irmãos, então?

— "Nós, estes poucos; nós, um punhado de sortudos; nós, um bando de irmãos" — Theo recitou. — "Pois quem hoje derrama o seu sangue junto a mim passa a ser meu irmão." Só que isso definitivamente não foi escrito por Lord Byron.

A Sra. S. acenou para Theo com orgulho, depois disse para Loki:

— Um de nós fez faculdade.

— Pela metade — Theo corrigiu. — Fiz faculdade pela metade. Eles me expulsaram, lembra?

— Nós já tentamos — a Sra. S. falou, erguendo o copo à luz da lareira como se procurasse por falhas —

explicar nossa situação para a polícia e pedir sua ajuda. E tentamos alertar sobre as ameaças que possam escapar ao entendimento deles. Mas em geral fomos recebidos com escárnio e descrença.

– Exclusivamente – Theo corrigiu. – Fomos recebidos *exclusivamente* com escárnio e descrença.

– Como vocês descobriram o meu pai? – Loki perguntou. – E Asgard e os Nove Reinos e tudo mais?

A Sra. S. levou seu drinque até a boca e disse, com muita seriedade e em um tom baixo e confidencial:

– Minha mãe foi uma Valquíria.

Theo ergueu os olhos, de queixo caído.

– Espera aí. Sério?

A Sra. S. não disse nada. Seus olhos encararam os de Loki, uma sobrancelha curvando-se lentamente para cima. Ele analisou o rosto dela por um momento, então se recostou na cadeira e sacudiu a cabeça.

– Não acredito.

A Sra. S. riu alto. Theo revirou os olhos, depois se levantou com dificuldade.

– Vou tirar água do joelho.

Quando Theo desapareceu atrás da cortina, a Sra. S. também se ajeitou na cadeira, puxando uma perna para debaixo do corpo e encarando o teto. Ficou em silêncio por tanto tempo que Loki pensou que ela tivesse esquecido a pergunta, mas então ela falou:

– Meu marido e eu éramos arqueólogos. Nós viajávamos pelo mundo e colecionávamos antiguidades, principalmente para o Museu Britânico, apesar de realizarmos algumas vendas particulares. A partir daí – ela fez um gesto vago com a mão para indicar toda a loja – nós compramos aquilo que achávamos ser relíquias vikings em um leilão em Paris, mas, quando trouxemos para o museu, eles se recusaram a autenticá-las. Disseram que eram falsas. Meu marido estava determinado a provar que eles estavam errados, e, no processo, descobriu que não eram falsas, mas sim relíquias asgardianas, e que o vendedor era um contrabandista de Vanaheim que as roubou de seu pai. Os homens de Odin apareceram para reclamar os itens roubados e, como agradecimento, ele enviou para meu marido um navio cheio de ouro...

– Um navio inteiro? – Loki interrompeu.

– Um pequenininho – a Sra. S. ergueu a mão para demonstrar. – Mas tem sido suficiente para me manter confortável. Depois disso, meu marido e eu nos voluntariamos para ficar de olho em qualquer outra crise inter-reinos na Terra. O seu pai aceitou, e foi assim que nossa parceria começou.

– Que tipo de crises? – Loki nunca ouvira o nome Sharp sair da boca de seu pai antes de ele próprio ser enviado para lá.

– Todo tipo de coisa. Alguns ladrões viajantes do tempo usando as portas de Praga como portais entre dimensões. Um demônio saído de Hel, possuindo monges na Itália. – Ela tomou um gole da bebida, depois disse, com um tom grave: – Meu marido morreu em um trabalho para seu pai, caçando gárgulas animadas que aterrorizavam Paris. Foi tolice encarar aquilo sozinho, mas, quando seu pai conseguiu enviar ajuda, já era tarde demais. Para o meu marido – ela acrescentou rapidamente. – Não para Paris. A cidade continua lá.

– Quando foi isso? – Loki perguntou.

Ela deu de ombros.

– Não faz muito tempo. Alguns anos.

Loki franziu as sobrancelhas. Ele presenciara todas as reuniões da corte nos últimos dois anos e quase certamente teria ouvido falar de gárgulas na Terra. Também sabia que nunca ouvira nada sobre a Sociedade SHARP vindo de seu pai. Quaisquer que fossem os pedidos de ajuda de Midgard, eles nunca chegaram até a corte asgardiana.

A Sra. S. passou o polegar ao longo da borda de seu copo.

– Nós também vigiamos o anel de fadas fora da cidade. Não sei como vocês chamam isso em Asgard. São lugares onde as coisas que passam pela Bifrost rumo a outros reinos aterrissam. Portais. Linhas de Ley. Limiares. Os lugares onde as coisas caem do céu. – Ela terminou sua bebida, e então empurrou o copo para longe. – Não me deixe tomar mais um. Vou tentar me servir de outro, mas você precisa me dizer não.

– Então, você assumiu o trabalho sozinha? – Loki perguntou.

A Sra. S. assentiu.

– É difícil ser uma mulher em qualquer campo profissional, particularmente em um campo que ninguém acredita que existe. É incrível como os homens encontram maneiras de isolar você mesmo em lugares imaginários.

– Onde você encontrou Theo e Gem?

– Eu conheço Gem desde que ele era um bebê. Sua mãe era minha amiga. Mas ela e seu marido decidiram se afastar de mim e do meu esposo quando nossos interesses profissionais mudaram. Achavam que éramos loucos. Gem havia acabado de voltar do serviço militar na África do Sul e veio até nós para contar sobre uma mulher de pele verde que ele havia encontrado lá, que dizia ter vindo do espaço. Acho que eles tiveram um romance rápido. Eu nunca perguntei. – Ela levou o braço até a garrafa, mas parou no meio do caminho. – Seja lá o que aconteceu entre eles, afetou Gem o suficiente para que ele viesse nos procurar. E agora ele é um policial, mas também nos ajuda. É bom ter um homem lá dentro. E um pouco de músculo.

Loki riu.

– E quanto a Theo?

– Ah. Theo é um pouco mais complicado. – Ela olhou para a porta para ter certeza de que Theo não estava voltando, e depois disse em um tom de voz mais baixo: – Ele estava em Wandsworth. – Quando Loki continuou olhando para ela sem entender, a Sra. S. esclareceu: – Uma prisão.

– Ele é um criminoso?

– Eu sei, ele parece tão inofensivo, não é? A perna realmente engana as pessoas. Mas eu diria que bater na cabeça de alguém com uma bengala não é muito diferente de qualquer outra maneira de se cometer assassinato. Ele não é um assassino – ela esclareceu rapidamente. Seus dedos se flexionaram ao redor do copo, embranquecendo os nós dos dedos. – Logo depois da morte do meu marido, eu estava investigando aquilo que achava que poderia ser o uso de tecnologias de outro mundo em fábricas de munição pertencentes a um homem chamado Stark... – Ela interrompeu a si mesma acenando com a mão. – Os detalhes não são importantes. Mas isso me levou até Wandsworth para entrevistar alguns dos homens que foram presos com relação à fábrica, e um deles era um rapaz chamado Theo Bell, que parecia não comer fazia um ano, e que tinha uma perna quebrada, porque alguém havia descoberto que ele era um... o que ele era... e pisou no seu fêmur, e ninguém fez nada para ajudar.

– E ele estava envolvido nesse escândalo da fábrica? – Loki perguntou. Ele ficou surpreso em perceber o quanto estava interessado em tudo aquilo. Pensava que os humanos eram tão pequenos e desinteressantes, e estava tão determinado em desprezar, principalmente, aqueles que foram os responsáveis por sua ida até ali. Mas lá estava ele, interessado em tudo.

– Ele estava apenas presente na fábrica quando as prisões em massa aconteceram. Ele era um estudante, trabalhando em um projeto para atualizar o maquinário da fábrica.

– Ele não deveria ser preso por apenas estar lá – Loki disse. – Isso não é justo.

– Pouca coisa é. Imagino que seja igual no seu reino. Acho que é uma das raras consistências do universo. – Ela se recostou na cadeira, inclinando a cabeça para o teto. Lá fora, a noite já caía, e, sob a melancólica pouca luz, as linhas em seu rosto pareciam precisas como o fio de uma navalha. — Eles soltaram todo mundo, mas o mantiveram preso, acusado de indecência.

— Indecência? — Loki repetiu.

A Sra. S. endireitou a cabeça e cerrou os olhos para ele, depois soltou uma risada pelo nariz.

— Nossa, o lugar de onde você veio deve ser um paraíso de igualdade. Vai me dizer que as mulheres também podem votar?

— As mulheres não podem votar em Midgard? — Loki perguntou.

A Sra. S. o encarou como se tentasse decidir se ele estava sendo sincero, e então disse:

— Theo é um garoto que gosta de garotos. Não garotos exclusivamente, eu acho. Nunca conversamos muito sobre isso. Mas é um crime em nosso reino. Ter relações físicas íntimas entre dois homens.

— Ah. — Loki não sabia o que dizer. Ele sabia como era viver isolado, indesejado e provocado simplesmente por ser quem era. Sabia como era querer encontrar força e orgulho nas coisas que tornavam você *você*, apesar de o mundo inteiro acreditar que você deveria escondê-las. Era um tipo particular de dissonância, que era difícil de entender até que seus ouvidos começassem a tilintar por causa dela.

— Não mencione que eu te contei. Ele não gosta de conversar sobre isso — a Sra. S. disse, chegando mais perto para confidenciar, embora não houvesse ninguém para escutá-los. — Estou um pouco bêbada. Não prometi bebida boa, mas prometi bebida forte. — Ela bateu com seu copo no dele, que ainda estava cheio. – Você não está tomando nada.

– É muito ruim.

A Sra. S. pressionou a mão sobre o peito.

– Como ousa falar mal da minha bebida nacional? O que você acharia se eu fosse até o seu planeta e insultasse o seu hidromel?

– Você não faria isso, porque é muito bom. – Loki cheirou o líquido mais uma vez, pensando que talvez pudesse aguentar tomar um gole para deixá-la contente, mas quase vomitou. – Principalmente em comparação.

A Sra. S. riu no momento em que a cortina atrás deles se abriu e Theo apareceu novamente, desta vez com Gem marchando atrás dele.

– Vejam quem eu encontrei.

A Sra. S. se levantou e abriu as mãos para ele.

– Geo!

Gem ergueu uma sobrancelha.

– Você está bêbada?

– Um pouco. Não tanto quanto parece. – Ela engachou uma cadeira com o pé e a empurrou na direção de Theo antes de voltar a se sentar. Gem parou na frente do fogão, aquecendo as mãos. – O que você tem para nós, Gem?

– O homem se chama Rory Garber. Tinha vinte e um anos, era limpador de chaminé. Três garotas apareceram no necrotério para identificar o corpo.

– Filhas? – Theo perguntou, mas Gem sacudiu a cabeça.

– Esposas.

– Ele é mórmon? – Theo perguntou, de queixo caído.

Antes que Loki pudesse questionar o que aquilo significava, Gem sacudiu a cabeça outra vez.

– Era só um cretino. Todas as três pensavam que eram a única.

A Sra. S. soltou uma risada alta.

– Ah, que descoberta devastadora no leito de morte. Sirva um pouco de café para mim, Gem, por favor? – Quando Gem lhe passou uma xícara, ela disse: – Mais alguma coisa sobre a causa da morte? Ou a hora?

Gem sacudiu a cabeça.

– Não tem nada, igual aos outros. Nenhuma causa da morte, até onde eles sabem. De acordo com todas as três esposas, ele estava em perfeita saúde. Nenhuma pista sobre quando ou como.

– Nenhuma testemunha, imagino – a Sra. S. disse.

– Não. Mas ele tinha seis xelins, um canivete, um cartão de visitas e dois dados no bolso.

– Cartão de quem? – Theo perguntou.

Gem cerrou os olhos, tentando lembrar.

– Do Clube do Inferno. Um daqueles estabelecimentos macabros em Covent Garden. Também tinha o nome de uma mulher, uma médium. Provavelmente ele foi lá para ler sua sorte nas cartas, ou algo assim.

Theo olhou para a Sra. S.

– Vale a pena investigar o clube?

A Sra. S. pressionou a mão na testa.

– Juro por Deus, cada corpo encontrado tinha um cartão diferente no bolso, e nenhum deles foi suspeito até agora. Esta cidade é obcecada com papelaria chique. Ah, tem mais uma coisa que provavelmente devemos discutir.

– A Sra. S. se inclinou sobre os cotovelos na direção de Loki, seus longos dedos envolvendo a xícara. – Você, meu querido, fez algo com aquele homem.

– Eu não sei o que foi.

– Você o trouxe de volta à vida – Theo disse.

Loki olhou para ele.

– Eu diria que não.

– Não, você definitivamente trouxe – Theo rebateu. – Todo mundo viu. A rua inteira viu.

– Não consigo trazer os mortos de volta à vida – Loki protestou, sentindo-se atacado, embora não soubesse dizer por quê. – Minha magia não funciona assim.

– Você certamente o animou de algum jeito – a Sra. S. disse.

– Eu não fiz nada! – Loki protestou. – Eu estava mostrando para Theo como a minha magia se parecia em contraste com o feitiço que matou aquele homem, e então eu o toquei e...

– E deu a ele um momentâneo sopro de vida – a Sra. S. disse.

Os mortos-vivos. Loki sentiu uma sombra passar sobre seu coração. Ele ouviu as palavras na voz de seu pai.

– Todos eles eram manifestantes, certo? – Gem perguntou. Ele havia se servido de café e a xícara parecia de brinquedo em suas mãos enormes. – Talvez possam ser trazidos de volta.

Ele olhou para a Sra. S., mas ela não respondeu. Seus lábios estavam apertados e ela batia um dedo sobre a mesa. Theo esticou sua perna ruim, massageando o joelho com a palma da mão.

– Não faz nenhum sentido.

– Seja mais específico – a Sra. S. disse.

– Não há padrão nessas mortes. Elas não têm nada em comum. Até mesmo o Estripador tinha um tipo. Ele matava prostitutas em Whitechapel. Seja lá quem esteja fazendo isso, ele está por todo o maldito mapa.

– O que você está sugerindo? – a Sra. S. perguntou, franzindo as sobrancelhas.

– Definitivamente é mágica, mas talvez não seja um assassino – Theo disse. – Talvez seja outra coisa.

Gem estalou os dedos de repente.

– A Encantor!

Loki ergueu a cabeça.

– O que você disse?

– A Encantor – Gem disse. – Ela é a médium em Covent Garden. Era ela no cartão.

Loki sentiu o rosto esquentar, todo o sangue subindo até sua cabeça em uma velocidade que o deixou tonto.

A Encantor. Anos e reinos entre eles, e era *aqui* que ele a encontraria?

Não podia ser ela.

Tinha que ser.

– Sua amiga? – Theo perguntou.

– Não – Loki respondeu rapidamente, embora soubesse que seu rosto o traía. Seu coração batia tão rápido que ele parecia estar sem fôlego. – Eu só gosto do nome. Talvez eu o use para mim algum dia. *Loki, a Encantor*.

Theo riu.

– Você sabe o que o "a" significa em nossa língua, não é? É o artigo *feminino*.

— E importa?

— Para a maioria dos homens, sim — a Sra. S. respondeu. — Eles não querem parecer femininos; isso seria fraqueza. — Ela deixou a cabeça cair para trás, olhando para o teto. — Deveríamos investigar o clube. Não temos nenhuma outra pista.

— Eu farei isso — Loki disse, tentando não mostrar entusiasmo excessivo na voz, mas falhando completamente.

Theo ergueu uma sobrancelha.

— Você vai?

— Quer dizer, faz mais sentido, não é? Se tiver algum tipo de magia no meio, é melhor que eu investigue, já que sou o único aqui que pode controlar a magia. Não que tenha magia. Ou que ela possa usar magia. Ela não é, você sabe, uma feiticeira de verdade. Quer dizer, acho que não, mas eu não saberia, porque não a conheço! — *Qual é o seu problema*, ele repreendeu a si mesmo. *Seja normal!* Loki engoliu em seco, depois disse, mais casual dessa vez: — Além disso, a perna do Theo está doendo, Gem acabou de voltar da patrulha, e você está bêbada. Então... eu vou.

Theo ainda franzia as sobrancelhas, e Loki teve certeza de que ele estava prestes a protestar, mas a Sra. S., que ou estava ficando ainda mais bêbada ou simplesmente não se importava, falou antes dele:

— Que bom vê-lo finalmente se importando com a nossa causa, Vossa Senhoria. — Ela ergueu o copo vazio. — Ao príncipe de Asgard. Que ele conspire com os humanos por muitos e felizes anos.

Capítulo Dezenove

Quando Loki chegou no Clube do Inferno, o Sol já era apenas uma mancha âmbar e preguiçosa sobre o topo dos prédios. Ele passou por um rebanho de ovelhas negras pastando em um campo ralo, apenas para perceber que não eram ovelhas negras, mas sim brancas, que haviam passado tempo demais na cidade e se tornado cinzentas. As ruas estavam lotadas de pessoas por toda parte, e a cidade parecia transbordar. Toldos de lona cobriam o pavimento, as fachadas das lojas parecendo desbotadas pela lama e pelos elementos químicos tóxicos manuseados lá dentro. As ruas estavam congestionadas com carruagens e pedestres passando entre elas, e, nos becos estreitos onde as carruagens não cabiam, gatos selvagens rondavam, driblando esgotos entupidos e pilhas de sacos fedorentos.

A humanidade era realmente nojenta.

A entrada do Clube do Inferno ficava no meio do quarteirão, entre as lojas cobertas de fuligem e os cortiços com roupas penduradas. Em um quarteirão de fachadas comuns, o clube parecia um dente dourado em uma boca apodrecida – a porta era guardada por dois demônios de pedra que se retorciam ao redor da moldura, as asas abertas e as caudas enroladas sobre a viga principal. Eles olhavam para baixo, na direção da fila de pessoas esperando para entrar, suas bocas abertas em uma risada ampla e cheia de dentes, flanqueando as palavras pintadas em dourado: *O Inferno*. Abaixo, em letras verticais ao longo da moldura: ABANDONAM TODA A ESPERANÇA AQUELES QUE AQUI ENTRAM.

O que era um pouco dramático.

Loki se juntou ao final da fila esperando para entrar no clube. Os clientes todos se vestiam de modo extravagante quando comparados com as pessoas nas ruas – véus e chapéus altos, com aves empalhadas no topo e longas caudas se arrastando pelo chão. Tudo preto. Loki considerou deixar suas unhas voltarem à cor preta que ele geralmente usava, mas ninguém ao redor tinha as unhas pintadas. Era melhor não abusar da sorte. De dentro do clube, o ganido de um instrumento de cordas flutuava, soando fantasmagórico e espectral. A multidão estava elétrica, elevada às alturas por seus batimentos cardíacos acelerados e pela excitação do medo que já espreitava.

Humanos eram nojentos e facilmente entretidos.

Para além da porta, havia degraus levando para baixo, e as paredes e o teto ao redor formavam uma espécie de túnel. O túnel era iluminado por lamparinas sem proteção, queimando abertas ao longo das paredes, com luz suficiente apenas para iluminar o fato de que o túnel era forrado por mais demônios iguais aos da porta. Eles se enrolavam uns nos outros, arranhando e empurrando seus pares para dentro do chão. Suas cabeças eram carecas e redondas, com pequenos chifres e rostos pontiagudos e perversos. Abaixo deles, havia relevos esculpidos de humanos desnudos gritando em agonia, como se a chama das tochas fosse o fogo do inferno sugando-os para o submundo enquanto os demônios os empurravam para baixo. Atrás dele, Loki ouviu uma mulher soltar um pequeno grito, que então se transformou em uma risada gostosa, seu grupo de amigos juntando-se a ela.

Os degraus que desciam pelo túnel terminavam em uma cortina preta que, quando Loki a empurrou, revelou o clube em si. A iluminação era menor ali, com lamparinas penduradas em gaiolas feitas de ossos a intervalos aleatórios. As paredes eram forradas por cortinas pretas, amarradas em dobras elegantes. Mas o lugar todo emanava muito sensacionalismo. As mesas tinham o formato de caixões, e as paredes entre as cortinas eram decoradas com esqueletos, ossos e rostos demoníacos. Havia cenas de batalhas e degolas pintadas sobre o bar, junto com uma placa afirmando: VENENOS NOCIVOS. Abaixo, uma lista: *câncer do fígado, germes consumíveis, cólera de um cadáver*. O homem atrás do bar estava vestido como monge, um pesado crucifixo feito de ossos pendurado em seu pescoço.

Quando Loki passou por ele, o homem escarrou saliva cinza em um cinzeiro.

O lugar já estava cheio, as mesas repletas de pessoas vestidas de luto, algumas parecendo adorar o horror do lugar, outras suando e pálidas.

– Já tomei demais – um homem no bar reclamava, balançando em seu banco. – Praga. Demais. Não é bom para você.

No canto mais afastado do túnel de entrada, as cortinas pretas estavam fechadas e um homem vestido com um traje funerário parecia estar de guarda, os braços quase tão grossos quanto a cintura de Loki. A placa acima de sua cabeça dizia: O SÉTIMO CÍRCULO, e abaixo: A ENCANTOR. O peito de Loki ficou apertado ao redor do coração que palpitava. *Respire*.

O homem na porta observou Loki se aproximar, seus olhos obscurecidos por sobrancelhas grossas. O capuz de sua casaca pesada escorregava da cabeça careca.

– Boa noite – Loki disse. – Eu gostaria de ver a Encantor.

– Dez xelins – o homem grunhiu.

– Perdão?

O homem ergueu uma das sobrancelhas desgrenhadas.

– Dez xelins – ele disse lentamente. – Meio soberano. Por um assento.

– Um assento? – Loki repetiu.

– Você é tonto? – O homem limpou o nariz com as costas da mão e então a limpou na calça. – Você compra um assento para o show, você vê a Encantor.

— Por acaso eu pareço o tipo de pessoa que senta para assistir um show? — Loki perguntou.

O homem o avaliou de cima a baixo.

— Você parece uma bruxa.

Loki olhou para si mesmo. Ele havia desistido das roupas enfeitiçadas que vinha usando e comprado um terno de verdade no caminho até o clube para poupar energia — todo preto, completo com um pequeno broche escuro na gravata e as botas de maior salto que a loja Paxton tinha para homens. Baixos demais, infelizmente.

— Obrigado.

— Bruxas são garotas.

— Por acaso isso diminui o elogio?

O homem riu levemente — não que tenha achado graça.

— O próximo show ainda custa dez xelins — ele disse, olhando para Loki da cabeça aos pés. — Mesmo se você jogar um feitiço em mim, garoto-bruxa.

Loki ficou tentado, mas resistiu.

— Você poderia enviar uma mensagem para ela? — ele perguntou. O homem não negou, então Loki continuou falando: — Poderia dizer que o Trapaceiro dela está aqui para vê-la?

— O trapaceiro *dela*? — o homem repetiu, sua ênfase muito mais pesada do que a de Loki.

— Bom, não, não dela. Não... — Mesmo não sentindo o rosto aquecer, Loki podia vê-lo no sorriso irônico do homem. — O Trapaceiro — ele esclareceu, depois acrescentou rapidamente: — Não que eu seja *o* Trapaceiro. Eu sou... Você poderia simplesmente dizer a ela? Por favor?

— Por dez xelins eu posso.

Loki deu as costas para o homem guardando a porta do palco e andou até o bar. O homem ainda girava no banco, falando coisas sobre uma tal praga. Obviamente estava bêbado, mas seus sapatos eram bem engraxados e seu cabelo bem cortado. Talvez não fosse rico, mas tinha meios suficientes para ficar muito bêbado tomando praga. Loki resistiu a revirar os olhos, depois entortou sua gravata e, relutantemente, bagunçou os cabelos antes de cambalear até o homem e se apoiar nele.

O homem quase caiu do banco.

— Calma, amigo.

— Você pode me pagar um drinque? — Loki disse, arrastando as palavras.

— Ah, suma daqui. — O homem se inclinou sobre o próprio copo, mas Loki se agarrou a ele, chegando mais perto e imbuindo sua voz com uma compulsão mágica e açucarada.

— Preciso de dez xelins para um drinque, amigo, acabei de perder meu emprego, e minha esposa morreu, e todos os meus sete filhos pegaram sarampo, e temos tão pouca comida que estou com medo de ter que comer um dos meus filhos...

— Certo, certo! — O homem pareceu mais do que um pouco alarmado quando se afastou de Loki, e então procurou nos bolsos até encontrar um punhado de moedas. — Toma. — Ele as empurrou para Loki. — Peça seu drinque e me deixe em paz.

— Obrigado. — Loki se virou, reajustou a gravata e retornou para o homem que guardava a entrada, soltando as moedas em sua mão.

Se o homem havia testemunhado o meio pelo qual Loki obteve as moedas, ficou ocupado demais contando o dinheiro para dizer alguma coisa. Depois de guardá-las soltando um grunhido, ele ergueu os olhos.

– Você tem sorte.

– Eu tenho? – Loki perguntou.

O homem assentiu na direção do bêbado no bar.

– Ele é um boxeador. Já o vi nocautear homens com o dobro do seu tamanho.

– É mesmo?

– Deve ter sido um feitiço muito bom, garoto-bruxa.

– Deve ter sido – Loki respondeu.

Atrás da cortina, a sala escura era um teatro semicircular com áreas definidas. O palco abaixo estava tomado por uma mesa redonda, pintada de preto e com um tabuleiro no centro mostrando o alfabeto midgardiano escrito em letras douradas. Os espectadores preenchiam as cadeiras ao redor do perímetro, a maioria vestindo preto e se misturando ao tecido negro que descia do teto pelas paredes. O ar na sala já estava pesado e esfumaçado. Havia bandejas de incenso penduradas dos dois lados da porta e, ao deixar as pessoas entrarem, o porteiro jogava um fósforo em cada uma delas, lançando ainda mais fumaça perfumada no ar. Loki engoliu a tosse. Talvez os midgardianos achassem aqueles cheiros agradáveis e tranquilizadores, mas eram um ataque aos sentidos de Loki.

Ele se sentou perto dos fundos, muito ciente de que seu coração batia rápido demais. A cada pessoa que passava pela cortina preta, uma pequena nuvem de poeira se erguia do veludo. Loki olhou ao redor, tentando distinguir formas no meio da escuridão, mas a sala parecia criada para fazer seus ocupantes se sentirem sufocados, presos em um lugar pequeno demais para eles. Talvez a intenção fosse fazer parecer que você estava dentro de um caixão.

– Boa noite – disse uma voz no palco. Uma mulher à direita de Loki gritou e agarrou seu braço. Foi preciso espantá-la igual a um inseto para que ela percebesse que seu marido estava do outro lado e que ela preferia se segurar nele em vez de em um estranho.

– Bem-vindos ao Inferno – a voz disse, suave como mel e sem as vogais guturais e a aspereza londrinas. A maneira como ela falava parecia equilibrada, cada sílaba em sua forma mais pura. Loki sentiu um calafrio percorrer seu corpo. – Eu sou a Encantor. Serei sua guia hoje ao nos conectarmos com o mundo que está além do nosso.

Uma mulher entrou no círculo de luz pálida lançado pelo lustre de vidro colorido pendurado sobre a mesa. Seu rosto estava coberto por um véu, o manto escuro escondendo demais as feições para ter certeza de que era ela. Loki se inclinou para a frente em seu assento, como se pudesse chegar perto o bastante para enxergar além do véu opaco. A voz era suave como seda, profunda e retumbante, mas ensaiada demais para saber se pertencia a ela ou não.

Tinha que ser ela.

Não poderia ser ela.

A Encantor se sentou em uma cadeira diante da mesa, os muitos anéis em seus dedos batendo uns nos outros. Eles brilharam, embora não parecesse haver luz suficiente para realmente refleti-los.

— A verdade deste cosmos é conhecida por mim, de um jeito que poucos na Terra conhecem. Os véus que existem entre as realidades são finos como papel. Minha conexão com o outro mundo é real, e poderosa, e vai além do entendimento da maioria dos humanos — ela continuou. — E, se você encarar a sessão de hoje com mente aberta e boa vontade para aceitar que a verdade muitas vezes se estende além de nossa compreensão e imaginação, você irá, nesta noite, nesta mesma sala, ouvir e ver coisas que podem parecer inexplicáveis, mas que simplesmente ultrapassam sua mente pequena. Porém, não significa que elas não sejam tão reais quanto você e eu.

Na primeira fila, uma mulher já estava chorando. O homem a seu lado puxou a cabeça dela até o próprio casaco, tentando fazer parecer como se estivesse confortando a mulher, mas provavelmente só queria abafar seus soluços. Ele abriu um sorriso de desculpas para a Encantor.

— Ela é muito emocional.

— Você diz isso como se fosse uma fraqueza — a Encantor falou. — Não é fraqueza ser emocional. Significa que você é uma pessoa aberta. Que é sensível aos movimentos do universo de um jeito que outros não são. Qual é o seu nome, querida?

— Žydrė Matulis — a mulher respondeu, seu sotaque ainda mais pesado por causa dos soluços.

— Juntem-se a mim no palco, por favor? Vocês dois. — Ela ergueu uma mão. Žydrė e o marido subiram os pequenos degraus de mãos dadas, depois ficaram de pé, meio sem jeito, no limiar das lamparinas que lançavam um brilho opaco sobre o palco, até que a Encantor fizesse um gesto para que se sentassem em duas cadeiras à mesa. — A quem vocês buscam? — ela perguntou para Žydrė, passando a mão pelas saias na altura do joelho para maximizar o efeito estético.

— Nossa filha — Žydrė disse. — Nossa filha, Molly Rose. Ela é um dos mortos no necrotério em Southwark.

— Os mortos-vivos — a Encantor murmurou, e um calafrio coletivo pareceu percorrer a sala. — Diga-me quando ela morreu.

— Há duas semanas — Žydrė respondeu. — Nós queremos enterrá-la, mas estão dizendo que... Um homem no escritório do legista nos disse que ela pode não estar morta. Pode ser que nenhum deles esteja. Pensamos que, se você conseguisse encontrar seu espírito, ela poderia nos dizer.

— É claro, é claro. — A Encantor se virou para a plateia. — Eu gostaria de chamar voluntários que possam emprestar sua energia para mim e para esses dois pais em luto. — Sua cabeça girou lentamente sobre a plateia. Várias pessoas ergueram as mãos, e ela as apontou aleatoriamente com o dedo coberto de renda preta.

Loki não ousava se mexer. Não queria erguer a mão, não queria fazer nada que alimentasse aquela esperança louca que sentia dentro de si. Qualquer movimento parecia uma aposta que ele não sabia se poderia vencer.

Mas então ela congelou, com o rosto voltado para ele. Embora não pudesse enxergar seus olhos, Loki os sentiu sobre ele. Sentiu-se examinado, prensado, a pele pegando fogo de um jeito que apenas sentira sob o olhar de uma única pessoa.

Então ela estendeu a mão para ele.

– Por favor, junte-se a nós, senhor.

Não podia ser ela.

Ela puxou o véu do rosto – apenas por um momento – e ele viu um lampejo de seus profundos olhos verdes.

Era Amora.

Ele se levantou – suas pernas tremiam, *por que ele estava tremendo?* – e andou até o palco.

A Encantor chamou vários outros membros da plateia até cada cadeira ao redor da mesa estar ocupada. Loki se sentou de frente para ela, subitamente ciente de si mesmo, de sua respiração, do jeito como seu cabelo caía no rosto. Jurava que podia sentir o calor da pele dela, ou talvez fosse apenas seu próprio calor devido à proximidade dela. A primeira proximidade em anos.

Žydrė ainda chorava, e então ela agarrou uma das mangas rendadas de Amora.

– Eu tenho uma mecha de seu cabelo... – a mulher começou a dizer, mas Amora ergueu a mão e se virou.

Ela não disse uma palavra enquanto preparava quatro velas no meio da mesa e as acendia, uma em cada canto das letras pintadas. Depois colocou uma prancheta com um buraco no meio sobre o tabuleiro com as letras.

— Os espíritos não falam à mercê de nossa vontade — Amora disse para Žydrė sem olhar para ela. — A sua filha não será contatada agora. Em vez dela, eles me direcionam para... este homem. — Ela se virou para Loki, seu véu se abrindo para revelar um único olho sombreado e ela abriu as mãos para ele. — Eles desejam falar com você.

Loki engoliu em seco.

— Eu tenho muito para perguntar a eles também.

— Então tome minhas mãos.

Loki esticou os braços e tomou as mãos dela do outro lado da mesa. Sob seus dedos entrelaçados, a prancheta acima do tabuleiro começou a girar. Žydrė ofegou, agarrando o braço do marido e chorando mais forte.

A prancheta voou de um canto da tábua até o outro, parando sobre a palavra *OLÁ* pintada em um canto antes de voar freneticamente sobre as letras do alfabeto, soletrando palavras.

— Espíritos! — outro homem na mesa gritou com a voz trêmula. — Eles estão aqui!

— O que estão dizendo? — o marido de Žydrė perguntou.

OLÁPRÍNCIPE

— Príncipe? — Amora repetiu com surpresa, como se não fosse ela mesma a mover a prancheta. Loki não sabia exatamente como, mas sabia que era ela quem estava fazendo aquilo. Não podia ser mágica — fazia tanto tempo que ela estava longe de Asgard que certamente não teria forças para desperdiçar em truques como aquele. – É o seu sobrenome? – ela perguntou, e o canto de sua boca se curvou em um sorriso irreverente. – Ou será que estamos na presença da realeza? – Houve um burburinho nervoso na plateia. – Qual é a sua primeira pergunta, meu querido príncipe?

Ele a encarou, notando o verde cintilante de seus olhos debaixo do véu. O que ele poderia dizer? Mesmo sem uma plateia de humanos testemunhando aquela reunião, o que ele possivelmente teria a dizer para a pessoa que mais significava para ele? A pessoa que pensava ter perdido tanto tempo atrás?

– Como? – ele perguntou, a voz embargada.

A prancheta começou a se mover sobre o tabuleiro, tracejando sua resposta: *MÁGICA*.

Quando olhou para ela, Amora sorria aquele sorriso torto como uma lua crescente.

– Senti sua falta – ele disse, as palavras saindo todas de uma vez.

Ela bateu um dedo nas costas da mão dele.

– Isso não é uma pergunta.

– Você sentiu minha falta?

Ela apontou o queixo na direção do tabuleiro enquanto a prancheta se movia.

TODOS OS DIAS.

– Por que você está aqui? – ele perguntou.

A prancheta continuou.

ESCONDIDA.

– Uma última pergunta? – ela disse.

– Você achou que eu a encontraria? – ele perguntou.
– Ah, meu querido – ele a ouviu sussurrar, as palavras quase perdidas sob o arrastar da prancheta sobre as letras.
E U N U N C A D U V I D E I.

Capítulo Vinte

Quando o show acabou, enquanto todos na mesa se levantavam, e o resto dos convidados retornavam para a plateia, Loki sentiu Amora deslizar a mão até ele outra vez, puxando-o para a lateral do palco.

– Não tenho muito tempo – ela sussurrou, e ele sentiu a respiração dela contra o ouvido. – Venha comigo.

Ele a seguiu, sentindo o suave farfalhar das cortinas enquanto seguiam para os bastidores. Amora o conduziu por um corredor estreito de tijolos, cheio de cordas e polias, e depois através de uma porta lateral até aquilo que parecia ser seu camarim. Estava escuro, o fogo na lareira reduzido a brasas pálidas, as paredes repletas de espelhos com os cantos embaçados e rachados. As mesas na frente deles estavam cobertas com cosméticos, tintas grossas e pincéis em desarranjo. Um pote de talco havia caído, espalhando seu conteúdo brilhante como uma bala atingindo a neve.

Amora fechou a porta, depois retornou para Loki, arrancando o véu de um jeito que fez seus cabelos caírem pelas costas.

— Loki — ela disse, e ele não sabia o que dizer de volta. Até mesmo seu nome parecia muito. Ele não conseguia fazer seus membros se moverem, então ela chegou mais perto, pressionando as mãos em cada lado de seu rosto para encará-lo. — Não posso acreditar.

— Amora. — E finalmente ele se encontrou. Loki abriu os braços, e, quando ela se aninhou neles, todas as palavras sumiram, nenhum som, nada nos Nove Reinos que não fosse o nome dela. O perfume de seus cabelos. A sensação de seu corpo abraçado ao dele. Loki não havia entendido o tamanho de sua saudade até ela estar ali com ele de novo.

— O que você está fazendo *aqui*? — ela perguntou, o rosto contra o ombro dele.

— Estou em uma missão de meu pai.

— Uma missão? Isso parece muito oficial. Parece até coisa de um rei. — Ela envolveu os braços em seu pescoço, afastando-se para olhá-lo no rosto. — Eu chamei você pelo título errado? Eu deveria ter falado Rei Loki? Ainda parece crível.

Ele não queria dizer a ela. Ainda não queria falar sobre Asgard. Ele sabia tudo sobre o que havia acontecido entre ele e seu pai desde que Amora fora banida – queria agora saber tudo sobre ela.

— Sente-se — ela disse, mostrando um dos banquinhos perto da lareira. — Você quer um pouco de chá?

Tenho só quinze minutos antes do próximo show, mas o fogo provavelmente ainda tem um pouco de calor.

– Como você acabou aqui? – ele perguntou enquanto se sentava. – Lendo cartas e conversando com os mortos?

Ela tirou a chaleira de cima do fogo e começou a enchê-la com uma jarra de água vinda de uma das penteadeiras.

– Acredite em mim, não foi minha primeira escolha. Estive por toda parte nesse reino patético, tentando encontrar alguém que pudesse me ajudar ou restaurar meus poderes. Londres é um bom lugar como qualquer outro para explorar os humanos que pensam que espiritualismo é magia de verdade. Se você falar com uma voz séria e grave enquanto veste preto, eles acreditam em qualquer coisa. – Ela sorriu com malícia. – E eu sempre gostei de teatro.

– É assim que você chama isso? – ele perguntou. – Espiritualismo?

– É um dos nomes. Humanos acreditam que certas pessoas conseguem se comunicar com o mundo espiritual. É assim que eles chamam o lugar para onde vão os mortos.

– E eles conseguem? – Loki perguntou.

– Oh, Deus, não. – Ela riu. – Você mal consegue um pingo de magia neste planeta, muito menos a quantidade necessária para falar com fantasmas. Mas todo mundo está morrendo de cólera e febre tifoide e desinteria ou está sendo brutalizado por homens em Whitechapel. E isso sem incluir essa onda recente. Tantos corpos que eles não conseguem enterrá-los rápido o bastante, e muitas vezes ficam doentes e morrem sem qualquer aviso, então eles ficam sem tempo para dizer adeus. É só isso que as pessoas querem, dizer adeus, ou declarar seu amor, ou pedir perdão, ou alguma mensagem final que nunca puderam dizer em vida. É tudo tragicamente patético.

Amora tampou a chaleira e a pendurou sobre o fogo. Loki se inclinou para a frente, pronto para acender as chamas com um feitiço para poupar-lhe tempo, mas Amora estendeu uma das mãos até a grade antes dele. Sob seus dedos, as chamas ganharam vida.

Loki se surpreendeu. Ela se virou, sua diversão no mesmo nível do espanto dele, e fez uma leve reverência.

– Surpresa.

– Você ainda consegue fazer mágica – ele disse, incapaz de conter o choque em sua voz. – Como?

– Não veio fácil. – Ela puxou uma cadeira ao seu lado, seus braços se tocando. – Midgard quase me drenou por inteira. Cada gota de mágica que eu usava se esvaía para sempre. Consegue imaginar? Viver sem magia? É como perder um membro. Não, mais do que isso. É como ter o seu coração cortado para fora do peito, e as pessoas esperarem que você viva sem ele. E quando sai de você lentamente... – Ela estremeceu, esfregando as mãos sobre os braços como se um calafrio tivesse passado por seu corpo. – Eu estava morrendo. *Decompondo* provavelmente seria uma descrição melhor. Foi lento assim, e igualmente horrível.

– Mas você achou uma maneira de restaurar?

Ela se recostou ao lado da lareira, mexendo os dedos no ar enquanto as chamas se curvavam em resposta.

– Com essa besteira de espiritualismo, na verdade. Eu já tinha me resignado a ter um destino pior do que a morte quando comecei a trabalhar aqui, e aí descobri que os humanos que assistem a esses shows são muito suscetíveis e dispostos, abertos à minha influência. E muito dispostos a oferecer pedaços de si mesmos. Energia humana não dá muito sustento, mas consigo desviar o bastante para sobreviver. O bastante para realizar pequenos encantos. E não faltam humanos dispostos a se entregar a mim. Apesar de nem sempre eles saberem o que estão fazendo.

Algo sobre aquelas palavras, o rodeio, a implícita natureza, abalou Loki por dentro. Ele a observou enquanto Amora tirava a chaleira do fogo, servia o chá em duas xícaras e entregava uma delas para Loki com um pires. A maneira como ela levou sua xícara até os lábios, as unhas longas e esculpidas batendo na porcelana e soltando um leve tilintar. Sua pele ainda firme e pálida. Ela mal parecia ter envelhecido desde que eles se separaram, não tinha nada da sujeira da cidade como todos os outros tinham. Loki sentia que ela estava rondando algum assunto, alguma verdade que não queria contar a ele, mas que queria que ele soubesse mesmo assim. Algo que ele tinha de adivinhar.

Ela sorriu para ele, os cantos dos lábios subindo ao redor da borda da xícara.

– Você é a assassina – ele disse de repente.

Ela congelou, a xícara ainda pressionada contra a boca.

— Perdão?

— É você quem está deixando esses cadáveres mortos-vivos por toda Londres — ele disse, a certeza crescendo cada vez mais. — É você que a Sociedade SHARP está procurando.

— Meus deuses. — Ela pousou a xícara de volta sobre o pires com um tilintar que imitou sua risada. — Odin mandou você bancar o detetive com aquele bando de esquisitos?

— Você os conhece?

— Só pela reputação. Eles tomaram para si o trabalho de catalogar todo ser não humano ao alcance de suas bugigangas. É adorável como eles parecem pensar que poderiam impedir qualquer um de nós se tentassem.

— Eles trabalham para o meu pai.

Amora pressionou a mão sobre o coração e lançou um olhar de repulsa para Loki, do tipo que alguém daria a uma criança que, sem entender como funciona a gravidade, oferecesse uma explicação envolvendo cola invisível sobre por que seus pés se mantêm no chão.

— Meu querido, eles trabalham para o seu pai do mesmo jeito que os homens que limpam o esgoto dos estábulos do seu palácio trabalham. Aquele Sharp idiota descobriu a existência dos asgardianos através de um descuido da parte do seu pai, então Odin dá a ele alguns trabalhos pequenos para mantê-los ocupados, para que não saiam por aí falando sobre a existência dos Nove Reinos. Ninguém quer humanos envolvidos em assuntos interdimensionais. Eles atrasam tudo.

– Ele morreu – Loki disse. – O Sr. Sharp. Agora é a sua esposa quem comanda a organização.

– É mesmo? Pobre coitada – Amora respondeu, os lábios apertados. – A Terra é muito determinada a fazer tudo que é difícil para um homem ser duplamente difícil para uma mulher.

– Mas você rouba energia dos humanos? – ele perguntou.

Ela deu de ombros, puxando o pé para baixo do corpo na cadeira.

– No começo eram quantias pequenas, o suficiente para me manter viva, mas tão pouco que eles nem notavam. E então não foi mais suficiente. – Ela tomou um gole do chá, depois olhou para a xícara na mão de Loki, ainda intocada. – Tenho açúcar, se você quiser. Mas, se eu me lembro corretamente, você prefere suas bebidas... amargas.

– Você drena a essência dos humanos para preservar a sua própria, depois deixa seus corpos nas ruas? Como isso restaura a sua magia? Humanos não têm nenhuma.

– Mas, para feiticeiros como nós, nossa essência de vida é tão ligada à nossa magia que acaba sendo tudo a mesma coisa. Recuperar um é o mesmo que recuperar o outro. – Seus olhos o analisaram, o mesmo olhar intenso e inquisidor do qual Loki se lembrava. Fazia sua pele arrepiar. Fazia ele querer desviar o olhar. Fazia ele querer tocar o cabelo para ter certeza de que não estava fora do lugar. Finalmente, Amora voltou a se recostar na cadeira e disse, fazendo beicinho: – Você não parece tão impressionado quanto pensei que ficaria.

— Eu não sabia que você podia fazer isso.

— Eu também não, e existe uma razão para isso. É melhor não deixar seus alunos saberem o que exatamente eles podem fazer com seus poderes por medo de que eles superem você. — O tom amargo de sua voz era inconfundível.

Amora tomou seu chá novamente, os lábios tocando a borda da xícara de um jeito que despertou ciúme em Loki. Ele sentia tanto a falta dela. Com uma intensidade que não percebera até ela estar ali novamente, e ele lembrar de como era ter alguém com quem conversar. Alguém com quem contar.

Ela estava assassinando humanos. Ele os vira no necrotério, vira o limpador de chaminés caído na rua. Ela havia tomado almas humanas para se sustentar.

Mas, mesmo assim, por algum motivo, ele ainda não conseguia parar de pensar sobre o quanto sentira sua falta. Sobre como ela estava *ali*. Ela estava ali, e ele estava ali. Loki quase tomou sua mão, apenas para provar a si mesmo que ela realmente estava ao seu lado.

Amora deixou sua xícara de chá sobre a penteadeira e pressionou os dedos juntos enquanto o analisava.

— Loki, olhe para você! Você costumava ser tão magro e desajeitado, e agora você é menos magro e menos desajeitado.

Ele riu.

— Você não vai acreditar no quanto eu fiquei maior do que Thor.

— E como vai o seu querido irmão? — Amora perguntou. — Ele já conseguiu se matar em combate?

Loki tomou um gole do chá e quase cuspiu de volta. Doce demais, mesmo sem açúcar.

— Não, ele continua loiro e majestoso como sempre.

— Odin já nomeou seu herdeiro?

— Ainda não. — Ele tomou outro gole daquele chá horrível, esperando que ela voltasse a falar, mas Amora continuou em silêncio. Ela o encarava, observando-o. Esperando. — Eu não serei rei — ele acabou dizendo. As palavras atingiram como um golpe — não a ela, mas a ele. Já tinha dito aquilo em voz alta antes? Já tinha olhado em seus olhos?

Amora franziu a testa.

— Ele ainda duvida de você?

— Eu nunca serei mais do que o filho que liderava um exército contra ele em sua visão do futuro. — Ele esticou o braço e tomou a mão dela antes que pudesse impedir. Amora se deixou segurar por um momento, depois pressionou as duas mãos ao redor da mão dele. — Senti tanto a sua falta.

— Eu preciso ir — ela disse, levantando-se de repente e amarrando os cabelos outra vez. Ela apanhou o véu que havia retirado. — Mas preciso vê-lo de novo. Quanto tempo vai ficar antes de voltar para casa?

— Não sei. Meu pai está fora do reino procurando as Pedras Norn e disse a todos que não me deixassem voltar até que ele desse permissão.

— As Pedras Norn? — Amora repetiu.

— Uma bolsa foi roubada da corte de Karnilla.

— E ela ainda não as encontrou?

— Ela não consegue senti-las a menos que seus poderes sejam acessados – Loki respondeu. – E ainda não foram.

— Bom, isso é interessante. – Amora bateu um dedo contra os dentes. – Pense no que poderíamos fazer com um punhado de Pedras Norn roubadas.

— A Sociedade SHARP está procurando por você – Loki disse, levantando-se e seguindo Amora enquanto ela checava a maquiagem em um dos espelhos, passando os dedos pelo talco e o espalhando no rosto. – Eles encontraram o seu cartão no último homem morto.

— O limpador de chaminés bonitão? Ele trouxe sua esposa aqui para uma leitura e depois a arrastou para fora no meio do show quando eu sugeri que tempos turbulentos os esperavam em sua vida amorosa. É incrível como as pessoas chegam às suas próprias conclusões quando você usa palavras vagas. – Ela beliscou as bochechas para adicionar cor a elas. – Não tenho medo da Sociedade SHARP.

— Eu sei que não – ele disse. – Mas, se mencionarem qualquer coisa sobre você ao meu pai, ele pode tomar um interesse pessoal pelo assunto.

Ela parou, olhando primeiro para o próprio reflexo no espelho e depois para ele.

— Você acha que Odin viria atrás de mim?

— Não sei. Mas, se viesse, seria mais do que um banimento dessa vez.

Ela riu com os lábios apertados.

— Seu pai já fez seu pior para mim.

— Não o provoque, Amora – Loki respondeu.

Ela levou a mão para apanhar uma escova de cabo prateado na penteadeira, e, sem pensar, Loki a agarrou pelo cotovelo, puxando-a de volta para encará-lo. O rosto de Amora repentinamente estava muito mais perto do que Loki antecipara.

– Por favor. Deve haver outra maneira de você restaurar seus poderes.

– Você acha que não passei cada momento do meu banimento tentando encontrar uma? – ela rebateu com um tom de voz ríspido.

– Deixe-me ajudá-la. Vamos levar você para longe daqui. Para algum lugar em que meu pai não possa encontrá-la, algum lugar onde você não precise roubar almas para sobreviver.

– Como?

– Vou descobrir uma maneira.

Ela o encarou por um momento, depois olhou para onde a mão dele ainda a segurava pelo cotovelo. Loki a soltou, tão rápido quanto se tivesse sido queimado, mas ela não se moveu. Amora manteve o braço erguido entre eles, como um convite para que Loki a abraçasse novamente. E ele queria.

Mas então ela virou de costas, apanhando o véu da penteadeira e passando para ele. Havia um pente preso no topo.

– Prenda isso no meu coque, por favor?

Ele ergueu o véu, enfiando os dentes do pente nas mechas suaves e loiras de seu cabelo cuidadosamente preso. Seus olhos passaram pelas costas nuas do pescoço dela acima do colarinho, a pálida curva branca.

Amora deve ter sentido seu olhar, ou visto através de um dos espelhos, pois inclinou a cabeça luxuriosamente, passando um dedo pela garganta como se a estivesse exibindo.

Loki piscou, depois baixou as mãos.

– Pronto.

– Obrigada. – Ela se virou e o beijou rapidamente no rosto. – Volte aqui para me ver. Tem tanta coisa mais que eu quero contar a você.

Seu coração palpitou.

– Assim que for possível.

– E você pode manter a Sociedade SHARP longe de mim?

– Vou tentar.

Ela o encarou por um momento, a língua passando entre os dentes para molhar os lábios. Seu olhar parecia quente e faminto. E então ela chegou mais perto e o beijou novamente, desta vez justo quando ele virava a cabeça, então, em vez de beijar o rosto, seus lábios se tocaram.

Amora baixou o véu antes que ele pudesse ver a expressão em seu rosto.

Capítulo Vinte e Um

Loki passou pelo meio do teatro e atravessou o clube, a leveza de seu coração reverberando em seus passos. Parecia que estava sonhando. Que estava flutuando.

Então avistou uma pessoa no bar e se sentiu desabando de volta à Terra.

Theo estava sentado em um dos bancos altos, uma caneca e um livro aberto à sua frente. E olhava diretamente para Loki. Theo ergueu a mão e balançou os dedos em um pequeno aceno, depois bateu de leve no assento ao seu lado.

Loki suspirou, cruzou a sala outra vez e se sentou no banco junto a Theo.

– Eu sei que não sou das redondezas – Loki disse, olhando para o cardápio escrito em giz como se fosse escolher uma bebida –, mas acho que ninguém traz livros para tavernas.

Theo fechou o livro com determinação, levantando uma nuvem de poeira.

– E ninguém mais chama esses lugares de tavernas desde os dias de Shakespeare.

– Quem? – Loki perguntou.

– Você não sabe quem Shakespeare foi? – Quando Loki o encarou sem expressão alguma, Theo bateu as mãos e soltou um leve guincho divertido. – Você não sabe quem foi Shakespeare. Oh, meu Deus, isso é incrível. Nunca encontrei alguém que não conhecesse Shakespeare. Então, ele era um poeta, mas também escreveu as peças mais encenadas na história do teatro, e tinha que ter um certo número de sílabas em cada linha, e no final de cada uma delas; das peças, não das linhas; os amantes se casavam ou morriam.

– Não é assim que todas as histórias de amor terminam? – Loki perguntou.

– Bom, acho que a história tem exemplos menos extremos. – Loki olhou para a lombada do livro para saber se era um desses épicos de Shakespeare. Pequenas letras em relevo soletravam *Contos do Norte*, mas, antes que tivesse a chance de ler o subtítulo, Theo guardou o livro no colo, fora de vista. – Mas Shakespeare só usa um ou outro final. Ele provavelmente é o escritor mais conhecido em... como você nos chama mesmo? Midgard? Todos o conhecem.

– Ah, então ele é tipo o seu Rajmagarfen? – Loki perguntou.

Agora foi a vez de Theo o encarar sem expressão.

– Quem é Rajmagarfen?

– Você não sabe quem é Rajmagarfen? – Loki fez o mesmo gesto de bater as mãos, mas sem aquele guincho indigno. – Oh, meu Deus, isso é incrível. Ele é esse escritor brilhante de Asgard, e em todas as suas histórias os mortos acabam se tornando amantes e os casados acabam morrendo.

Theo cerrou os olhos.

– Você está tirando sarro de mim.

– Eu nunca faria piada com Rajmagarfen – Loki respondeu com uma sinceridade grave.

Theo revirou os olhos e apanhou sua caneca, murmurando sobre a borda:

– Seu pai não mencionou o quanto você seria um espertinho irritante.

– Você me seguiu aqui – Loki disse.

– Não, eu só vim aqui por uma boa caneca de... – Theo olhou para a caneca. – Por uma caneca.

– É claro. Que coincidência você escolher tomar sua bebida no clube em que sabia que eu estaria.

– Que coincidência. – Theo usou o dedo para pescar um pedaço de alguma coisa que flutuava na bebida, depois limpou os dedos na calça. – Você a conhece? – ele perguntou com um tom baixo.

Loki se virou para o bar. Do outro lado da sala, um quarteto de músicos vestidos como diabos vermelhos afinava seus instrumentos.

– Quem?

– A Encantor. – Loki continuou olhando para os músicos, mas sentiu os olhos de Theo sobre ele. Um dos homens praguejou alto ao cutucar a si mesmo no queixo com o diapasão na ponta do arco do violino. – Você não conseguiu ser sutil sobre isso, sabe? – Theo disse depois de um momento. – Você veio se arrastando desde que chegou quando se tratava de lidar com tudo isso, mas, então, no momento em que ouviu o nome dela, de repente você vira um apoiador entusiasmado da causa. Todo mundo percebeu.

Loki suspirou pelo nariz, aproveitando a longa e profunda respiração enquanto pensava no que dizer em seguida.

– Nós já fomos amigos – ele finalmente disse. – Na infância.

– Então a resposta é sim.

– Sim, eu a conheço – ele falou. – Mas foi há muito tempo.

– Ela é uma feiticeira de verdade?

– Ela era.

– Então acho que você não pode usar o nome. Ela usou primeiro. Você a encontrou? – Quando Loki confirmou, Theo perguntou: – E o que dois alienígenas conversam quando eles se reencontram?

– Ah, o de sempre. Conversamos sobre o Ragnarok e sobre a política na corte e sobre o quanto eu fiquei mais musculoso do que meu irmão. Nós, *alienígenas*, somos iguais a vocês, sabia? – Loki encarou com os olhos cerrados o cardápio acima do bar. – Se eu for pedir uma bebida, você acha que é menos provável eu me envenenar se pedir germes ou febre tifoide? E uma outra pergunta: você acha que a tifoide é uma bebida quente?

— Se você não me contar — Theo disse —, posso apenas presumir o pior.

— E o que seria o pior?

— Que vocês dois estão planejando conquistar a Terra juntos.

Loki soltou uma risada chocada.

— Seria um belo salto para uma simples conversa com uma velha amiga.

Theo deu de ombros.

— Eu não descartaria isso de você. Talvez eu relate algo para a Sra. S.

— Ela não me assusta — Loki respondeu.

— Ela deveria.

— Eu já encarei dragões.

— Eu também — Theo respondeu, depois tomou o resto de sua bebida.

Loki suspirou de novo, desta vez deixando as costas relaxarem e se apoiando no bar, um gesto extenuado de rendição para encobrir sua mentira.

— Perguntei se ela poderia me levar de volta para Asgard, mas ela está exilada e já não tem magia sobrando depois de tanto tempo na Terra. — Ele disse essa última parte com cuidado para ter certeza que Theo entendia o que significava.

Mas Theo não comentou. Ele apenas disse:

— Você realmente está tão desesperado assim para ficar longe de nós? — Loki podia estar imaginando, mas Theo parecia um pouco ofendido.

— Não é nada pessoal — Loki respondeu. — Mas ficar aqui simplesmente não é o melhor uso do meu tempo.

— Bom. — Theo se inclinou para a frente em seu assento. — Sinto muito por não sermos tão interessantes quanto os artefatos roubados que o seu irmão está procurando.

— Vocês não têm nem a metade do interesse — Loki respondeu. — Não é que os cadáveres *não* sejam interessantes, eu admito, mas simplesmente não se comparam.

— Você perguntou a ela sobre eles? — Theo quis saber.
— Os cadáveres?

Loki sentiu o coração batendo outra vez, mas se esforçou para não mudar a expressão no rosto.

— Ela não tem mais nenhuma magia. Ela foi banida aqui pelo meu pai anos atrás, e todo o seu poder se deteriorou.

— E o que isso tem a ver com tudo? — Theo perguntou.

— Tem a ver que eles morreram por magia, de acordo com os seus óculos — Loki respondeu. Estava começando a sentir calor e coceira, e repentinamente ele quis uma bebida, mesmo se fosse ruim. — Ela não poderia tê-los matado.

— E quanto a artefatos mágicos? — Theo perguntou.
— Talvez ela tenha conseguido alguma arma assassina secreta.

— Ao contrário de qual tipo de arma? — Loki murmurou, mas Theo o ignorou.

— Talvez ela tenha conseguido ficar com as suas Pedras Norn e as está usando para matar pessoas.

— Ela não está com as Pedras Norn — Loki respondeu. — Foram roubadas muito depois de ela ter sido banida. E as Pedras não funcionam assim, elas não têm poder sozinhas. Elas amplificam o poder que o usuário já tem, e a feiticeira de Odin teria detectado essa amplificação. Mesmo que ela não se importasse em ser flagrada, usá-las para matar Midgardianos seria ridículo. Por que desperdiçar forças em algo que pode ser facilmente feito com uma faca no escuro?

Os olhos de Theo voaram sobre Loki. Ele realmente tinha um número inacreditável de sardas. Loki nunca vira nada igual. Podia parecer espalhafatoso em outro homem, mas, por algum motivo, deixava o rosto de Theo mais interessante. Um céu estrelado que poderia ser estudado por anos, e ainda assim sobrariam constelações sem nome.

– Pensei em convidá-lo para dormir na minha casa hoje, mas, se você está pensando em facas no escuro, talvez eu reconsidere.

Loki piscou.

– Você... você quer que eu fique com você?

– Como convidado – Theo disse rapidamente, a pele debaixo daquelas sardas ruborizando. – Achei que você podia precisar de um lugar para ficar, já que passamos a noite inteira fora ontem. A Sra. S. disse que você podia se virar sozinho até começar a agir com um pouco menos de agressividade, mas... eu tenho um quarto. Não é muito. É um apartamento bem porcaria, mas tem um teto. E um pouco de chão onde você pode tirar um cochilo.

– Não posso ter uma cama? – Loki perguntou com uma ofensa fingida. – Sou o príncipe de Asgard, sabia?

Theo pareceu momentaneamente preocupado, como se tivesse mesmo iniciado um escândalo interdimensional ao não oferecer uma cama, mas então

Loki ergueu uma sobrancelha e Theo sacudiu a cabeça, soltando uma risada cansada.

— Vai te fazer bem dormir no chão gelado por uma noite, Vossa Alteza.

Capítulo Vinte e Dois

O prédio de Theo era, como ele mesmo dissera, uma porcaria. A noite estava gelada, mas de algum jeito o interior conseguia ser ainda mais frio. O papel de parede no corredor havia começado a se decompor, revelando gesso juntando mofo e vigas de suporte que pareciam sustentar muito pouco. O apartamento ficava no terceiro andar, e Theo precisou parar na frente da porta, recuperando o fôlego e esticando a perna ruim.

– Você elevou demais minhas expectativas – Loki disse, erguendo o pé quando um grande inseto passou pelo corredor e entrou em uma rachadura na parede.

– Bom, prepare-se para ficar impressionado. – Theo procurou pela chave em seu bolso e a enfiou na fechadura. Foi preciso jogar todo o insubstancial peso de seu corpo antes que a porta se abrisse. – Viu? – ele disse ao entrar, com Loki logo atrás. – Digno de um rei.

Parecia que mal era digno de qualquer ser vivo. Loki não deixaria nem os cadáveres de Southwark ali. O piso era de madeira sem carpete, cheio de farpas e rangendo sob os pés. Havia uma pilha de cobertores sobre um colchão no chão, e uma pequena grelha para acender o fogo com um único conjunto de talheres, um prato de latão e uma caneca ao lado. Havia uma pia rachada debaixo de uma janela sem vidro, a moldura forrada por um papel impermeável que já começava a rasgar ao redor dos pregos. A sala ficava ainda menor pelo fato de que havia duas paredes de livros diversos empilhados até a parte inferior da janela.

– Sabe – Loki disse, chutando um volume caído da pilha. – Você teria mais espaço se guardasse menos livros.

Theo pendurou sua bengala na grelha ao lado da pequena lareira e começou a abanar as cinzas.

– Prefiro ter livros a ter espaço.

– Bom, quando o chão ceder, não diga que eu não avisei. – Ele observou Theo tentando acender o fogo por um momento, depois ofereceu: – Você quer que eu faça isso?

– Não, não – Theo disse rapidamente. – Deixe-me fazer alguma coisa hospitaleira. Embora aqui não seja lugar para se hospedar ninguém.

Um silêncio recaiu sobre o apartamento enquanto Theo soprava com gentileza as brasas até que elas ganhassem vida outra vez. Loki repentinamente se sentiu muito ciente dos dois sozinhos naquela pequena sala, mal conseguindo ficar mais do que alguns metros de distância um do outro mesmo de pé e em cantos opostos. Ele olhou ao redor, procurando algo para observar que não fosse Theo, mas tinha tão pouca coisa. Estava escuro demais para enxergar os títulos dos livros e as tábuas apodrecidas não eram muito convidativas de se olhar. E seus olhos continuavam sendo atraídos para Theo, a curva de seus ombros, a concavidade das bochechas enquanto ele soprava o fogo, a maneira como ele tirava os cabelos de cima dos olhos com a parte de trás do pulso.

Por que você está olhando para ele?, disse uma pequena voz dentro dele; soava como a voz de Amora.

Loki virou para o outro lado.

Theo se levantou, apoiando-se na grelha, e então limpou as mãos nas calças. Eles encararam um ao outro, e Loki de repente teve certeza de que Theo sabia o quanto ele o havia observado atentamente. Então Theo sorriu de modo tímido e colocou as mãos no bolso.

– Você quer um pouco de chá? – ele disse. – Ou comida. Ou uma muda de roupas? Não acho que temos a mesma... – Ele ergueu uma mão, como se comparasse suas alturas, depois a deixou cair. – Mas acho que você consegue fazer algo sobre isso, não é? Com os seus feitiços e essas coisas. Se realmente quiser...

– Não preciso de nada – Loki interrompeu. Theo assentiu, tocando o queixo no peito. Então, após mais alguns momentos de silêncio, Loki acrescentou: – Obrigado.

Theo assentiu, os dentes pressionados sobre o lábio inferior.

– Você que sabe. – Ele olhou ao redor, e Loki pensou em se oferecer para ir embora só para livrar os dois do constrangimento, mas então Theo disse: – Acho que vou fazer um pouco de chá. Para mim. Se você não se importar. Quer dizer, você pode tomar um pouco também, mas... Chá.

Ele mancou de volta para o fogão, tirando uma chaleira do gancho ao lado. A luz do fogo refletiu em um par de óculos de lentes esverdeadas sobre a lareira, abandonados depois de seu uso na cena do crime.

– Por que você faz isso? – Loki perguntou.

Theo ergueu os olhos da chaleira.

– O quê?

– Trabalhar para a Sra. S. e sua Sociedade. Ou trabalhar para meu pai, acho. Por que não trabalha de verdade? Algo que pague, para que...

– A Sra. S. me paga – Theo protestou. Quando Loki ergueu uma sobrancelha, ele concedeu: – Um pouco. Bom, ela paga o apartamento.

– Sim, mas com uma profissão real, você poderia ter um apartamento que não fosse condenado.

– Não tenho muitas opções de emprego.

– Porque você é um criminoso – Loki disse.

A tampa da chaleira escorregou dos dedos de Theo, caindo no chão. Ele ergueu os olhos.

– Então, você sabe de tudo.

Loki se perguntou repentinamente se havia cometido um erro ao dizer aquilo. Ele considerou ir embora novamente. Em vez disso, ele se virou e apanhou o primeiro livro no topo de uma das pilhas, folheando as páginas.

– A Sra. S. mencionou algo. Depois que a polícia...

– A maldita Scotland Yard. – Theo pendurou a chaleira sobre o fogo e a empurrou no lugar. Ela bateu nos fundos da lareira com um som de metal contra tijolo. – Aqueles cretinos nunca perdem uma chance. Então, você quer saber todos os detalhes sórdidos? Posso assegurar que é uma história muito excitante de amor não correspondido e sinais mal interpretados e eu fazendo papel de bobo e depois sendo preso por isso. Direto das páginas de um romance barato.

– Não estou entendendo.

Theo massageou a parte de trás do pescoço.

– Eu beijei alguém que achava estar interessado em mim. Ele não estava. Fui detido em uma batida na fábrica, e esse cara ficou bravo e foi até a polícia e, quando eles soltaram todo mundo, me deixaram preso por indecência.

– Eu entendo a mecânica do que aconteceu – Loki disse. – O que eu quis dizer é que não entendo por que Midgardianos têm uma mente tão pequena.

Theo ergueu os olhos.

– Como assim?

– Em Asgard, não temos uma visão tão limitada do sexo. Ou do amor. Não existem regras sobre quem pode ficar com quem. Certamente ninguém é preso por causa disso.

Theo o encarou. Sob o pálido brilho do fogo, ele parecia como alguém que acabara de ter um lampejo sobre algo raro e precioso, uma flor silvestre abrindo suas pétalas entre uma cortina de selva.

– Isso é mesmo verdade?

Não havia nada que Loki pudesse dizer diante de uma justiça tão atrasada. Por que desperdiçar uma cela – por que desperdiçar seu tempo – tentando punir alguém por algo que nem era um crime?

Theo foi o primeiro a desviar os olhos, voltando para a chaleira. A luz do fogo acentuava a melancolia em seu rosto.

– Você tem uma preferência? Entre homens e mulheres?

– Eu me sinto igualmente confortável como os dois.

– Não, eu não quis dizer... nem todo mundo consegue transformar seu gênero à vontade.

– Eu não transformo meu gênero. Eu existo como os dois.

– Você não é... Isso não faz sentido.

– Para mim faz.

– Bom, glória a Asgard, então.

Theo se recostou, os dedos pressionados sobre a boca e os olhos fixos no fogo.

– Você não me levaria de volta, não é? – ele perguntou depois de um momento. – Para Asgard?

– Em qual competência? – Loki perguntou.

– Sei lá. – Theo deu de ombros. – Marido de ocasião? – Ele riu da própria piada, depois disse: – Esquece. Deus, isso tudo é tão estranho.

– O quê? – Loki perguntou.

– Que estou falando sobre Asgard com Loki, o irmão de Thor...

– Por favor – Loki interrompeu. – Me chame de qualquer coisa, menos de irmão de Thor.

— ... Deus da Trapaça, e ele está me dizendo que existe um lugar no universo onde ninguém liga sobre por quem você se apaixona, e *essa* é a coisa que eu acho mais inacreditável. — Ele limpou os olhos com as costas da mão, depois enganchou o braço da chaleira com um puxador e a tirou do fogo. — Tem certeza de que não quer chá? Prometo que não é tão horrível quanto o gin que a Sra. S. te deu.

— Certo. — Loki observou enquanto Theo acrescentava folhas em dois pequenos coadores equilibrados sobre as canecas rachadas e despejava água quente sobre eles, o vapor subindo até a superfície em colunas preguiçosas. Ele entregou uma xícara para Loki, e ambos ficaram em silêncio por um tempo. Theo se sentou sobre uma pilha de livros, Loki se encostou na parede, os dois com os lábios pressionados na borda de suas canecas, esperando o chá esfriar antes de beber.

— É isso que os humanos fazem? — Loki perguntou. — Vão a museus e clubes, bebem chá e dormem em colchões mofados de apartamentos congelantes?

— Às vezes — Theo respondeu. — Quando não estamos brigando, trabalhando ou morrendo em fábricas. O que os asgardianos fazem?

— O mesmo — Loki respondeu. — Apesar de não termos fábricas. Nós morremos em campos de batalha, com mais frequência.

— Nós fazemos isso também. Às vezes. — Theo tomou um gole do chá, seus olhos voltando-se para Loki por cima da borda. — Vocês morrem em Asgard? Quer dizer, não você pessoalmente. Mas... as pessoas morrem? Vocês são *pessoas*? Como devo chamá-los? Asgardianos?

– Nós morremos – Loki disse. – Asgardianos morrem. Mas não tão fácil quanto vocês, humanos. Nossas vidas são muito mais longas.

– Quanto mais longas?

– Muitos milhares de anos, um milênio a mais ou a menos.

Theo cuspiu o chá de volta na xícara.

– Não é possível. Você está brincando comigo.

– Não estou. É sério! – Ele riu quando Theo continuou parecendo cético. – Um asgardiano pode viver mais do que os humanos conseguem compreender. Apesar de ajudar não respirarmos diariamente um ar que nos envenena.

– Como ousa falar mal de Londres? – Theo disse com uma ofensa fingida. – Ela tem seus charmes.

– Ainda estou para ver. Apesar de ter ouvido dizer que os cachorros são legais.

Theo fez uma pausa, segurando a xícara perto dos lábios.

– Então, você está no auge da sua vida? Para um asgardiano?

– Estou apenas começando. – Loki tomou um gole do chá. Ainda estava quente, e ele sentiu mais o calor do que o sabor do chá em si, mas o vapor tinha um cheiro picante e amargo, e deixou uma camada úmida em seu rosto. – Você não seria feliz em Asgard.

Theo deu de ombros.

– Tem de ser melhor do que aqui.

– Você se sentiria solitário se fosse o único humano.

– Então, você teria que me fazer companhia.
– Sou uma pessoa muito ocupada.
– Eu não me importo. – Theo tomou outro gole do chá, depois disse, de repente: – É bom saber.
– Saber o quê?
– É bom saber... – Theo repetiu, seu polegar passando pela borda da xícara. – Saber que existe um lugar lá fora no cosmos onde pessoas como eu não precisam ter medo.

Capítulo Vinte e Três

Loki acordou com o som de uma chuva gentil batendo na janela.

Ele havia adormecido no chão ao lado do colchão imundo de Theo, mas em algum momento durante a noite ele deve ter se mexido, pois agora os dois estavam deitados sobre o colchão, encolhidos como coelhos em seus respectivos cobertores. Theo ainda dormia, suas mãos perto do rosto e a boca levemente aberta. Loki se levantou o mais discretamente que pôde, pausando apenas para apanhar um guarda-chuva preto encostado na porta. Não havia por que desperdiçar energia em um encanto. Ou levantar as questões que poderiam surgir por ser a única pessoa não afetada pela chuva em uma rua movimentada da cidade. Theo provavelmente saberia para onde ele estava indo, ou ao menos adivinharia. Talvez contasse para a Sra. S., ou simplesmente seguiria Loki. O que importava? Embora a Sociedade sharp não fosse dona do ouvido mais atento de seu pai, Loki tinha certeza de que, se a Sra. S. entregasse um relatório contando sobre sua fraternização com Amora, ele seria sugado de volta pela Bifrost e seria preso dentro do palácio antes de poder respirar o mesmo ar que Amora novamente.

A caminhada até o Clube do Inferno não era longa, mas o ar estava amargo com a chuva frígida, e o nervosismo de Loki apenas aumentava conforme ele se aproximava. Por que estava nervoso? Era Amora. Sua amiga. Eles se conheciam. Talvez esse fosse exatamente o problema. Ele olhou para si mesmo, ainda com as roupas pretas da noite anterior, e considerou mudar a cor de sua gravata para esmeralda, para combinar com os veios verdes dos olhos dela. Mas, se ela notasse, ele provavelmente morreria de vergonha, e, se ela não notasse, ele morreria de decepção. De qualquer maneira, estaria morto. Não era o ideal.

Ele não tinha nem certeza se Amora estaria no clube, ou se ele seria capaz de entrar, mas conseguiu enviar uma mensagem para o camarim dela através de um dos seguranças do túnel e, alguns minutos mais tarde, o homem retornou dizendo a Loki que a Encantor queria vê-lo no palco. Sob a luz da manhã nublada, o interior do clube parecia bobo e espalhafatoso. As mesas estavam manchadas com os restos das bebidas da noite anterior, o chão cheio de cascas de amendoim e conchas de ostras esmagadas por pés. Os demônios de gesso tinham rachaduras, e havia pedaços inteiros faltando em seus corpos. Loki reconheceu o homem sentado no bar lendo um jornal como sendo o bilheteiro da noite anterior, parecendo estranho e fora de lugar com as mangas da camisa enroladas e um lenço ao redor do pescoço. A manchete na frente do jornal dizia, em letras garrafais: ASSASSINO MORTO-VIVO ESPREITA SOUTHWARK; OUTRO ESTRIPADOR?

Ele não ergueu os olhos quando Loki cruzou o salão do bar vazio e passou pelas cortinas que levavam aos bastidores. O teatro estava tão escuro quanto na noite anterior, mas as lamparinas a gás brilhavam, lançando feixes esguios que tracejavam a silhueta de Amora contra a parede dos fundos. Ela havia empurrado as cadeiras para longe da mesa com o tabuleiro e estava de joelhos, um braço esticado para ajustar algo lá embaixo.

Quando ela o viu, Amora parou e se levantou, a sombra longa e escura atrás dela.

– Loki. Você voltou.

Ele subiu no palco, na mesma coluna de luz que a iluminava. Parecia um pequeno universo que os dois compartilhavam. Tão perto, e sob as luzes do palco em vez da lareira acolhedora de seu camarim, o rosto dela parecia mais suave do que ele se lembrava. Amora nunca fora o tipo de pessoa que baixava a guarda, que deixava os espaços entre as placas de sua armadura expostos. Talvez pensasse que a escuridão a protegia. Talvez não se importasse que Loki a visse daquele jeito. Talvez tivesse uma razão para mostrar sua suavidade.

Ele não sabia o que dizer, então apenas apontou para a mesa.

– Posso ajudá-la? Com... seja lá o que você está fazendo?

– Preparando um truque novo.

– Você quer dizer que não usa magia *de verdade* para contatar espíritos *reais*?

Ela revirou os olhos.

– Que desperdício da minha preciosa vida. Venha aqui, vou mostrar. – Ela puxou algumas cadeiras até a mesa, e Loki se sentou obedientemente. – Agora – ela disse, sentando-se na outra cadeira. – Finja que você tem alguém que queira contatar. Alguém que morreu, e você está desesperado para dizer a essa pessoa uma última coisa.

– Certo.

Amora tirou de debaixo da mesa um sino sobre uma base. Ela o colocou no centro, sobre o alfabeto pintado.

– Às vezes gosto de fazer um pouco de teatro, entrando em transe, tremendo com os espíritos e essa coisa toda. – Ela fez uma demonstração rápida, e ele riu. – Isso prova que o seu espírito está aqui.

– A noite passada não teve nada teatral assim.

– Sim, bom. Eu estava distraída demais para entrar em um transe. – Os olhos dela se voltaram para baixo, a boca curvando-se em um pequeno sorriso. – Então, nós chamamos o espírito com quem você quer falar, e eu vejo se ele está aqui. – Ela bateu com o nó dos dedos sobre a mesa, depois olhou ao redor da sala como se procurasse algum rosto entre a plateia no escuro, os braços se levantando. – Espírito, se você está aqui, apareça!

Uma pausa. O silêncio do teatro pareceu vasto de repente. No clube acima deles, Loki ouviu o tilintar de um vidro se quebrando.

Então, o sino sobre a mesa tocou uma vez. Duas vezes. Três vezes.

Loki se assustou, mesmo já esperando que aquilo fosse acontecer. Mesmo sabendo que era ela operando o sino, um arrepio gelado percorreu seu corpo. Amora mordeu o lábio, suprimindo uma risada.

– Você quer fazer uma pergunta para o espírito?

– Espírito, como você fez isso? – Loki perguntou. Ele olhava para o sino e para as mãos dela, ainda erguidas, tentando encontrar um fio ou um mecanismo em seus dedos.

Amora puxou a toalha da mesa, e ele viu o pedal debaixo de sua cadeira, um bastão seguindo até a base do sino. Quando ela pisou no pedal, o sino tocou.

Loki riu.

– Isso é bem esperto.

– Se é esperto o bastante para enganar você, os humanos vão ficar estupefatos.

– O que mais tem aí embaixo? – ele perguntou, começando a se levantar da cadeira, mas Amora ergueu uma mão.

– Não olhe, você vai estragar a surpresa! Quero me exibir um pouco para você. – Ela buscou em seu bolso e tirou a prancheta, e então a colocou sobre o topo da letra *A* no tabuleiro. A letra foi ampliada através do buraco no centro.

Amora se abaixou sob a mesa, depois dobrou o dedo em um gesto para que Loki a seguisse. A toalha de mesa caiu ao redor deles, sufocante e espessa. Amora deitou de costas e pediu para Loki fazer o mesmo ao seu lado, encarando a parte de baixo da toalha onde uma imagem espelhada do tabuleiro havia sido pintada. Amora procurou em seu bolso novamente, desta vez achando um ímã, que ela pressionou contra o tabuleiro na letra *A*.

– Geralmente, um dos ajudantes de palco fica embaixo da mesa durante o show, para quando usamos o tabuleiro. Ele já levou um chute no rosto de um dos clientes, e seu nariz ficou sangrando durante o show inteiro.

– Então, você quer dizer que ontem eu estava tendo uma conversa íntima com um estranho debaixo da mesa? – Loki exigiu saber com uma falsa indignação.

– Eu faço exceções. Vale a pena desperdiçar sua mágica com algumas pessoas. – Ela piscou para ele, e Loki riu. – Então, a pessoa faz uma pergunta, e aí... – Ela deslizou o ímã sobre a parte de baixo da mesa, e, acima de suas cabeças, ele ouviu o arrastar da prancheta contra o tabuleiro, soletrando OLÁLOKI.

Ele sorriu.

– Olá para você também.

– Aqui, vá se sentar à mesa e tente isso.

Ele deslizou para fora obedientemente e voltou a se sentar. As pernas dela apareciam por baixo da mesa, e ela bateu os calcanhares enquanto chamava:

– Você precisa primeiro cumprimentar os espíritos.

– Certo. – Loki pousou as mãos abertas sobre a mesa. – Hum, bom dia, espíritos.

A prancheta deslizou pelo tabuleiro com um leve som de algo raspando e aterrissou na palavra OLÁ. Algumas palavras selecionadas circundavam as letras, simplificando a resposta dos espíritos.

– Não é tão formal quanto um bom dia – Amora disse. – Demora muito para soletrar.

Ele riu de novo, e sentiu os músculos dos ombros relaxando. Já tinha se sentido relaxado assim desde que chegara em Midgard? Há quantos anos não se sentia relaxado daquele jeito? Quanta tensão ele vinha carregando em seu corpo sem perceber? Parecia que os últimos anos haviam sido retirados de suas costas; igual a quando estava com Amora, na corte, antes de o Espelho do Olho de Deus escrever seu futuro para ele.

– Agora você faz a sua pergunta – ela pediu.

Ele pressionou os dedos juntos contra os lábios, sem saber o quanto daquilo era um jogo e o quanto era apenas provocação dela.

– O que vou comer no café da manhã?

A prancheta tremeu por um momento, e tudo pareceu repentinamente assustador, mesmo sabendo que Amora estava no controle por baixo da mesa. Então, a prancheta deslizou pelo tabuleiro em uma lenta formação, soletrando a resposta. *SANGUEDOSSEUSINIMIGOS*.

– Uma boa sugestão – ele respondeu com franqueza. – Por quanto tempo ainda vai chover?

A prancheta desta vez girou antes de aterrissar na primeira letra de *PARASEMPRE*.

– Temo que esteja certa novamente. – Ele procurou com o pé debaixo da mesa até encontrar a maciez da barriga de Amora e a cutucou com o dedão. Ela riu, e a prancheta saltou. – Que espírito sábio você é.

– Faça uma pergunta de verdade – ela disse. – Algo que eles possam te contar sobre o futuro.

Ele fez uma pausa. Loki sempre sabia quando Amora estava tentando manipulá-lo, mas ele nunca conseguia resistir. Amora abriria os braços, e ele se jogaria neles todas as vezes, ela tendo ou não uma faca nas mãos.

– Eu serei rei de Asgard? – ele perguntou.

A prancheta andou para a frente e para trás, como se não conseguisse se decidir, voando de um canto a outro. Então, finalmente, soletrou:

TALVEZ.

– Às vezes eles precisam ser vagos – ela disse, saindo de baixo da mesa. Seus cabelos estavam cheios de poeira. – Simplesmente para evitar estarem errados. – Ela sorriu. Quando ele não retribuiu o sorriso, o dela sumiu. – Venha aqui. – Ela bateu levemente no chão ao seu lado. Loki deslizou até ela, e Amora deslizou de volta para debaixo da mesa e ele a seguiu até ficarem deitados lado a lado. Acima deles, as letras brancas do alfabeto no tabuleiro pareciam brilhar, como vagalumes contra a madeira preta.

– Eu gostaria de poder ajudá-la – ele disse.

– Me ajudar? – Ela riu, levantando a mão e tracejando o alfabeto com a ponta dos dedos. – Com o quê? Eu diria que me saí muito bem sozinha, principezinho.

– Eu gostaria de ser rei para poder acabar com o seu banimento e levá-la de volta a Asgard.

– Para realizar simples feitiços e ser uma rainha dócil, como a sua mãe?

– Para ser uma feiticeira – ele disse. – A mais poderosa feiticeira dos Nove Reinos. Para nunca ter que esconder sua força.

– Eu gostaria de ainda ter força para poder escondê-la.

– Quanto tempo você consegue durar? – ele perguntou. – Sem tirar a força vital de alguém?

– Depende – ela respondeu. – Apesar de ser cada vez menos. – Ela soltou uma risada cheia de amargura. – Eu nem tenho mais a força para ser forte.

– Se você pudesse se segurar, só um pouco – ele disse. – Deixando tudo passar. Deixe a Sociedade SHARP achar que já acabou. Se eu conseguir encontrar outra coisa para culpar e convencê-los de que tudo foi solucionado e ninguém encontrar mais corpos... Posso fingir encontrar alguma outra razão para que não estejam matando mais ninguém, daí os assassinatos parariam por tempo suficiente para meu pai me levar de volta e... – Sua linha de raciocínio parou de repente.

– E então eu fico aqui até você se tornar rei ou eu morrer? – ela concluiu para ele.

Ele moveu o braço e deixou os dedos tocarem o pulso dela. Ele não podia perdê-la, não agora que estavam juntos de novo. Tinha que ser mais do que sorte ou acaso.

– Só precisamos de um pouco mais de tempo.

– Tempo para o quê?

Loki mordeu o lábio, pesando suas próximas palavras com cuidado.

– Apenas confie em mim – ele finalmente disse, embora tenha parecido mais bobo quando saiu de sua boca do que quando ele havia pensado. – Não vou deixar você morrer.

– Não acho que você teria muita influência nesse assunto, Vossa Majestade.

– Vou levá-la para outro lugar. Um lugar seguro. Encontraremos um jeito de restaurar o seu poder sem os humanos. – Ela não disse nada. – Qual é o problema?

– Eu só queria que você pensasse grande. – Ela pressionou a testa no ombro dele. – Prometa que vai me erguer junto com o seu exército de mortos-vivos quando conquistar Asgard, por favor? Eu odiaria perder toda a diversão.

Amora falava em tom de brincadeira, mas machucava mesmo assim, todos os anos desde aquele banquete onde Odin olhara para ele com desconfiança, todas as vezes em que favorecera Thor, todas as vezes em que negligenciara Loki por estar com medo daquilo que ele e seus poderes poderiam fazer.

– Talvez exista mesmo uma razão para as pessoas nos temerem – Loki disse.

– Eles devem nos temer – Amora respondeu. – Porque somos mais fortes.

– Não porque somos perigosos?

– Qual é o problema em ser perigoso? Odin é perigoso. É por isso que ele governa os Nove Reinos. Prefiro ser mortífera do que estar morta. – Ela rolou para o lado, apoiando a cabeça nas mãos, e, embora não tenha virado para ela, Loki podia sentir o olhar dela esquentando seu rosto. – Você não pode salvar todo mundo, querido. É melhor pensar nisso como um adeus e boa sorte.

– Não. Você está aqui por minha causa.

– Foi escolha minha.

– Foi culpa minha.

– Não vamos mais desperdiçar tempo com o passado.

– Então, o que sobra para nos ocupar? O futuro, eu como o segundo filho e você transformada em pó?

– Por que não o presente?

Ele também rolou até os dois ficarem frente a frente, e de repente ele percebeu o quanto seus rostos estavam perto, o quanto os cabelos dela eram bonitos, caídos ao redor de sua pele clara, por quanto tempo ele quis saber a sensação da boca de Amora pressionada contra a dele – não de um jeito acidental ou rápido. Ele nunca a beijara de verdade – nem mesmo quando passavam cada momento juntos em Asgard, quando ele pensava nisso tanto quanto respirava. Nunca fora corajoso o bastante. Nunca pensara que ela fosse dizer sim. Ainda não sabia se ela diria.

– Alguma última pergunta que você queira fazer aos espíritos? – ela disse, e seus olhos caíram sobre a boca dele.

Por quanto tempo ele sentira saudades? Por quanto tempo ele a queria? Por quanto tempo teve certeza de que ela fora a única pessoa que o conhecera, a única pessoa que o conheceria ou o entenderia? A única pessoa com o mesmo fogo em seu sangue, mas o dela apoiado por uma corrente de certeza de que eles eram feitos de joias e luzes, feitos para brilhar mais do que os outros? Enquanto olhava para o rosto dela sob o pálido brilho das lamparinas, Loki quase acreditou nisso também, todas as coisas que o fizeram se sentir estranho e excluído transformadas em ouro pela estranha alquimia de estar perto dela novamente.

– Posso beijá-la? – ele perguntou.

Amora chegou mais perto e diminuiu o espaço entre suas bocas, sendo calma e gentil por um momento antes de seus lábios se abrirem sobre os dele, dentes brincando com sua língua, e então ela rolou por cima de Loki, as pernas montando nos quadris dele e suas mãos se tocando.

Ela era inebriante, como vinho doce. Ele ficaria bêbado antes de perceber que ela havia enchido seu copo novamente. Será que sempre foi assim? Mesmo quando eram crianças? Será mesmo que ele nunca percebera, ou será que era mais fácil ignorar porque ela era a única pessoa que o fazia se sentir digno de ser notado? Qualquer atenção havia se tornado água no deserto após tanto tempo sendo negligenciado por seu pai.

Isto, ele pensou, e soltou um profundo suspiro contra a boca de Amora. Enquanto seu coração acelerava, as luzes do palco piscaram e morreram, deixando os dois ofegantes e movendo-se juntos na escuridão.

Capítulo Vinte e Quatro

Os dias seguintes foram passados em uma silenciosa falta de mortes.

Amora prometera preservar sua força e ganhar o máximo de tempo possível para Loki conseguir deixar o reino. Ele passou a maior parte do tempo perto da Sociedade SHARP, caminhando até o Museu Britânico com Theo durante a hora do almoço para olhar os artefatos do passado dos Midgardianos. Nos dias em que chovia, Loki usava um feitiço para mantê-los protegidos do vento e da lama, e, embora soubesse que era um desperdício de suas preciosas reservas de magia, ele achava graça da maneira com a qual os olhos de Theo se arregalavam sempre que uma carruagem passava sobre uma poça fétida e a água rebatia no ar antes de atingi-los, como se eles estivessem envolvidos por uma redoma de vidro.

Apesar de tudo, Loki começava a gostar de estar perto de Theo. Em Asgard, ele sempre preferia ficar sozinho, com exceção de Amora, e não esperava que um humano, entre todas as criaturas, fosse quem o cativaria. Mas Theo era esperto, ria das próprias piadas, lia livros demais e sabia muito sobre todas as coisas. Ele mastigava alto, mas comia devagar, vestia chapéus baixos de um jeito que deixava seus cachos caindo sobre os olhos, e não gostava de andar no lado do pavimento por onde as carruagens passavam. Loki não sabia por que não se importava com todas essas coisas.

Ele até começara a gostar da Sra. S., em moderação, durante o jantar depois que o dia dela no museu terminava e ela se juntava a Theo e a Loki no escritório. Às vezes Gem também aparecia quando não fazia a patrulha, e terminava dois pratos antes de eles terminarem o primeiro. A comida Midgardiana era sem graça e não tinha muito sabor, mas Loki começou a gostar do chocolate quente e espesso comprado através das janelas dos cafés, e que a Sra. S. até preparava em seu pequeno fogão no escritório. Era escuro e amargo o suficiente para ele, e podia ser a única coisa de Midgard da qual ele sentiria falta.

A Sra. S. contava histórias do trabalho com seu marido, tanto antes quanto depois de Odin os empregar. Suas façanhas faziam alguns dos guerreiros de Asgard parecerem principiantes treinando com bastões de madeira. Ela contou sobre como precisou sugar veneno da testa do marido quando ele foi mordido por uma cobra na Amazônia e como depois teve de carregá-lo nas costas por dez quilômetros até a civilização. Contou sobre como sobreviveram a febres na selva, como violaram tumbas amaldiçoadas, contou sobre cavernas cujas entradas desabaram atrás deles, então tiveram que continuar seguindo por elas no escuro, sem saber se morreriam ou se encontrariam a luz. Ela contou a eles sobre a matilha de cães puxando trenós que eles exauriram no norte da Noruega, onde encontraram os artefatos pertencentes ao pai de Loki, e como ela os desenterrou no meio da neve com seus dedos nus tornando-se azuis, com medo de que, se os deixasse lá para apanhar luvas, a neve os cobrisse novamente e então eles estariam perdidos para sempre.

– Por que você não viaja mais? – Loki perguntou a ela certa noite, enquanto esperavam sentados por Theo no escritório.

– É muito mais difícil para uma mulher sozinha ser uma aventureira profissional – ela respondeu. – Meu marido tinha que garantir todo o financiamento, fazer os preparativos da viagem e publicar os artigos que escrevíamos quando retornávamos.

– Isso não é justo.

– Pouca coisa é. Incluindo perdê-lo para sempre. – Ela mexeu na aliança de casamento com um triste sorriso, e Loki notou as manchas prateadas e gastas causadas pela repetição do gesto.

Loki olhou para os restos do chocolate espesso no fundo de sua caneca.

– Meu pai deveria ter feito mais – ele disse de repente. Quando todos olharam para ele, Loki acrescentou:

– Para proteger seu marido. Para proteger todos vocês. O trabalho que vocês fazem para ele não é livre de risco.

– Nada na vida é livre de risco, meu querido – a Sra. S. respondeu. – Meu marido nunca se importou muito com segurança. Nós preferíamos a excitação.

– Mas ele não deveria ter morrido – Loki disse. – Se vocês não tivessem sido empregados por meu pai...

– Você pode desperdiçar sua vida se ficar pensando no que deveria ou poderia ter acontecido – a Sra. S. interrompeu. – E se nunca tivéssemos conhecido o seu pai? E se eu nunca tivesse conhecido o Sr. Sharp? E se os meus pais tivessem me enviado para a Índia quando eu era criança e me forçado a casar com um sultão com uma jaula de tigres? E se eu tivesse feito café em vez de chocolate hoje? Você vai enlouquecer considerando tudo. – Ela tomou um gole da bebida, depois acrescentou: – Nós sabíamos que nosso trabalho era perigoso. Sempre é perigoso. Mas também era importante. Era assim que o Sr. Sharp gostava. Perigoso e importante.

Loki quis dizer a ela que seu pai não se importava nem um pouco com o trabalho deles. Não para ser cruel – simplesmente porque sentiu que eles tinham o direito de saber. O direito de saber que eles poderiam aposentar as facas e se afastar de uma luta que poderia custar suas vidas. E já tinha custado.

Mas, em vez disso, ele terminou sua bebida e ficou em silêncio.

A sineta sobre a porta tocou, e, um momento mais tarde, Theo passou pela cortina de veludo. Seus ombros estavam escurecidos pela chuva, e ele se lançou sobre o fogão, pressionando as mãos nuas o mais perto do calor que podia sem se queimar.

– Está muito frio lá fora.

– Gem tinha alguma coisa nova para você? – a Sra. S. perguntou.

Theo sacudiu a cabeça. Alguns pingos de chuva deslizaram da aba de seu chapéu.

– Nenhum corpo novo.

– E quanto à autópsia?

– Rachel Bowman ligou para a esposa dele, e ela repentinamente retirou a permissão e foi para Cornwall ficar com seus pais.

A Sra. S. soltou um suspiro frustrado pelo nariz.

– Maldição.

– Quem é Rachel Bowman? – Loki perguntou.

– A bruxa líder do pessoal que não quer enterrar os mortos – a Sra. S. respondeu, depois acrescentou: – Sem ofensa para qualquer bruxa de verdade presente.

– Foi ela quem organizou todos os protestos no Necrotério de Southwark – Theo acrescentou. – Gem disse que, sempre que a polícia chegava perto de convencer uma família a dar permissão para a autópsia, Rachel repentinamente aparecia na porta da casa deles com um buquê de flores e um argumento muito convincente sobre por que seu ente querido falecido provavelmente não está mesmo falecido, mas apenas esperando para ser revivido.

Loki inclinou sua cadeira sobre os pés de trás e arqueou o pescoço. Ele vinha esperando uma oportunidade para introduzir a ideia que ele e Amora haviam pensado para encobrir o rastro dela. Ou melhor, que ele havia pensado e Amora havia resmungado e reclamado com ele. Loki sentia que ela continuaria sugando a força vital dos humanos sem sentir culpa se ele não tivesse aparecido. A única coisa que havia feito Amora cooperar fora a promessa de deixar Midgard junto com ele, embora Loki ainda não soubesse para onde. Ele seguia com o plano um passo por vez.

– Estive investigando por conta própria – ele disse, o tom de voz leve. – E tenho uma teoria sobre por que vocês ainda não apanharam o seu assassino.

Tanto a Sra. S. quanto Theo se viraram para ele. Theo ainda estava encolhido sobre o fogão.

– Você vai nos iluminar um pouco ou está simplesmente afirmando um fato? – a Sra. S. perguntou.

Loki deixou a cadeira cair para a frente, as pernas atingindo o chão com força.

– Vocês não apanharam um assassino, porque não existe um para ser apanhado – ele disse. – Vocês não têm um assassino, vocês têm um vírus.

– Um o quê? – Theo perguntou.

– Uma doença – ele esclareceu. – Seja qual for esse feitiço que está derrubando as pessoas, não está sendo lançado por algum feiticeiro desonesto. Está se espalhando como qualquer praga em Londres. Vocês não têm um assassino mágico; vocês têm uma epidemia.

– Magia se espalha dessa maneira? – Theo perguntou.

– Pode se espalhar – Loki respondeu. – Vários anos atrás, uma das províncias de Asgard teve uma praga de magia. Borbulhava subindo pelo chão; é improvável que isso aconteça aqui por causa da falta de magia na atmosfera, mas aqueles expostos à praga acabavam arrancando os próprios olhos. Qualquer um que entrasse em contato com eles ou que tentasse impedi-los acabava pegando a mesma doença.

Ele estava, é claro, mentindo. Loki nunca ouvira falar de uma praga mágica. Mas Theo parecia devidamente horrorizado.

— Então, se essa é a causa, o que podemos fazer para impedi-la? — ele perguntou.

— Você extirpa o câncer — Loki respondeu. — Você encontra a fonte e a remove.

— Então, como essas pessoas estão pegando essa praga mágica? — a Sra. S. perguntou. Ela parecia menos convencida do que Theo. Seus olhos estavam cerrados sobre Loki, seu rosto inescrutável.

— Provavelmente é transmitida pelos cadáveres já infectados. Aqueles corpos em Southwark precisam ser levados da cidade. Precisam ser enterrados.

— Isso não vai ajudar em nada se a fonte desse vírus mágico ainda estiver presente em Londres — a Sra. S. disse. — Como descobrimos isso?

Loki respirou fundo.

— Eu acho que já encontrei. — A Sra. S. ergueu uma sobrancelha. *Fique calmo*, ele repreendeu a si mesmo. Mentir é fácil. Mentir é natural. Mentir é uma língua nativa. — A Encantor, no Clube do Inferno. — No fogão, Theo ergueu a cabeça. Loki não olhou para ele enquanto continuava: — Ela já foi uma feiticeira em Asgard, mas aqui eu acho que sua mágica pode ter se tornado tóxica, por ela ter passado tempo demais em Midgard. Ela me contou que usou sua feitiçaria para ler cartas para aquele limpador de chaminé que morreu. Aquele que encontramos na semana passada. É por isso que ele tinha o cartão dela.

– Então, ela usa seus poderes no clube para imitar o espiritualismo? – a Sra. S. perguntou. – E isso envenena qualquer um que entrar em contato com ela? – Quando Loki confirmou, ela perguntou: – Você já contou para ela? Já que vocês dois vêm conversando e você nunca sentiu a necessidade de mencionar nada para nós?

– Eu contei que estava indo ao clube.

– E relatou muito pouco depois disso – ela rebateu. – E não disse a ninguém que você voltou lá.

Theo olhou para suas mãos, mas se manteve em silêncio.

– Nós éramos amigos – Loki disse, encarando o olhar vidrado da Sra. S. – Ela confia em mim. Se eu tivesse envolvido algum de vocês, ela poderia não confiar mais. Eu não podia arriscar isso.

– Você podia ter nos mantido informados.

Loki deu de ombros.

– Eu não trabalho para você, Sra. Sharp. Eu trabalho para o meu pai, e fiz aquilo que achava que era melhor para a investigação dele aqui. A Encantor provavelmente não sabe que está envenenando os humanos sobre os quais usa magia.

– Então, nós contamos para o seu pai, devolvemos ela para Asgard e vemos se as mortes param – a Sra. S. falou. – Simples.

— Ela não pode voltar para Asgard — Loki disse. — Ela e meu pai tiveram uma desavença. Mas eu poderia levá-la para algum outro lugar. Eu a conheço. Ela nunca machucaria humanos. Se contarmos a ela, sei que nos ajudará a acabar com isso.

A Sra. S. passou um dedo no canto dos lábios, pensando.

— Isso ainda não resolve a questão de como conseguir que os corpos sejam enterrados.

— Organize algum tipo de evento. Ou uma sessão espírita. — Ele se congratulou pelo excelente trabalho que estava fazendo ao fingir que aquilo era algo que tinha acabado de pensar, em vez de uma história que vinha cuidadosamente fabricando nos últimos dias. — Então, pedimos para a Encantor contatar as almas e confirmar que eles estão *realmente* mortos e não podem seguir para o além-vida se não forem enterrados. — Loki se inclinou sobre a mesa, fingindo animação por ter acabado de pensar uma coisa. — Quando participei do show dela, havia um casal lá cuja filha havia morrido. Eles queriam exatamente isso: uma confirmação da Encantor de que sua filha havia deixado este mundo. Nós poderíamos encontrá-los. Quando eles tiverem a confirmação de que sua filha desencarnou, eles talvez concedam permissão para a autópsia. Então os corpos poderão ser declarados mortos, e enterrados.

— E nós temos certeza de que eles estão mortos? — a Sra. S. perguntou.

— É claro que estão — Loki respondeu. — Sem batimentos cardíacos. Não é isso que vocês humanos procuram saber?

— E quanto ao limpador de chaminés que você reanimou? — Theo perguntou discretamente.

A fachada de Loki fraquejou pela primeira vez. Quase já tinha esquecido daquele estranho momento quando o morto se movera sob seu toque.

— Aquilo não foi vida — ele disse, tentando transmitir certeza.

— Como podemos saber que a sua teoria está correta? — a Sra. S. perguntou.

— Por que eu mentiria?

— Posso pensar em algumas razões — a Sra. S. respondeu. — Uma delas sendo que, quando você chegou, o seu foco principal era voltar para casa. Como podemos saber que isso não é um plano para acelerar esse processo?

— Bom, acho que você vai ter que confiar em mim — Loki respondeu. — Mas foi para isso que você me trouxe aqui, não é? Para aconselhar? Então, considere-se aconselhada. — Ele se recostou na cadeira. — Faça o que quiser com isso.

A Sra. S. o encarou, os dedos formando um triangulo sobre a boca. Ela olhou para Theo e disse:

— Saia de perto do fogão antes que você queime suas sobrancelhas. — Theo se sentou na cadeira entre Loki e a Sra. S., esticando a perna debaixo da mesa. — O que você acha? — Loki começou a falar, mas a Sra. S. ergueu um dedo. — Não você. — Ela assentiu na direção de Theo. — O que *você* pensa disso tudo?

Theo engoliu em seco. Ele olhou da Sra. S. para Loki, depois voltou para ela. Loki sentiu, pela primeira vez desde que planejara aquela teoria cuidadosamente arquitetada, uma pontada de apreensão. Theo sabia que ele fora ao clube mais de uma vez. Loki contara a ele mais do que seria sábio sobre sua relação com Amora. Como se permitira contar tanto a Theo, sobre si mesmo e sobre Asgard e tudo mais? Deixara a guarda baixa sem realmente ter a intenção de fazer isso.

Theo mordeu o lábio, e então disse:

– Acho que devemos escutá-lo. Ele sabe mais sobre isso do que nós.

Loki segurou um suspiro de alívio enquanto olhava para a Sra. S. O rosto dela continuava frustrantemente inescrutável. Mas então ela assentiu e falou:

– Certo. Vamos encontrar a Encantor.

Capítulo Vinte e Cinco

A única pessoa que mentia melhor do que Loki era Amora.

Quando a Sra. S. explicou sua teoria para ela no camarim do Inferno, Amora se derramou em lágrimas. Lágrimas reais, escorrendo pelo rosto. Loki ficou impressionado – ele não sabia se conseguiria fazer aquilo.

– Eu não sabia! – ela soluçou. – Eu não... eu não queria machucar ninguém.

Theo ofereceu seu lenço para ela.

– Você não poderia saber – ele disse com um tom bondoso. – Não é culpa sua.

A Sra. S., encostada em uma das mesas do camarim, acrescentou:

– Ah, certamente é culpa dela sim. Ignorância não é sinônimo de falta de culpa.

Amora tirou o rosto do lenço de Theo e olhou para a Sra. S. com os olhos úmidos.

– Por favor... por favor – ela gaguejou, entrelaçando os dedos diante de si –, eu imploro, perdoe-me! Eu nunca tive a intenção de machucar ninguém!

– Ainda não temos certeza de que você machucou – Loki acrescentou depressa. – É só uma teoria.

– Contudo – continuou a Sra. S –, existe uma maneira de você se redimir.

– Qualquer coisa – Amora choramingou e então deu uma fantástica fungada. – Eu faço qualquer coisa para endireitar as coisas.

A Sra. S. olhou para Loki, depois assentiu para Amora. Loki suspirou.

– Precisamos que a polícia consiga permissão para que os corpos dos mortos sejam enterrados – ele explicou, como se os dois já não tivessem revisado tudo aquilo. Conseguir que os mortos fossem enterrados, depois tirá-la do reino e acabar com as mortes. A Sociedade SHARP não precisaria saber quem realmente foi o responsável, e Odin também não. – Pensamos que, através do seu espiritualismo, você poderia convencer uma das famílias das vítimas a permitir a autópsia e a declaração de óbito.

– O príncipe então levará você para algum lugar no cosmos onde os seus poderes sejam menos destrutivos – a Sra. S. acrescentou. – Intencionalmente ou não.

– É claro. É claro, farei qualquer coisa. – Amora fungou novamente, mais uma grande lágrima rolando por seu rosto. Ela a limpou com as costas da mão. – Não posso acreditar...

– Não seja tão dura consigo mesma – Loki disse, abaixando-se diante dela e tomando sua mão. Ele quase começou a acreditar naquela encenação, mas então Amora se moveu de um jeito que fez seus dedos pressionarem a palma da mão dele, traçejando as linhas de sua pele com um toque gentil que o deixou de cabeça leve. – Você se lembra do casal que participou do show na mesma noite em que eu estive aqui? – ele perguntou. – Aqueles buscando pelo espírito da filha, para saber se ela havia desencarnado? Você acha que nós poderíamos encontrá-los novamente? – Amora confirmou. – Se conseguíssemos fazer com que concordassem, tudo o que você precisaria fazer é dizer a eles que sua filha seguiu para o mundo dos espíritos...

– Sem usar nenhuma da sua magia de verdade – a Sra. S. acrescentou. – A menos que queira anular todas as suas boas intenções.

Amora soltou outro soluço. Loki lançou um olhar de repreensão sobre a Sra. S. Ela não pareceu se incomodar.

– Diga a eles que a filha só pode encontrar paz no além-vida quando seu corpo for enterrado. Desse jeito, com todos os corpos enterrados, a fonte da praga será removida de Londres e não se espalhará mais. Você pode fazer isso para nós?

Amora assoou o nariz no lenço de Theo e o devolveu. Theo franziu o nariz.

– Você pode ficar com ele.

– Amora – Loki disse. – Você vai nos ajudar?

– É claro – ela respondeu, segurando a mão dele entre as dela e olhando para todos os presentes. – Qualquer coisa. Qualquer coisa para consertar o mal que eu fiz.

Quando se despediram, Loki ofereceu a Amora um abraço tranquilizador que pareceu mais uma desculpa para murmurar em seu ouvido.

— Foi uma encenação impressionante.

— Não sei do que está falando — ela respondeu, depois fungou alto em seu ombro. — Estou claramente perturbada.

A Sra. S. atualizou Gem sobre os detalhes, e ele se voluntariou para encontrar os Matulis. Ele os localizou através do Necrotério de Southwark, e Amora os visitou, junto com a Sra. S. No final, eles precisaram de muito pouco convencimento, e a data da sessão espírita foi marcada.

— Aquela *mulher horrível* — Amora reclamou para Loki no camarim aquela noite.

— Quem?

— Sharp. — Ela golpeou o rosto com um dos pincéis de maquiagem, deixando uma inelegante mancha de rouge. — Todos aqueles comentários sarcásticos que ela acha tão inteligentes. Como você consegue aguentá-la?

— A Sra. S. não é de todo mal.

— Sra. S. — Amora riu com desdém, jogando o pincel sobre a mesa e esfregando as bochechas para misturar a maquiagem. — Ela provavelmente acha que isso faz seu nome parecer o de algum vigilante.

— Ela faz um bom trabalho para este planeta — Loki respondeu.

Amora riu.

– Acredite em mim, o trabalho dela tem muito menos impacto do que ela gostaria que você acreditasse. – Amora o observou através do espelho, cerrando os olhos. – Não me diga que você começou a gostar dela?

– É claro que não – Loki respondeu, e então mudou de assunto.

O Clube do Inferno ficou animado com a ideia de uma sessão espírita para contatar os mortos-vivos e entregar uma resposta sobre qual dessas duas coisas eles eram na verdade – o clube preparou uma noite inteira com tema apropriado para a ocasião, coletando jornais com manchetes sobre as mortes e forrando o interior do clube com eles. Alguém conseguiu fotos da cena do crime de várias das mortes, que podiam ser vistas em um estereoscópio por cinco centavos. Uma bebida especial foi acrescentada ao cardápio em honra da ocasião – o Trago dos Mortos-Vivos, com uma pequena observação escrita a giz embaixo: *Servido Quente*.

Com a data marcada, cartazes foram pendurados pela cidade. As ruas estreitas de Southwark ficaram tão cheias deles que os tijolos sujos acabaram obscurecidos. Theo e Loki iam diariamente até o necrotério para espalhar a notícia sobre o evento entre a multidão, que parecia sempre se juntar do lado de fora esperando para ver os cadáveres exibidos.

Os manifestantes não saíam de lá, a maioria os mesmos, dia após dia. Loki percebeu alguns deles olhando para ele e Theo e sussurrando uns para os outros. Uma mulher de cabelos pretos, a quem ele reconheceu do primeiro dia em que visitaram o necrotério, era particularmente propensa a olhar feio para os dois sempre que eles iam até lá. Certa manhã, Loki a encarou de volta e assentiu levemente, com a intenção de que fosse um alerta para que a mulher ficasse longe, mas, em vez disso ela entendeu como um convite para se aproximar.

— Com licença, senhor? — ela chamou, andando desajeitadamente por causa dos cartazes pendurados nos ombros e que batiam contra seus calcanhares. Na frente se lia A VIDA É PRECIOSA E DEVE SER PRESERVADA. Do outro lado, NÃO VIVO NÃO É A MESMA COISA QUE MORTO.

Loki cerrou os dentes e ofereceu a ela seu sorriso menos convidativo.

— Posso ajudá-la?

— Acho que já está na hora de nos apresentarmos formalmente, já que o vi andando por aqui muitas vezes. Eu sou Rachel Bowman. — Ela estendeu a mão para cumprimentá-lo. Ele não aceitou.

— Não estou interessado.

— Parece que você e o seu companheiro estão preparando algo grande. — Ela olhou ao redor da multidão, e Loki seguiu o olhar dela até onde Theo estava conversando com um grupo de garotas da mesma idade que ele. Theo parecia tentar explicar a sessão espírita para elas, e elas pareciam flertar com ele em resposta. Ele parecia meio em pânico. — Vocês trabalham para o Clube do Inferno? — Rachel Bowman quis saber, e Loki se virou para ela.

— O que isso importa?

— Eu diria que não importa, a menos que as pessoas que vocês estão tentando enterrar estejam vivas.

— Quem disse que estamos tentando enterrá-las? — Loki rebateu.

Rachel fechou o rosto.

— Eu sei o que vocês estão planejando. O Clube do Inferno está sendo pago pela polícia para convencer as famílias a permitirem que seus entes queridos sejam enterrados, para que possam lavar as mãos quanto a esses crimes.

Loki explodiu em uma risada.

— Aí está uma teoria que eu ainda não conhecia. Parabéns, você certamente é muito criativa e consegue chegar a conclusões muito interessantes.

Ela estendeu um panfleto a ele.

— Talvez você devesse se educar antes de zombar de mim.

— Você já me deu um — ele respondeu. — É uma leitura fascinante. Fiquei acordado a noite toda morrendo de vontade de saber o que acontece depois.

Ele começou a se retirar, mas Rachel Bowman saltou na sua frente. Suas placas pularam com o movimento repentino, atingindo os calcanhares dele, fazendo-o estremecer.

— Se vocês colocarem essas pessoas debaixo da terra — ela disse, sua voz tremendo pelo esforço em mantê-la baixa —, vocês serão cúmplices de assassinato.

Loki cruzou os braços.

— Da última vez que chequei, eles já haviam sido assassinados. É por isso que estão sendo exibidos em um necrotério.

— Você já olhou para eles? — ela apontou o dedo para a entrada. — Quer dizer, já olhou de verdade para o rosto deles? Já tocou a pele deles e sentiu seu calor?

— Não — Loki respondeu. — Porque tem um vidro no meio.

— Bom, eu toquei. — Ela o agarrou pelo braço com uma força surpreendente. — Eu os vi se mexendo. Vi um deles erguendo a mão.

Loki lutou para manter o rosto impassível. Será que ela estava lá naquele dia, no meio da multidão? Ele estava tão distraído que poderia facilmente não a ter notado.

— Eu duvido disso.

— Aquilo não é morte, senhor — ela disse rispidamente. — Não é morte natural. Se vocês permitirem que isso aconteça, eu espero que pese na consciência. Espero que um dia sintam o peso de tudo que fizeram. Espero que sejam esmagados por esse peso.

— Com todo respeito, senhora — Loki respondeu, arrancando os dedos dela de sua casaca. — Você não tem ideia do que está falando.

Capítulo Vinte e Seis

O Clube do Inferno estava lotado na noite da sessão espírita.

As pessoas faziam fila para entrar desde o amanhecer, a fila começando na boca do túnel e crescendo a um ritmo tão alarmante que chegava até a rua, bloqueando o tráfego. A polícia precisou ser chamada quando um condutor de carruagem e um homem na rua esperando para entrar começaram a discutir aos gritos, quase chegando às vias de fato. Quando o clube abriu, o túnel foi inundado, a multidão tão densa e movendo-se tão rápido que vários dos demônios de gesso nas paredes tiveram suas extremidades arrancadas.

Theo esperava nos bastidores, enquanto a Sra. S. estava no teatro, e Amora terminava de se arrumar. Loki havia se voluntariado a ser o único acompanhante de Amora durante a noite, mas a Sra. S. irritantemente havia mandado Theo junto com ele – como se fosse preciso duas pessoas para acompanhar a Encantor até o palco e depois vigiá-la para ter certeza de que nada não planejado aconteceria. Principalmente quando uma dessas pessoas tinha uma mobilidade limitada que só a atrapalhava para acompanhar qualquer pessoa a qualquer lugar.

– Sabe, eu sou perfeitamente capaz de lidar sozinho com as coisas aqui atrás – Loki disse para Theo quando eles ficaram no meio das cortinas, os dois como sombras na escuridão. Do outro lado do palco, podia ouvir o burburinho da multidão, a excitação impedindo que eles conversassem em um volume razoável, pois parecia que todas as pessoas gritavam. Quando Theo não respondeu, Loki o cutucou com o cotovelo. – Você deveria ir assistir ao show.

Theo mudou a posição da bengala, seus ombros encolhidos.

– Prefiro ficar aqui atrás. É muito fácil eu ser atropelado pelas pessoas se eu cair.

Loki encarou Theo, tentando fazê-lo virar apenas com a força de seu olhar.

– Vocês não confiam em mim – ele finalmente disse.

Theo soltou um som suave com os lábios.

– Ainda? – Loki exigiu saber. – Depois de todo esse tempo?

Theo lançou-lhe um olhar de soslaio.

– Faz só uma semana.

– Isso não é um tempo insignificante – Loki protestou. Theo revirou os olhos. – Por que vocês não confiam em mim? Vocês me seguem para todo lugar. Vocês tiraram minha mágica quando cheguei aqui porque assumiram que eu lançaria algum feitiço violento contra vocês.

– Em nossa defesa, você tentou.

– Em *minha* defesa, vocês me colocaram em uma caixa em vez de simplesmente me convidar para descer as escadas com vocês, como fariam com alguém em quem confiam. O que meu pai disse a vocês exatamente?

Theo ainda olhava com determinação para o palco vazio. As luzes estavam baixas, e seu rosto estava escondido nas sombras.

– O seu pai não disse nada.

– Então, por que vocês são tão desconfiados?

– Chame isso de cautela.

– Eu chamo de irritante. – Theo riu. Loki não sabia o quanto de suas próprias palavras era apenas encenação e o quanto era sinceridade – por alguma razão que ele não sabia explicar, importava saber que Theo não confiava nele. Que nenhum deles parecia confiar. Particularmente já que estava de fato enganando a todos e não havia feito nada para ganhar sua confiança. – Eu os trouxe aqui – ele disse, entrando na frente de Theo para que o outro fosse forçado a encará-lo de volta. – Eu ajudei vocês. Se estivesse planejando algo com Amora, por que eu traria vocês diretamente até a porta dela? Acendi o fogão todas as manhãs nesta semana para que você não tivesse que desperdiçar fósforos. E eu segurei a porta do palco para você, não é mesmo?

– Sim, isso é chamado de educação. Existe uma diferença entre ser sorrateiro e ser bem-comportado.

Tenho certeza de que Gengis Khan era muito educado na mesa de jantar.

— Eu não sei quem é esse aí.

— Ele é como o seu Rajmagarfen. — Loki empurrou Theo em tom de brincadeira, e este riu.

— Já vai começar — Theo disse, olhando para seu relógio de bolso.

Loki ofereceu uma reverência fingida.

— Meu querido acompanhante, você me daria permissão para ir buscar Amora sozinho, ou você precisa ir junto comigo no corredor, pois quem poderia saber em quais problemas mágicos eu poderia me envolver no caminho? Sabe, minha mãe costumava dizer que, se eu revirasse os olhos desse jeito, eles cairiam para trás da cabeça.

— Essa deve ser uma extravagância anatômica dos asgardianos — Theo respondeu. — Até onde sei, não existem casos documentados de humanos revirando seus olhos até caírem da cabeça. Observe. — Ele fez o movimento novamente, ainda mais dramático do que da primeira vez, com toda a cabeça. — Eu diria que você pode andar sozinho.

— Ha. Viu, você confia em mim.

— Não me teste.

Loki bateu duas vezes na porta do camarim de Amora antes de abri-la. Ela estava sentada na penteadeira, olhando para si mesma no espelho com os dedos pressionados nas bochechas como se quisesse ter certeza de que ela ainda existia.

— Está tudo bem? — Loki perguntou. — Estamos quase prontos para você.

Amora olhou em seus olhos através do espelho, e Loki ficou chocado ao vê-la chorando. Não as enormes lágrimas que havia produzido para a Sra. S. para provar o quanto estava arrependida, mas sim um brilho em seus olhos que ela parecia lutar desesperadamente para conter.

Loki se sentou no banco ao seu lado e tomou suas mãos. Ela parecia ainda mais delicada do que na última vez em que a tocara, sua pele mais fina e os ossos mais quebradiços. Ela parecia, pela primeira vez em sua memória, frágil.

– O que foi?

– Para onde você vai me levar quando isso acabar? – ela perguntou, e sua voz fraquejou.

– Algum outro lugar.

– Onde? – ela repetiu, e sua voz se partiu de vez. – Existe algum lugar nesta galáxia que vai me restaurar para aquilo que eu costumava ser? Não importa o que façamos, eu nunca mais serei inteira de novo. Nunca mais serei *eu mesma*. Estou tão cansada. Loki, estou tão fraca, resta tão pouco de mim. Não posso sobreviver desse jeito por muito mais tempo.

A voz dela subia em pânico, e ele pressionou os dedos dela em seus lábios gentilmente. As mãos de Amora tremiam.

– Nós encontraremos algum lugar. Eu prometo, não vou deixar você se perder.

Ela se virou para ele de repente. Na escuridão, a maquiagem em seu rosto a fez parecer cadavérica, o rosto magro e os olhos escurecidos.

– Você podia me levar de volta para Asgard com você.

— Eu gostaria de poder fazer isso.

— Por que não pode?

— Como passaríamos pela Bifrost? — ele perguntou. — Meu pai nunca permitiria que você cruzasse as fronteiras, muito menos que entrasse na corte. E Karnilla também não.

— Mas e se você tivesse controle sobre os dois? — ela disse.

As mãos dele relaxaram ao redor das dela.

— Não estou entendendo.

— Se você fosse rei, poderia me trazer de volta para Asgard.

Uma raiva cresceu dentro dele.

— Você sabe que não posso fazer nada quanto a isso.

— Você poderia...

— Não.

— Mas não quer. — Agora foi a vez dela de pressionar as mãos dele. Uma lágrima desceu por seu rosto e ela a deixou cair. — Você desistiu. Está tão determinado a continuar bancando o filho preterido que desistiu de qualquer escolha que possa ter quanto a isso.

— Escolha? — ele repetiu, elevando o tom da voz. — Eu não tenho escolha quanto a meu pai me nomear seu herdeiro ou não.

Agora ela estava de pé, apertando as mãos dele. Amora subiu em seu colo. Seus rostos quase se tocaram.

— Se você me ama, se algum dia já gostou de mim, você faria *qualquer coisa* para me trazer de volta. Para restaurar os nossos direitos de nascença. Loki, estou sufocando aqui. Estou morrendo. Nunca sei qual será o meu último suspiro. Sou uma fugitiva, porque sacrifiquei minha vida pela sua. Você deveria viver banido aqui. Poderia ter sido, mas eu me entreguei por você.

Ele desviou os olhos.

– Não...

Amora tomou seu rosto entre as mãos e o puxou para perto.

– Por favor. Eu só quero voltar para casa. Isso é pedir demais?

– Eu não sou rei...

– Mas poderia ser. Deveria ser. Por você, e por mim, e por Asgard. E, se o seu pai não lhe der isso, então você deveria tomar à força.

Ele sacudiu a cabeça.

– Eu não quero tomar a coroa.

– Por que não?

– Quero merecê-la. Quero que seja passada livremente para mim.

– Livremente por um tolo. – Ela deixou as mãos caírem de seu rosto quando se levantou, afastando-se dele e apanhando o véu na mesa. – Se não há outra maneira porque o seu pai tem a mente muito pequena, então que escolha você tem?

– Essa é uma lógica muito vil.

– Então talvez sejamos vilões. – Amora girou para ele, seu véu esvoaçando como se ela tivesse asas. – Talvez exista uma razão para as pessoas nos temerem.

Loki pressionou os dedos na testa.

– Não quero ter essa conversa agora. Você precisa fazer o show.

— É claro. O show. — Ela passou o véu sobre o ombro e pressionou o pente nos cabelos, observando-o. — A propósito, vocês dois juntos são adoráveis.

Loki levantou a cabeça.

— O quê?

— O que aconteceu com não começar a gostar?

— Não sei do que você está falando.

Ela deu um sorriso desdenhoso.

— Ora, por favor.

— Se algo começou a crescer foi meu tédio — ele rebateu. — E meu cansaço deste lugar.

— Mas não cansaço do Sr. Bell.

— Nós nos damos bem. O que isso importa para você? Está com ciúmes?

— E o que você acha que ele pensa sobre você?

— Não acho que *goste*, se é isso que está perguntando.

— O que você acha que qualquer um deles pensa sobre você? Por que eles vivem o seguindo e duvidando de você? Por que o acorrentaram quando você chegou aqui? Já reparou no livro que o seu Sr. Bell está lendo?

— O que importa saber o que ele está lendo? — Loki perguntou.

— Acredite em mim, querido. Importa. — Ela pressionou o corpo contra o peito dele, deixando os dedos tracejarem as linhas de seu queixo. As lágrimas que brilhavam nos olhos de Amora quando ele chegou haviam sumido tão completamente que Loki se perguntou se elas realmente estiveram lá em primeiro lugar. — Eu daria uma olhada antes de você cortar um pedaço do seu coração para oferecer aos humanos. Você não é diferente aqui do que é em Asgard, você não é nenhum herói para eles. E nunca será. Foi escrito na mitologia deles muito tempo atrás, muito antes de o conhecerem.

– Do que você está falando? – ele perguntou com a voz rouca.

– Você já é o vilão nas histórias de todo mundo, Loki – ela respondeu, baixando o véu sobre o rosto. – Por que não começa a aceitar seu papel?

Capítulo Vinte e Sete

Uma sinistra quietude tomou conta do teatro quando Amora subiu ao palco, um silêncio absoluto demais para uma plateia tão grande. Da lateral, Loki sentiu um calafrio percorrer seu corpo enquanto a observava atravessar o palco com passos lentos e determinados, que pareciam demandar esforço demais. Ao seu lado, Theo mexia nervosamente em seu relógio de bolso, abrindo e fechando a tampa.

Amora fez o mesmo discurso de quando Loki participara do show. As mesmas instruções sobre o fino véu entre os mundos, o aviso à plateia para que abrissem seus corações e convidassem os espíritos a se juntarem a eles.

Loki mal ouvia. Ele tentava não olhar para Theo, tentava não interpretar a distância entre eles, ou a falta dela, ou sentir sua pele tremer sempre que Theo se mexia. Ele não gostava do rapaz. Theo certamente não gostava dele.

Amora estava apenas provocando. Ela estava com ciúmes – só podia ser isso. Ele havia encontrado companhia na Terra em uma semana, enquanto ela estivera banida ali há anos e parecia não ter encontrado nada, apenas solidão. Ela estava fazendo aquilo que fazia de melhor. E ele não se deixaria manipular por ela.

– Aqui vamos nós – Theo disse suavemente, e Loki observou Žydrė Matulis subindo ao palco junto com Amora. O cenário era diferente dessa vez. Mais simples. Apenas duas cadeiras de frente uma para a outra: Amora em uma, Žydrė na outra, e uma pequena mesa entre elas para o tabuleiro com as letras. Amora havia preparado um espelho acima da mesa para que as letras pudessem ser vistas pela plateia. Mesmo longe, Loki podia ver as mãos de Žydrė tremendo quando ela tirou um anel do bolso.

– Isso pertencia à sua filha? – Amora perguntou.

– Sim – Žydrė falou em um tom baixo.

– E ela é um dos corpos no Necrotério de Southwark, correto?

– Sim.

– Nem viva e nem morta.

– Queremos saber o que aconteceu com ela – Žydrė disse. – Para onde foi. Se é que ela foi. E se ela pode seguir em frente.

Amora deixou o anel sobre a mesa e começou a acender as velas, voltando com o discurso sobre sua capacidade de contatar espíritos que deixaram esta vida.

– Você acredita nisso? – Loki perguntou a Theo de repente.

— Você está me perguntando se sou um espiritualista ou se acredito em magia enquanto estou literalmente do lado de um deus de outro mundo?

— Pensei que eu fosse um alienígena. É isso que o nome de vocês insinua.

— Como eu disse — Theo respondeu, os olhos ainda no palco. — Nós começamos com a sigla primeiro.

— Estive pensando sobre como vocês poderiam se chamar — Loki disse. — Em vez de Sociedade SHARP, que até pode ter valor sentimental, mas que, continuo dizendo, não faz nenhum sentido.

— Quem disse que vamos mudar? — Theo perguntou.

— Que tal a Sociedade SWORD?

— E isso seria uma sigla de quê?

Loki fez um gesto com a mão.

— Vocês pensam nessa parte. Vocês começaram com SHARP e inventaram o resto. Imagino que sejam capazes de mais uma ginástica mental.

Theo sacudiu a cabeça.

— É meio violento, você não acha?

— E que tal algo protetor? Que tal SHIELD?

— SHIELD? — Theo repetiu. — Você acha que SHARP não faz sentido e está sugerindo SHIELD?

— Eu gosto de SHIELD, porque tem um *L* no meio, então você pode usar *Loki*.

— É mesmo? — Theo olhou para Loki, os lábios tremendo. — Essa sociedade agora tem tudo a ver com você, não é?

— É claro — Loki respondeu. — Pode ter se passado apenas uma semana, mas, acredite em mim, você nunca mais será o mesmo agora que me conhece.

— Não duvido disso — Theo disse, virando-se de novo para o palco a fim de esconder o sorriso. Loki sentiu o coração parar e quase se afastou de Theo sem saber por quê.

— O que você gostaria de perguntar a ela? — ele ouviu Amora dizer no palco.

Loki olhou através das cortinas. Žydrė e Amora tocavam a prancheta ao mesmo tempo em cima do tabuleiro. No reflexo do espelho, ele podia ver que ela estava parada sobre a palavra OLÁ.

Žydrė chorava silenciosamente, as lágrimas em seu rosto transformando sua pele em porcelana sob as luzes do palco.

— É você mesmo? — ela ofegou. — Molly Rose, é você?

A prancheta atravessou o tabuleiro até o canto oposto. Žydrė ficou sem ar, suas mãos sendo arrastadas junto à prancheta, que chegou até a palavra *SIM*.

Žydrė ficou em silêncio por um longo tempo, sua garganta pulsando com o esforço para segurar os soluços. O teatro inteiro estava em silêncio. Ao seu lado, Loki ouviu Theo prender a respiração.

— Isso... — Žydrė finalmente disse. — Isso significa que... você está morta?

A prancheta não se moveu. Loki percebeu que os ombros de Amora estavam tensos. Ela usava um feitiço para mover a prancheta sobre o tabuleiro, mas parecia que o esforço era maior do que ele havia antecipado.

O quanto mais fraca ela se tornara naqueles últimos dias sem a energia dos humanos?

SIM.

– Você pode voltar para nós? – Žydrė perguntou, sua voz cheia de desespero. Ela estava quase de pé agora, os dedos pressionados contra a prancheta com tanta força que os nós embranqueciam. Loki temeu que fossem quebrar.

A prancheta se moveu outra vez.

NÃO.

– Você está em paz? – Žydrė sussurrou.

Uma pausa. Então, *SIM.*

Žydrė deixou a cabeça cair, os ombros tremendo.

– Sinto muito por você ter ido sozinha ao mercado. Eu deveria tê-la acompanhado. Deveria ter lhe dado um casaco mais quente. Deveria ter costurado os buracos nas suas botas há muito tempo e deixado você usar os cabelos cacheados naquele baile...

– Precisa ser uma pergunta – Amora interrompeu.

Žydrė assentiu, seu corpo inteiro balançando.

– Você me perdoa? – ela disse silenciosamente.

A prancheta fez um lento círculo ao redor do tabuleiro. E então parou em cima da palavra *SIM.*

– Mentirosos! – alguém da plateia gritou. Loki olhou por trás da cortina, com Theo a seu lado.

– Oh, Deus – Theo murmurou. – É ela.

Rachel Bowman estava no meio da multidão, de pé e gritando, em parte para Amora e Žydrė, em parte para o restante da plateia.

– Ela é uma fraude sem poderes de verdade! Ela está tentando transformar você em assassina! Você irá assassinar sua própria filha!

– Fraude? – Amora se levantou e foi até a beirada do palco. Loki sentiu um frio no estômago. *Deixe estar*, ele pensou desesperadamente, querendo que ela pudesse ouvi-lo. *Ignore, isso não é importante*. Mas era tarde demais. – Você acha que eu não tenho poderes? – Amora disse.

– Você é uma trapaceira igual aos outros! – Rachel gritou, depois se virou para a plateia. – Ela está pedindo a vocês que matem seus filhos! Suas famílias! Seus maridos e esposas! Só para que a cidade possa se livrar deles!

– Deixe-me mostrar meu poder, sua humana tola. – Amora começou a avançar, mas Loki correu para o palco, agarrando seu braço e a puxando de volta.

– Não importa.

Algo voou no ar e atingiu o palco diante dos pés deles, respingando nos dois. Alguém havia lançado um repolho podre e agora ele estava escorrendo pelo palco. O rosto de Amora endureceu, e ela chutou o repolho de volta para a plateia. As pessoas na primeira fila desviaram com um grito quando o repolho explodiu em sua bota.

– Como ousa!

A plateia agora estava em polvorosa, metade tentando correr para as portas, a outra metade sendo pisoteada por aqueles tentando sair. Policiais lutavam para abrir caminho nos corredores, tentando alcançar Rachel Bowman em meio ao caos, mas a multidão havia engolido a mulher. Theo estava acompanhando Žydrė para fora do palco, um braço ao redor de seus ombros enquanto ela soluçava.

Loki sentiu Amora testar sua força, mas ele a segurou com firmeza.

– Deixe estar. Acabou, fizemos o que precisávamos fazer.

– Sem poderes – Amora disse com desprezo, tentando soltar o braço. – Ela acha que eu não tenho poderes. Deixe-me mostrar o que é ter poder.

– Amora, pare. – Ele a puxou para si, pressionando o corpo dela contra o peito. – Ela não é ninguém – ele falou, quase sussurrando. – Ela não sabe nada.

Loki sentiu os músculos de Amora tensionando e pensou que ela fosse tentar se livrar dele outra vez. Mas então ela relaxou, afundando-se nele de um jeito que Loki não sabia se a estava abraçando ou apenas apoiando seu corpo.

– Você tem razão – ela disse, a voz quase sem forças. – Ela não é ninguém.

Capítulo Vinte e Oito

A polícia esvaziou o clube e o fechou, mas os clientes ainda perambulavam pelas ruas lá fora como fantasmas inquietos. Žydrė fora acompanhada de volta para casa pelo detetive Ashford, e Amora estava em seu camarim, com Gem guardando a porta para impedir que algum manifestante a importunasse, ou que alguma outra família implorasse por ajuda.

– Isso não saiu bem como planejado – Theo disse enquanto ele e Loki se sentavam no bar, esperando pela Sra. S., que tentava acalmar o dono do clube, que, por sua vez, estava furioso pelo lugar ter se esvaziado sem que os clientes pagassem suas contas. *"Você tem ideia do quanto aquele maldito trago dos mortos-vivos me custou?"*, Loki o ouviu gritar.

– Você conversou com Žydrė antes de ela ir embora? – ele perguntou para Theo.

Theo negou com a cabeça.

— Mas a Sra. S. mencionou a autópsia para ela. Não sei o que ela vai decidir. Se disser não, acho que teremos que encontrar outra maneira de tirar os corpos da cidade e parar a praga. — Ele suspirou, soprando os cachos que caíam sobre a testa. — Você vai tirar Amora daqui hoje à noite?

— Acho que a Sra. S. vai querer que fiquemos por aqui até os corpos estarem debaixo da terra — Loki disse. — E pode levar um tempo até eu contatar meu pai.

— E quanto à água? — Theo perguntou. — Ele nos deu um jeito para encontrá-lo quando precisássemos de ajuda.

Loki considerou, por um momento, dizer a ele que Odin claramente não se importava caso perdesse alguma mensagem da Sociedade SHARP passando pelo lavatório, mas não teve coragem. Como poderia dizer a Theo o quão pouco eles importavam para Odin quando eles deram a vida para servi-lo?

— Ele provavelmente ainda está fora da corte — Loki disse.

— Ah, sim. — Theo cruzou as mãos sobre o bar. — Procurando pelos amplificadores perdidos. Então, talvez você precise acordar Heimdall de sua soneca. — Quando Loki não respondeu, Theo insistiu: — Para onde você vai levá-la?

— Existem muitos lugares nos Nove Reinos onde ela não poderá causar nenhum dano. Nenhum dano acidental — ele acrescentou.

— Creio que a palavra que você busca é *colateral*.

Ele olhou para Theo, e Theo sorriu. Mesmo sob a pouca luz do bar vazio, seus olhos brilhavam, dançando com uma curiosidade afiada. Aquele mundo havia lhe dado mil razões para se afastar de tudo, mas Theo continuava ali. Continuava porque havia trabalho a ser feito.

As palavras de Amora ecoaram nos ouvidos de Loki. *O que aconteceu com não começar a gostar?* A maneira como ela dissera fazia aquilo parecer uma fraqueza, como se ela o repreendesse por errar uma flecha no alvo ou por se esquecer da sequência dos reis de Asgard.

Ele não estava começando a gostar. Estava?

Theo ainda o olhava, e Loki não podia deixar que aqueles olhos claros tirassem ainda mais dele do que já haviam feito. Ele se levantou, quase derrubando o banco em sua pressa.

– Vou conversar com Amora.

Theo apanhou a bengala pendurada no bar.

– Eu vou junto.

– Não! – Loki disse rápido demais, e Theo congelou. Loki respirou fundo, tentando afrouxar o súbito aperto em seu peito. – Não estou planejando a destruição da Terra com ela – falou, tentando dar à voz um tom de leve sinceridade. – Só quero ver se ela precisa de alguma coisa. Comida ou bebida. E ter certeza de que está bem. Foi uma noite difícil.

Theo o encarou, os dentes mordendo o lábio. Suas mãos ainda se apoiavam na bengala.

– Volto já – Loki disse. – Se a Sra. S. perguntar, diga onde estou.

Theo assentiu.

– Certo.

Gem ainda estava de guarda na porta do camarim de Amora, mas, quando Loki foi abrir a maçaneta, ele disse:

– Ela saiu.

Loki parou.

– Como é?

– Ela disse que precisava de um pouco de ar. Vestiu o casaco e saiu.

Ele não tinha ideia de para onde ela teria ido. Ou por quê. Não havia razão para ela sair. E ele dissera para que ela o esperasse. Loki pedira para Amora ficar ali.

– Para que lado ela foi? – ele perguntou, irritado.

Gem deu de ombros.

– Não tenho certeza. A rua atrás do teatro leva para o rio, acho. Ela pode estar lá. Você não falou que não era para deixá-la sair – ele disse, indignado. – Só para manter as pessoas longe.

– Sim, bom, eu achei que você era capaz de entender as implicações. – Gem parecia prestes a perguntar a definição de *implicações*, mas Loki o interrompeu. – Se você vir a Sra. S. ou Theo, não diga que Amora sumiu.

Gem coçou a cabeça.

– Acho que eu não posso...

– Simplesmente faça isso – Loki disse, e então seguiu noite adentro. Assim que a porta do teatro se fechou atrás dele, Loki começou a correr, sem saber para onde estava indo, mas certo do que estava procurando. Algum lugar escuro, fora de vista, algum lugar escondido e isolado. Aquela cidade era feita de fendas e sombras. Havia muitas opções.

Mas ele a encontrou em uma rua vazia cercada por cortiços de tijolos, suas chaminés soltando fumaça. Ela estava com mais alguém, uma pessoa encostada em uma das paredes. Amora segurava suas bocas próximas uma da outra e respirava fundo, como se inalasse incenso. Loki jurou ter visto um brilho no ar assim como vira através dos óculos de lentes esverdeadas de Theo, jurou ter visto a alma passar de um lado para o outro.

– Amora! – ele chamou.

Amora recuou, surpresa, e o corpo de Rachel Bowman desabou na rua de paralelepípedos diante de seus pés, os membros soltos como uma marionete sem os fios. Uma morta-viva.

– Ah, é você – ela disse quando Loki se aproximou.

– O que você está fazendo? – ele exigiu saber, agarrando-a pelo pulso. Loki tremia, furioso por ela ter quebrado a promessa e arriscado comprometer todo o trabalho que eles haviam feito.

Em contraste, Amora parecia incrivelmente calma.

– Você estava certo – ela disse, empurrando o corpo de Rachel com o dedão do pé. – Ela não era ninguém.

– Afaste-se dela. – Loki tentou arrastá-la para longe do corpo de Rachel, mas Amora não cedeu. Ela parecia estar se deliciando com a cena, respirando profundamente pelo nariz com a cabeça inclinada para trás em direção ao céu. – Amora – ele chamou rispidamente, e, quando ela não respondeu, a agarrou pelos ombros, girando-a para que olhasse para ele. – Você acha que isso não vai nos denunciar? A Sociedade SHARP passou semanas pensando que era um assassino e, então, justo quando estávamos convencendo-os do contrário, você vai e drena a única pessoa naquele teatro que fez você de boba.

— Ela fez a si mesma de boba — Amora murmurou.

— Não importa! — Ele queria gritar com ela, queria sacudi-la até ela entender. Como ela poderia não entender o que havia feito? Como uma promessa feita a ele poderia significar tão pouco? — Você vai parar de fazer isso.

Amora cruzou os braços.

— Você está sendo histérico.

— Não estou sendo histérico — Loki rebateu. — Você está sendo descuidada e estúpida. Você quer sair deste reino? Pois não vai a lugar nenhum se continuar fazendo *isso*.

— E *você* vai? — ela o desafiou com um tom de voz selvagem. — Ou está se divertindo demais aqui com as luxúrias dos seus amigos humanos?

Ele deu as costas para ela, suas mãos se fechando em punhos, e voltou para onde Rachel estava.

— Temos que esconder isso. Ajude-me a carregá-la para a água. Vamos jogá-la no Tâmisa. Quando ela emergir, vai parecer que se afogou.

— O que você quiser, Vossa Majestade — ela disse, mas não se mexeu. Amora continuou nas sombras, de braços cruzados, observando Loki erguer o corpo de Rachel.

— Qual é o seu problema?

— Agora não tenho mais certeza sobre com quem está a sua lealdade — ela respondeu friamente. — E prefiro não arriscar.

– Com você. – Loki deixou o corpo de Rachel cair de novo no chão enquanto ele se ajeitava para encarar Amora. – Estou aqui, não estou? Estou encobrindo o seu erro. Tudo isso é por você.

Ela não disse nada. Loki se ajoelhou e outra vez tomou o corpo de Rachel Bowman, agora levantando o braço dela sobre seu ombro.

– Ajude-me.

Ele pensou por um momento que ela fosse recusar, mas então Amora apanhou o outro lado do corpo e os dois levantaram Rachel entre eles. O caminho até a água era íngreme e escorregadio, mas quase vazio. As poucas pessoas que passaram por eles mal notaram qualquer coisa. A vizinhança era cheia de bares, e não era estranho deparar com dois amigos carregando um terceiro amigo bêbado sobre os ombros.

Juntos, eles carregaram Rachel Bowman até a margem e jogaram seu corpo nas águas negras do Tâmisa. Quando a correnteza gentil carregou o corpo, Amora se virou e subiu rapidamente o caminho de volta para o clube.

– Se é assim que você quer que seja – Loki falou atrás dela –, então acabou para mim. Não vou mais ajudá-la.

Ela acenou para ele sobre o ombro, balançando os dedos.

– Você vai voltar para mim.

– Acabou, Amora.

Ela girou sobre os calcanhares e soprou um beijo para ele.

– Dê uma olhada naqueles livros. Você ainda tem tanta coisa para aprender, Trapaceiro.

Loki se virou quando ela desapareceu. Ele continuou às margens do rio, observando o corpo de Rachel flutuar cada vez mais para longe até sumir de vista, mais uma coisa lançada às águas na esperança de que fosse esquecida.

Capítulo Vinte e Nove

Quando a Sra. Sharp irrompeu no escritório três manhãs mais tarde, brandindo um jornal, Loki sentiu o sangue esfriar, certo de que o corpo de Rachel Bowman fora encontrado, e seu plano exposto. Ele não mais falou com Amora desde que se separaram nas margens do Tâmisa. Ele não sabia quantos outros corpos ela deixara pelas ruas de Londres, ou se ficara trancada em seu camarim, faminta por magia, ou algo no meio, embora ela sempre tenha sido alguém que vai até os extremos.

De qualquer maneira, Loki vinha esperando ver o trabalho dela nas manchetes dos jornais.

Mas, em vez disso, em letras garrafais no topo do jornal que a Sra. S. deixou cair sobre a mesa onde ele, Gem e Theo tomavam café da manhã: AUTÓPSIA REALIZADA EM MORTO-VIVO; CAUSA NÃO DETERMINADA, MAS MORTE CONFIRMADA.

— Eles estão mortos! — a Sra. S. disse, batendo as mãos juntas em um gesto de alegria que não se encaixava nem um pouco com a morbidez da notícia. — Žydrė Matulis e seu marido permitiram a autópsia de sua querida filha, e os mortos-vivos foram confirmados oficialmente como cadáveres de verdade. Eles serão levados de Londres para Brookwood no domingo no Trem da Necrópole.

Theo apanhou o jornal, seus olhos passando pelo artigo.
— Funcionou.
— De fato, funcionou. — A Sra. S. envolveu os braços ao redor do pescoço de Loki por trás dele. — Eu peço desculpas por ter colocado você naquela caixa e por tirar sua magia quando você chegou aqui. Eu já falei isso? Oh, Deus, que notícia fantástica. Vamos celebrar. Vou sair para comprar rosquinhas Chelsea. Vocês querem uma? Vou comprar uma caixa. Vocês podem achar que não querem, mas vão querer quando sentirem o cheiro.

Loki permaneceu sentado em silêncio por um momento quando ela saiu. Theo ainda lia o jornal.
— Você sabia disso? — ele perguntou de repente, virando a página para encarar Loki. Uma pequena notícia, eclipsada no canto pela notícia principal, contava sobre o corpo de Rachel Bowman sendo retirado do Tâmisa.
— Não — Loki respondeu. — Por que eu saberia disso?
— Ela era a mulher que estava no show — ele disse. — Nós a vimos no necrotério. Achei que ela tivesse se apresentado a você.

— Ela provavelmente estava bêbada, interrompendo o show daquele jeito — Loki disse. — Então, ela escorregou para dentro do Tâmisa na volta para casa e se afogou.

— Talvez. — Theo voltou o jornal para si, mexendo no canto. — Você estava com a Encantor naquela noite, não estava?

— Sim — Loki falou. — Em seu camarim. Não estávamos, Gem?

Gem tirou os olhos de sua comida, depois encarou os dois.

— Ele foi no camarim para encontrá-la — ele disse para Theo, e Loki ficou impressionado com o cuidado daquela frase. Não era verdade, não era mentira. Loki não sabia que Gem podia ser esperto assim.

Foi preciso três tentativas para chamar a atenção de alguém em Asgard através da conexão mágica com os lavatórios da arena. Foi um criado que atendeu, e ele ficou mais do que um pouco assustado pelo lavatório falante, e continuou de olhos arregalados quando Loki mandou que fosse buscar Thor.

— Bem-vindo de volta — ele disse quando viu a silhueta de Thor se aproximando. O rosto do irmão se aproximou do lavatório, suas longas madeixas caindo sobre os ombros e causando ondulações na água. A perturbação foi refletida no lado de Loki. — Vocês encontraram as Pedras Norn?

— Ainda não — Thor respondeu, um tom de frustração marcando sua voz. — Como vai o trabalho em Midgard?

— Acho que já alcancei aquilo que vim fazer aqui.

— Ótimo. Vou contar para nosso pai. Ele acabou de retornar.

— Não... ainda não. Eu tenho que...

Atrás dele, Loki ouviu o farfalhar das cortinas e se virou quando Theo esticou o pescoço para dentro.

— Vou sair e achei que você poderia... Ah, desculpe, estou interrompendo?

— Estou falando com meu irmão.

— É mesmo? — O rosto de Theo ficou rosa. — O seu irmão, Thor?

— Esse mesmo.

— Diga olá para ele por mim.

— Não sei se ele vai ficar muito animado. — Ele voltou para o reflexo do irmão no lavatório. — Theo disse oi.

Thor estranhou.

— Quem?

Loki olhou sobre o ombro para Theo.

— Ele disse oi de volta e disse que eu sou o mais bonito e mais talentoso de nós dois, salve Asgard.

Da porta, Theo fez uma saudação enquanto Thor gritava:

— Eu não disse isso! Loki, diga para esse tal Theo que eu não disse isso.

Loki ouviu a sineta da porta tocando.

— Que pena, ele acabou de sair.

— Quem é ele?

— Uma pessoa com quem estou trabalhando. Um Midgardiano.

O rosto de Thor se abriu em um sorriso largo e irritantemente sincero.

– Você fez amizade.

– Não, não fiz – Loki respondeu bravo.

– Eu não quis dizer isso como um insulto – Thor disse, depois acrescentou: – A maioria das pessoas não pensaria assim.

– Você aprende a tolerar as pessoas quando passa muito tempo perto delas. Foi isso que eu aprendi crescendo com você.

– Por que você está ficando tão defensivo?

– Porque eu não comecei a gostar... eu não fiz amizade. – Ele passou a mão nos cabelos, tirando-os de seu rosto. Atrás da cabeça de Thor, sombras passaram no teto e uma voz que parecia a de Sif o chamou.

– Só um momento! – Thor respondeu, depois voltou para Loki. – Por que você me chamou aqui?

Loki respirou fundo.

– Irmão, preciso da sua ajuda.

– Desculpe, o que você disse? – Thor chegou mais perto da superfície da água. – O que foi? Não consigo ouvi-lo.

– Preciso de ajuda.

– Mais uma vez. – Loki poderia até cair naquele truque se Thor não tivesse levado a mão até o ouvido com um gesto teatral demais.

Ele revirou os olhos.

– Você realmente é o pior, irmão.

Thor, ainda fingindo não escutar, acidentalmente chegou perto demais e derramou a superfície da água.

— Eu ouvi direito? *Você* precisa da *minha* ajuda?

— Não me faça repetir – Loki resmungou. – Ou eu vou virar pedra.

———

Theo não havia retornado quando Loki devolveu a água para a jarra e a colocou em seu lugar na prateleira do escritório. Ele olhou ao redor, para aquele espaço apertado, e ficou horrorizado ao perceber que sentiria saudades. O que estava acontecendo com ele?

Loki saiu da loja, a placa balançando ao vento e batendo nas correntes, e começou a andar, sem saber para onde estava indo até perceber que estava na frente do apartamento de Theo. Ele vinha dormindo ali desde a primeira noite em que Theo o convidara. Esteve dormindo ali e nunca havia olhado os livros. Por que Amora dissera para olhar?

Ignore-a, ele disse a si mesmo quando abriu a porta do apartamento. *Ela estava com ciúmes. Estava zombando de você. Ela estava com medo. Estava descontando em você.*

Tudo estava do mesmo jeito que eles haviam deixado pela manhã. Havia um par das meias de Theo jogado na cama, e sua toalha havia deslizado do varal. Loki apanhou a toalha, dobrando-a antes de colocá-la no lugar e tentando não olhar para os livros. O que era difícil, já que havia mais livros na sala do que qualquer outra coisa.

Sentindo-se como se estivesse sendo observado, embora a sala fosse pequena demais para alguém se esconder ali, Loki seguiu para uma das pilhas de livros e começou a olhar os títulos. Levou apenas alguns minutos para localizar o volume que Theo estivera lendo quando Loki o encontrara esperando no Clube do Inferno. Quando Theo o seguira até lá. As letras na lombada eram pequenas, mas ele reconheceu a capa vermelha e apanhou o livro. *Contos do Norte*. Na época, ele não havia pensado nada demais. Ele se abaixou e abriu a capa.

A primeira página era o título, *Contos do Norte*, seguido por *Um Dicionário dos Mitos, Histórias e Lendas do Nórdico Antigo*. Na página oposta, havia a ilustração de um navio. Loki congelou. Era algo familiar para ele da mesma maneira que os itens no museu. O formato da vela, as gravuras no mastro, a proa curvada. O navio quebrava uma onda gélida, e em seu convés havia ilustrações daquilo que pareciam ser guerreiros asgardianos.

Eram as histórias que os humanos tinham de Asgard.

Ele se lembrou vagamente de um de seus professores de cultura mencionando aquilo – de que em gerações passadas, alguns humanos tiveram vislumbres de Asgard e adoraram os asgardianos como deuses. Eles escreveram suas histórias e usaram a família de Loki como exemplo para ensinar suas crianças a não terem vaidade ou orgulho, a serem corajosas e sinceras, e a nunca trapacearem. E agora ele segurava uma coleção daquelas histórias, contos daquilo que poderia ser o passado da humanidade, mas que talvez fosse o futuro de Asgard. O tempo nem sempre corria direto para a frente. Ele certamente não tinha vivido nenhum poema digno de ser épico.

Mas Theo o conhecia, antes mesmo de eles se encontrarem.

Seus dedos pairaram sobre a página seguinte. Não haveria volta. Não tinha como saber se ele estava naquele livro, ou qual o peso que aquelas palavras poderiam ter. *Você não pode viver para cumprir ou evitar aquilo que pode ou não acontecer,* sua mãe tinha dito a ele no dia em que quebraram o Espelho do Olho de Deus. Ele não poderia saber se aquelas histórias eram mesmo o futuro, ou se eram apenas invenções das mentes dos humanos.

Loki virou a página.

Imagens passaram por sua vista enquanto ele folheava o livro. Navios. Espadas. Dragões. Algumas das mesmas histórias do glorioso passado de Asgard com as quais ele havia crescido. Loki parou, os dedos sobre a ilustração de um homem de cabelos pretos e queixo pontudo, os lábios abertos em um sorriso perverso. Um retrato duro e pouco elogioso de um homem com sorriso afiado e olhar cruel, debaixo do título *Loki, o Trapaceiro. Deus do Caos.* Algumas palavras e frases lhe saltaram aos olhos.

Vaidoso.
Superficial.
Manipulador.
Um predador cruel.
O pai das mentiras.
Ele trapaceia.
Ele rouba.
Assassino.

Vilanesco.
Vilão.

Aquilo era uma descrição dele? Era isso que ele era, ou aquilo que se tornaria? Se os humanos sabiam daquelas histórias, isso significava que elas já tinham acontecido? O tempo, ele sabia, era uma coisa escorregadia, maleável. Mas *vilão*? Era isso que estava destinado a ser? Haveria então algum motivo para tentar fazer a coisa certa se o seu futuro já estava escrito na mitologia, se ele era o antagonista das histórias de todo mundo?

As tábuas do chão rangeram, e Loki ergueu os olhos. Theo estava de pé na porta do quarto – Loki não tinha se dado ao trabalho de fechá-la.

– O que você está fazendo? – Theo perguntou, mas pareceu menos uma pergunta e mais uma coisa que ele já sabia.

Loki fechou o livro com força e se levantou.

– Só passando o tempo com uma leitura leve.

Ele não sabia se era apenas imaginação, mas Theo pareceu recuar um pouco. Ele mudou a posição da bengala.

– Eu queria contar para você.

– Contar o quê? – Loki disse. – Que antes mesmo de eu chegar vocês já achavam saber quem eu era? Que decidiram que eu não era confiável, que eu era traiçoeiro, cruel e ardiloso, por causa de um monte de histórias velhas que leram sobre mim? Como vocês devem ter se decepcionado quando fui eu quem apareceu ao invés do meu irmão lançando um arco-íris pela bunda. Tenho certeza de que esse livro – ele disse, jogando o volume no chão entre os dois – tem coisas muito elogiosas sobre ele. Porque ele é o herói, não é mesmo? Ele sempre vai ser o herói. E eu não sou. Eu poderia descer dos céus cercado por luz angelical e dar um sanduíche de queijo e um unicórnio para todo mundo no seu reino e vocês ainda me reconheceriam apenas como o vilão daquelas histórias.

— Eu não sabia mais o que pensar! – Theo respondeu. – Isso é tudo o que temos. Essas histórias não vieram do nada, não é mesmo? Elas são baseadas em algo. Elas nos contaram quem você é.

— Ninguém me perguntou nada sobre quem eu era. Você acha que meu pai e meu irmão são tão maravilhosos e corajosos por causa de um livro que você leu? Aqui vai a verdade: Odin não se importa nem um pouco com a sua Sociedade. Ele não perde um segundo pensando em vocês. O marido da Sra. S. morreu porque vocês humanos não são importantes para ele. Odin não se importava o bastante para enviar ajuda, ou mesmo para considerar fazer isso. Eu estou aqui porque ele está me punindo. Vocês são minha punição. Vocês todos estão desperdiçando seu tempo, desperdiçando suas vidas, achando que têm alguma importância para o governante do universo conhecido, ou que estão fazendo algo para manter o equilíbrio nos Nove Reinos. Vocês não são nada. Não para Odin, e não para mim.

Ele não esperou Theo responder. Loki passou por ele, saiu pela porta e ganhou o corredor. Ouviu Theo chamando atrás dele, mas Loki não se virou. Seu pai lhe ensinara que apenas os guerreiros mais fracos olhavam para trás. Eles mantinham os olhos à frente, sabendo que as pontas das espadas atingiam onde seus olhos pousavam.

Amora estava em seu camarim quando Loki abriu a porta sem bater. Ela estava encolhida em uma cadeira ao lado do fogo, com uma xícara fumegante de chá na mesa ao lado, e entrelaçava os dedos nos cabelos, passando-os pelas mechas enquanto lia o jornal em seu colo.

Ela ergueu os olhos quando ele entrou.

– O que você está fazendo aqui?

Loki não respondeu. Ele apenas puxou um banco ao lado dela, levou a mão ao casaco e tirou de lá uma bolsa que deixou cair sobre a mesa com um baque surdo. O cordão estava solto e o couro se abriu para revelar o brilho cintilante das cinco Pedras Norn roubadas.

– Certo – ele disse. – Vamos ser vilões.

Capítulo Trinta

Amora aproximou a mão e passou o dedo sobre a superfície de uma das Pedras. Um brilho dourado surgiu de onde sua pele e a pedra haviam se encontrado.

– Onde você as conseguiu?

– Eu as roubei.

– De quem?

– De quem você acha? – ele disse com rispidez. Loki se sentia cansado e inquieto, ainda ofendido pelo que havia lido no livro de Theo. – De Karnilla.

– Você é o ladrão que o seu pai esteve procurando. – Ela tirou uma Pedra da bolsa, erguendo-a para examiná-la. As Pedras eram um pouco menores do que a palma de sua mão, angulares e translúcidas. Sem cor. – E o que exatamente você estava planejando fazer com elas?

Ele não queria contar que havia se cansado dos gloriosos sucessos de Thor e decidido encenar um para si mesmo. Um objeto inestimável fora roubado, e seria ele quem o encontraria. Algo que ninguém mais poderia localizar, apenas ele. Pareceu bobo e infantil dizer *para que meu pai me notasse*. Ele não conseguia encontrar uma oportunidade verdadeira para heroísmo, então precisou inventar uma roubando as Pedras. Talvez Odin estivesse certo. Theo estivesse certo. Todos os livros estivessem certos.

— A melhor pergunta é – ele disse –, o que *nós* vamos fazer com elas?

Amora ergueu os olhos devagar. Ele podia ver os pontos em seu rosto onde ela ainda não havia tirado toda a maquiagem do show.

— Isso é o mais poderoso amplificador mágico dos Nove Reinos – ela falou. – Nós dois, com essas Pedras, poderíamos devastar planetas inteiros.

— Erguer exércitos.

— Formar montanhas com nossas próprias mãos.

— Conquistar cidades.

— Conquistar Asgard. – Ela manteve a cabeça baixa, examinando a pedra, mas seus olhos saltaram sobre o rosto dele, estudando a reação de Loki através dos cílios negros. – Ora, vamos – ela disse quando ele não respondeu. – É impossível você ter roubado essas pedras sem que a ideia tenha passado pela sua cabeça.

E tinha passado. Brevemente. Que seu pai teve uma visão de Loki liderando um exército contra seu próprio povo, um exército dos mortos que poderia ser erguido apenas por um poder igual àquele contido nas Pedras Norn. Mas ele se convencera de que suas ações eram nobres. Nobres por tabela. Nobres no sentido de que ele operava dentro de um sistema manipulado contra ele, então por que não manipular de volta?

Ele trapaceia. Loki repentinamente se lembrou da frase no livro.

– Como faríamos isso? – ele perguntou.

– O seu pai explicou – ela respondeu. – Você viu no Espelho.

– Um exército?

– Um exército dos mortos. Os humanos nunca se colocariam contra os asgardianos, mas os mortos despertos e imbuídos com o poder das Pedras Norn fariam isso. Você tem um trem cheio de mortos, mortos que eu preservei perfeitamente, mortos que darão ótimos soldados para você. Todos sendo levados neste domingo em um trem que vai atravessar um dos pontos onde Midgard e Asgard se conectam. Você poderia abrir a Bifrost com as Pedras.

Loki se lembrou de quando tocou o limpador de chaminés morto com mágica na ponta dos dedos. Não era um feitiço que ele poderia ter feito sozinho – reanimação –, mas, com as Pedras Norn, era algo que ele já tinha feito.

– E quanto a todos os passageiros humanos? – ele perguntou.

– Nós separamos os vagões – Amora respondeu. – Levamos só o que precisamos.

– E você iria comigo?

– Nunca mais sairei do seu lado.

Ele sentiu a cabeça leve. Tão perto, Loki podia sentir o perfume dela, algo cítrico e picante. Passou por ele quando ela pendeu a cabeça para o lado.

– Pense nisso, Loki – ela disse, e caiu de joelhos diante dele, agarrando-se em suas calças. – Pense nisso, meu rei. – Ela subiu do chão até o colo dele, seus braços ao redor do pescoço, um toque muito suave sobre seus ombros. Seus dedos acariciaram os cabelos de Loki. – Poderia ser nosso, tudo aquilo. Tudo o que merecemos. Tudo o que Odin e Karnilla nos negaram. Nós poderíamos tomar tudo de volta.

Ele havia considerado. Havia considerado por anos. Ele no trono. Amora ao seu lado. A magia restaurada no reino, venerada do jeito que tinha de ser.

Mas não planejara voltar para Asgard com um exército.

Achava que aquele seria um gesto difícil para seu pai perdoar caso o plano não funcionasse a seu favor. Mas ele preferia uma vida acorrentado em um calabouço a viver com um sorriso forçado no rosto, fingindo estar feliz em ser o preterido. Se o destino lhe servisse uma mão ruim, ele mexeria no baralho. Ou cortaria as cartas e serviria sua própria mão. Ele venceria.

– Sim – ele disse, e então chegou mais perto e a beijou. – Vamos liderar um exército sobre Asgard.

A estação do Trem da Necrópole ficava junto ao terminal da Ponte de Waterloo, com os fundos para o Tâmisa, onde barcaças flutuavam na água escura. A fachada era feita de tijolos vermelhos, com um portão de ferro onde as letras que ele vira sendo polidas na noite anterior formavam, em uma curva acima, as palavras

ESTAÇÃO DO CEMITÉRIO. O brasão da estação – uma caveira e ossos com uma ampulheta – estava esculpido acima da porta do escritório. Ao passar pela entrada, Loki olhou para a inscrição acima: MORTUIS QUIES, VIVIS SALUS.

O Todas-as-línguas traduziu para ele, mudando as palavras diante de seus olhos: UMA BOA VIDA, UMA MORTE PACÍFICA.

Uma sineta sobre a porta tocou quando eles entraram no escritório, vazio, com exceção de um funcionário atrás da bilheteria. Ele ergueu os olhos e ofereceu um sorriso que pareceu alegre demais considerando que o funcionário era responsável por monitorar o trem da morte.

– Posso ajudá-los?

– Sim, senhor. – Amora enlaçou o braço ao de Loki e o conduziu até a bilheteria. – Meu marido e eu precisamos reservar passagens para o domingo.

– Muito bem. – O bilheteiro lambeu a ponta de sua caneta e abriu o livro de contabilidade no balcão à sua frente. – E qual é o nome do falecido que vocês acompanharão?

O sorriso de Amora fraquejou.

– Você precisa dessa informação?

– Para o domingo nós precisamos, pois estaremos transportando todos os mortos-vivos da cidade para Brookwood. Os lugares estão reservados para as famílias. Eles querem desencorajar turistas e espectadores, entende?

– É claro.

– Então, o nome do...

– Quanto tempo dura a viagem? – Amora falou de repente, mas Loki sentiu que ela estava menos interessada na informação e mais em ganhar tempo.

– Um pouco menos de uma hora – o bilheteiro respondeu. – Às vezes precisamos parar para pegar água, mas quase sempre dura menos. – Ele apontou para um mapa pendurado no vidro do balcão e tracejou o caminho com a caneta. – Os trens partem diariamente às onze e meia, e o cenário ao longo da rota é muito agradável. Começa aqui em Waterloo e segue até Brookwood, em Surrey. É um cemitério adorável, Brookwood. O maior da Inglaterra. Não tão lotado e sujo como os daqui. Eu diria que vale a pena o preço.

– Ora, você não é pago para dizer isso? – Amora perguntou com um sorriso sedutor.

As orelhas do bilheteiro ficaram vermelhas.

– Bom, sim, madame, mas eu diria mesmo assim. O seu funeral já foi marcado?

– Ainda não.

O bilheteiro fechou o livro e apanhou um pequeno panfleto, que deslizou pelo balcão na direção de Loki e Amora, depois começou a apontar as diferentes opções com a ponta da caneta.

– Nós oferecemos funerais de primeira, segunda e terceira classe, que também correspondem com a posição das famílias no trem. Um funeral de primeira classe permite a você escolher a sepultura e um memorial permanente. Os preços variam com o tamanho do terreno. Funerais de segunda classe custam uma libra, e a construção de um memorial permanente custa dez xelins adicionais. Se não escolher fazer isso, nós reservamos o direito de reutilizar a sepultura em uma data futura. Funerais de terceira classe são custeados pela paróquia na seção do cemitério designada para a congregação. Nenhum memorial permanente pode ser construído, mas você pode atualizar o seu pedido mais tarde. Os corpos podem ser velados na estação. Nós temos capelas para os anglicanos e podemos fornecer sanduíches de presunto e bolinhos de fadas por uma taxa adicional. Vocês são anglicanos ou não conformistas?

Loki não entendeu a pergunta, então decidiu não responder.

– Quantos corpos vocês levarão no domingo?

– Esperamos encher toda a capacidade do trem. Cada vagão leva trinta corpos, e temos dez vagões fúnebres em rotação regular, apesar de que vamos provavelmente acrescentar mais alguns para o domingo. Ainda estamos esperando os números finais da Scotland Yard. Agora – ele apanhou a caneta outra vez –, eu realmente preciso insistir em um nome.

Amora olhou para Loki, e ele respondeu:

– Rachel Bowman.

O funcionário consultou sua lista, depois acrescentou:

– Muito bem. – Ele retirou duas passagens em branco de uma gaveta e mergulhou a caneta na tinta. – Podem me dar os seus nomes?

– Sylvie e Jack Lushton – Amora disse, sem hesitar.

O bilheteiro escreveu os nomes, carimbou as passagens e as entregou a Amora em troca dos xelins.

— Tentem chegar ao menos meia hora antes da partida do trem — ele disse.

— É um negócio tão horrível, não acha? — Amora disse. — Todas aquelas pessoas mortas.

— Muito horrível — o funcionário respondeu. — Uma das piores tragédias que esta cidade já viu. E eu perdi meus dois pais para a cólera.

— Quem fez isso só pode ser um bastardo vil — ela disse. Loki pisou em seu pé, um gesto para indicar que ela não exagerasse. Amora o ignorou.

— Ouvi dizer que foi uma doença — o bilheteiro respondeu.

— Ouvi dizer que foi um assassino em série — ela falou, chegando mais perto para confidenciar.

— Maldição. — O bilheteiro ficou branco. — Você acha mesmo?

— É melhor irmos embora — Loki disse, puxando Amora com firmeza pelo braço.

— É claro. Sinto muito por sua perda — o funcionário disse com um sorriso gentil. — Espero que façam uma boa viagem.

Amora respondeu com um sorriso devastador.

— Ah, tenho certeza de que faremos.

Eles deixaram a estação de braços dados, mas Amora parou na beirada da plataforma, olhando ao longo dos trilhos que desapareciam nos corredores escuros da cidade. Amora soltou o braço de Loki para segurar em sua mão.

— Pare de se vangloriar — Loki disse, incapaz de esconder a irritação em sua voz.

– Não estou me vangloriando.

– Você estava, agora mesmo com o bilheteiro.

– Ah, ele? – Amora acenou com a mão. – Ele não é ninguém.

– Até ele aparecer na polícia.

– E vai dizer o quê? Que dois estranhos na sua estação estavam fofocando? Quem se importa com a polícia? – Ela girou até ficar de frente para ele, balançando os braços entrelaçados dos dois. – Deixaremos Midgard em dois dias e estamos de posse dos amplificares mágicos mais poderosos da galáxia. Deixe-me apreciar um pouco a minha obra.

– Precisamos de um plano melhor antes de embarcarmos no trem – ele disse. – Uma hora não é muito tempo para se erguer um exército.

Ela parou, a mão se separando da dele.

– Nós temos as Pedras Norn.

– Elas não mudarão os feitiços. Ainda teremos de abrir cada caixão e acordá-los individualmente, e dizer a eles para esperarem enquanto acordamos seus companheiros.

– A sua mãe não lhe ensinou qualquer coisa sobre magia rúnica? – Loki sacudiu a cabeça, e Amora estalou a língua. – Frigga, estou tão decepcionada. As runas são a maneira com a qual Karnilla realiza seu trabalho através dos Nove Reinos sem sair de seu poleiro em Nornheim. Ela tem runas posicionadas em todos os postos avançados de seu pai, então ela canaliza magia através delas. Também permite realizar feitiços em que você não tem nada além de energia para emprestar.

– É assim que o Espelho funcionava – Loki disse, lembrando de repente dos ramos esculpidos em cada lado.

– Exatamente. A runa direciona a energia mágica. – Ela se abaixou e apanhou um punhado de pedras ao redor dos trilhos antes de começar a posicioná-las no chão. – Se fazemos o *kaun*, que é o símbolo da morte... – Ela posicionou as pedras em duas linhas para formar a metade de um *X*. – ... com o *bjarkan*, que significa liberação... – Dois triângulos se juntaram às linhas, um em cima do outro. – ... teremos um feitiço para a liberação da morte. Então só precisamos imbuir com energia.

– E onde colocamos as runas? – Loki perguntou.

Um vento ganhou força de repente, soprando uma mexa dos cabelos de Amora para fora do coque. A mecha caiu sobre seu ombro.

– Uma no trem e uma em cada um dos corpos.

– E quem controla o feitiço?

– Nós dois controlamos. – Ela empurrou uma das pedras, rearranjando as formas. – Vamos trabalhar juntos quando entrarmos no trem. Embarcamos com todos os humanos vivos, depois seguimos nosso caminho. Você leva uma das Pedras, eu levarei as outras.

– Por que você precisa do resto? – ele perguntou.

– Eu não estou tão forte quanto você, lembra? – Ela se levantou, tirando o cabelo do rosto. – Nem todo mundo ficou se empanturrando em Asgard e acumulando energia. – Ela parecia cansada, com a pele acinzentada e os olhos marejados e escurecidos como a cidade. Suas sobrancelhas estavam pressionadas juntas, e o polegar massageava os lábios. – Você está com elas?

– As Pedras? É claro.

– Deixe-me vê-las.

Ele tirou a bolsa de couro da casaca e puxou o cordão, revelando as joias brilhantes. Amora aproximou a mão para tocá-las, mas Loki as puxou de volta, guardando-as de volta no bolso.

– Temos que esperar. Karnilla pode sentir quando as Pedras são usadas. Ela nos apanharia.

– É difícil.

– Eu sei.

– Estou tão cansada. – Ela se inclinou para a frente, pressionando o rosto em seu peito, e Loki a abraçou. – Quero ir para casa.

– Eu também.

– Quero ficar com você. – Ela inclinou o rosto para ele, e Loki sentiu-se atraído por sua boca, quase contra a própria vontade.

– Logo – ele disse, e repetiu quando ela chegou mais perto e o beijou, a palavra se perdendo em sua boca. *Logo*.

Capítulo Trinta e Um

Eles seguiram para o Necrotério de Southwark sob a cobertura da escuridão.

O necrotério estava fechado, a Lua apenas começando a descer sob as nuvens cinzentas no horizonte, mas o pub de telhado vermelho no beco ainda estava cheio e barulhento, canções fora de tom flutuando no interior, e clientes se derramando para fora na rua. Alguns deles estavam de pé na frente das janelas do necrotério, usando as mãos em concha para tentar enxergar lá dentro. Havia um policial guardando a porta da frente, as mãos segurando um cassetete. Um bêbado de um dos pubs o cutucava no braço, pedindo insistentemente para que o deixasse entrar, mas sendo ignorando.

Loki reconheceu o policial de repente – era Gem.

– Vou cuidar disso – Loki disse para Amora ao se aproximarem. – Fique aqui.

Gem não olhou para ele quando Loki chegou perto. Ele estava ocupado demais rosnando para o bêbado.

– Suma daqui ou vou algemar você.

– Gem – Loki o chamou enquanto o bêbado ia embora, resmungando para si mesmo.

Gem olhou em sua direção e acenou levemente com a cabeça.

– Boa noite, madame.

Ele não sabia o quanto sua imitação da Sra. S. era convincente. Boa o suficiente para enganar na escuridão, ele esperava, mas as luzes do pub eram mais fortes do que Loki gostaria. Deveria ter feito aparecer um chapéu, mesmo nunca tendo visto ela usando um.

– Você pode me deixar entrar? – ele disse.

– Entrar? – Gem repetiu.

– Dentro do necrotério. Estou com a Encantor, e temos que entrar antes que eles retirem os corpos.

– Você e... – Gem franziu as sobrancelhas. – Ela?

– Precisamos testar algumas coisas – Loki disse, com um vago aceno da mão. – Só para ter certeza de que as mortes vão parar quando ela deixar Midgard. Terra. Londres. – Ele praguejou mentalmente contra si mesmo, mas tentou não deixar isso transparecer no rosto.

Gem pareceu estranhar ainda mais.

– Achei que você tinha falado... – ele começou a dizer, mas parou no meio.

Loki cruzou os braços, alarmado com o quão finos eles eram. A Sra. S. era incrivelmente pequena.

– O que eu disse, Gem? – ele perguntou.

Gem olhou nervosamente pela rua, com se alguém pudesse os estar observando.

— Não posso ser visto com você — ele disse com a voz baixa. — Ou oficialmente ajudando você. Você disse que eu não posso perder meu emprego.

— Bom, ouça o que estou dizendo agora — Loki falou. — Não vamos causar nenhum mal. Vamos, Gem, você não confia em mim?

Gem tirou seu quepe e esfregou a cabeça, depois assentiu. Loki sorriu.

— Bom garoto.

Ele virou de volta para onde Amora esperava na entrada do beco, mas então Gem perguntou:

— Vocês o encontraram?

Loki parou.

— Encontramos quem?

— Ele — Gem respondeu. — O Deus da Trapaça.

— Ah. Ele. Ele voltou para Asgard.

— E o Bell está bem?

— Theo? — Loki perguntou, sua voz subindo de tom sem querer. — Qual é o problema com Theo?

— Sei lá. Você disse que era um *assunto do coração* quando eu perguntei. — Gem deu de ombros. — Não sei o que você quis dizer com isso.

Ele deveria ter ido embora. Deveria ter se virado e caminhado de volta para Amora e não ter dito mais nenhuma palavra que pudesse arriscar seu disfarce. Mas fazer aquilo que ele *deveria* nunca fora o seu forte.

— O que você achou dele, Gem? — ele perguntou. — Loki. O Deus da Trapaça.

Gem deu de ombros, movendo o cassetete em um círculo largo que fez Loki lembrar de Thor com seu Mjolnir.

— Parecia um cara ranzinza. Meio tenso, mas acho que eu também ficaria se estivesse em um lugar estranho.

— Você acredita nas histórias que contam dele? — Loki perguntou. — Aquelas que Theo tinha em seu apartamento?

— Histórias são só isso, não é mesmo? — Gem respondeu. — Não vale a pena acreditar muito. Prefiro conhecer um homem pessoalmente antes de julgar seu caráter. Por quê? O que você achou dele, Sra. S.?

— Ele me pareceu um pouco malandro — Loki respondeu.

— Sim, bom, você também é. — Gem sorriu. — Acho que é por isso que você gostava dele.

Loki teve que parar. Mais um pouco daquilo e teria que correr de volta para o escritório no número 3½, ou de volta para o apartamento de Theo. Abriria a porta com força e exigiria saber de qual "assunto do coração" ele estava sofrendo, embora Loki já soubesse. Mas precisava ouvir Theo dizer.

Em vez disso, engoliu em seco.

— Você vai me deixar entrar agora?

Gem tirou um relógio de bolso da casaca e olhou as horas.

— Meu turno acaba em vinte minutos. Vocês precisam sair até lá.

— Nós vamos terminar antes.

— Encontro vocês nos fundos.

– Aqui, me dê as chaves para que você não precise sair de seu posto. Eu trago de volta quando terminarmos.

Gem pareceu relutante, mas entregou as chaves. Quando Loki as pegou, Gem estranhou.

– Ah, você não...

Loki congelou.

– O que foi?

– Nada – Gem disse rapidamente, baixando a cabeça. – Vinte minutos, certo?

– Vou contar cada um deles.

O necrotério estava escuro, e o vidro separando os corredores dos corpos exibidos tinha um aspecto opaco e lustroso. Os humanos deitados nas mesas pareciam espectrais sob o leve brilho que entrava das janelas, com a pele luminescente, como o brilho pálido da Lua atrás de uma nuvem.

– Você tem suas adagas? – Amora perguntou, e Loki deslizou as duas armas para fora das mangas. – Dê uma para mim. – Ela estendeu uma das mãos, e ele hesitou apenas por um momento antes de entregá-la. – Não se esqueça. – Ela tomou sua mão e cortou uma runa sobre a palma dele. Seu sangue emergiu até a superfície, e então foi absorvido de volta pela pele, deixando apenas uma leve cicatriz e a dor. – Elas têm que ser precisamente iguais ou não funcionam.

– Eu vou acertar.

– Comece aqui – ela disse, apontando com a cabeça na direção do final do corredor mais próximo deles. – Eu vou do outro lado. Nos encontraremos no meio.

Quando Amora se retirou, Loki se aproximou do primeiro cadáver. Um homem de meia-idade com cabelos escuros salpicados de mechas grisalhas e uma barba bem aparada. Seus olhos pareciam fechados tão levemente que Loki quase esperou que fossem se abrir quando ele o tocasse. Mas Loki não tinha as Pedras Norn agora. De algum jeito, aqueles mortos-vivos eram ainda mais assustadores no escuro, ali sozinho no necrotério com um corredor cheio deles.

Loki segurou o homem pelo queixo e abriu sua boca. Ele e Amora haviam discutido onde poderiam colocar a runa – nenhum lugar que fosse visível quando os cadáveres fossem vestidos e preparados para seus caixões. Havia apenas uma opção, mas Loki sentiu um arrepio ainda maior do que esperava quando puxou a língua do morto para fora. Ele sentiu uma forte vontade de recuar a mão – como se tivesse medo de que o homem fosse mordê-lo –, mas, em vez disso, na ponta da língua do homem, ele desenhou uma delicada imitação da runa em sua palma. Sangue apareceu na superfície, e Loki de repente se perguntou se estava realmente certo – talvez aquelas pessoas não estivessem mortas, afinal de contas. Talvez suas almas ainda existissem em algum lugar. Os mortos não sangravam, não é mesmo?

Mas aquela tinha sido sua escolha. Tarde demais para começar a sentir empatia.

Loki limpou o sangue na boca do homem com a parte de dentro de sua manga, depois seguiu para o próximo corpo na fila.

Ele trabalhou rápida e metodicamente, tentando não pensar sobre a carne morna debaixo de suas mãos, no quanto aquelas pessoas ainda pareciam vivas para ele. Tentando não pensar naquilo que Gem dissera. Ele estava no segundo corredor, forçando a mandíbula de uma mulher, os dentes apodrecidos rachando sob a força, quando ouviu uma porta abrir – não a porta do corredor, mas aquela que o público usava. Ele se abaixou atrás da mesa, escondendo-se. Passos ecoaram pelo corredor. Não era Gem – suas botas não bateriam tão alto no chão.

Então Loki ouviu, através da escuridão, seu próprio nome.

– Loki.

Uma sombra bloqueou o vidro, acompanhada por um longo feixe de luz dourada se movendo pelo chão.

Ele se levantou, e a luz parou.

– Sra. Sharp.

Eles se encontravam em lados opostos do vidro. A luz da lamparina que ela revelou deixou o vidro dourado e cheio de ranhuras quando ela ergueu uma mão, tracejando a silhueta dele, ainda enfeitiçado na forma dela, contra o vidro.

– Bom, isso certamente é arrepiante. Principalmente com o vidro aqui. – Ela bateu com o nó dos dedos e o vidro tilintou. – É como olhar para um espelho que se rebelou contra você.

– Como você sabia que eu estava aqui? – Loki perguntou.

– Gem me alertou – a Sra. S. respondeu. – Apesar de dizer que você fez uma imitação e tanto.

Quando ela levantou a lamparina, Loki percebeu o que tinha feito Gem descobrir quem ele era – na mão esquerda da Sra. S., o brilho de sua aliança de casamento. Ele se esquecera.

– O que você quer? – Loki perguntou, tentando esconder qualquer hesitação mostrando força na voz, mas ele não se sentia forte.

– Estávamos procurando por você – ela respondeu. – Ficamos preocupados.

– Comigo ou com o resto do mundo?

– Theo me contou o que aconteceu.

– O que você quer dizer com *o que aconteceu?* – ele exigiu saber. – Que eu descobri minha própria história?

O feixe de sua lamparina tremeu, depois brilhou. O rosto da Sra. S. ficou tenso.

– Eu não sabia o quanto você sabia.

– Nada – ele disse. – Mas já foi escrito. Já foi contado e recontado. Vocês humanos sabem tudo sobre mim, então que escolha eu tenho?

– Tudo é uma escolha – ela respondeu, sua respiração condensando no vidro entre eles quando ela chegou mais perto. – Sempre há uma escolha.

– Então, eu escolho ser aquilo que todos vocês pensam de mim.

Ela sorriu tristemente.

– É uma pena.

– Você está surpresa?

— Não — ela respondeu. — Mas eu gostaria que pudesse ser diferente. Eu gostaria que tanta coisa pudesse ser diferente. Para todos nós.

Ele viu Amora antes que a Sra. S. tivesse chance de vê-la, movendo-se silenciosamente pela escuridão como uma sombra, empunhando sua adaga. Um alerta ficou preso na garganta de Loki quando a Sra. S. tocou a ponta dos dedos no vidro, seus lábios se abrindo para dizer mais.

Mas então ela percebeu o reflexo no vidro escuro e ofegou no momento em que Amora a atingiu na cabeça com o cabo da adaga. A Sra. S. desabou, sua lamparina caindo e atingindo o chão. Amora a segurou, forçando a Sra. S. até ela ficar de joelhos e pressionando a lâmina em sua garganta.

Amora olhou para Loki. A Sra. S. fez o mesmo. Através da escuridão, Loki sentiu os olhos delas sobre ele. Sentiu seus dedos tocando o vidro, depois caindo. Ele não sabia o que queria. Não sabia quem era. Todos sabiam, menos ele.

Amora enterrou a adaga na garganta da Sra. Sharp e depois a puxou por toda a extensão, cortando seu pescoço. O sangue veio forte e brilhante no meio da escuridão. Jorrou do corte em espessos jatos, que cintilaram sob a luz da lamparina, o pavio ainda queimando com teimosia. Através do vidro, Loki ouviu o ar que escapava da garganta dela. Seu corpo espasmou, e Amora a soltou, deixando o corpo cair, ainda se debatendo, no chão. O vidro entre ele e Amora ficou salpicado de sangue.

Amora podia ter roubado a energia da Sra. S. Poderia ter drenado seu corpo e a deixado ali no necrotério junto com os outros mortos, esculpido uma runa em sua língua e a despertado como um soldado a mais para seu exército. Mas preferiu enterrar a adaga de Loki em sua garganta e deixar o sangue manchar o chão. Se ela não se considerava uma assassina antes, apesar dos corredores de humanos caídos por sua culpa, ela não podia se esconder disso agora.

Tudo era uma escolha. Amora fizera a dela.

E Loki deixara acontecer.

Ele baixou a mão de onde seus dedos haviam tocado a janela, meio que esperando ver o sangue ali também.

Capítulo Trinta e Dois

No domingo de manhã, a estação de trem estava lotada. Não apenas com familiares de luto vestindo suas capas e véus pretos, mas também homens e mulheres de todas as classes de Londres que foram olhar o Trem da Necrópole cheio de mortos-vivos, como se nunca tivessem visto um trem antes e não tivessem passado semanas vendo os corpos exibidos no necrotério. Os caixões estavam alinhados em uma balsa com os fundos para a estação, flutuando para cima e para baixo na água negra do Tâmisa. Era um dia cinzento, apropriado para a ocasião, com nuvens pesadas tão baixas que mascaravam até mesmo a fumaça industrial.

Loki e Amora estavam na plataforma junto com a fila de passageiros esperando para embarcar. Os dois vestiam casacas pretas de gola alta e usavam óculos escuros, apesar do dia nublado. Ninguém prestava atenção neles. O clima na plataforma estava deixando Loki nervoso. Com uma multidão reunida para testemunhar mais um espetáculo macabro, havia a mesma mistura de emoções da frente do necrotério. Os mesmos vendedores que comercializavam seus badulaques no necrotério estavam lá, oferecendo sacos de castanha torrada e cartões postais. Um grupo de crianças corria sem cuidado entre os passageiros esperando para embarcar, suas risadas altas abafadas por um sino na estação. Loki não gostava daquela mistura. Ele queria sentir apenas uma sensação, uma emoção, um rosto para interpretar por vez.

Os policiais andando ao redor pareciam compartilhar de seu desconforto. Eles empunhavam seus cassetetes, ou deixavam a mão sobre eles na cintura, espreitando a multidão sem saber qual problema teriam de reprimir. Loki mudou o peso do corpo nos sapatos baixos. Ele sentia falta das botas de salto alto. Sentia falta de suas unhas negras e de suas túnicas, e percebeu que também sentia falta de Asgard. Sentia falta de seu lar.

A fila andou, e, quando Loki se moveu junto, alguém bateu em seu ombro, forte o bastante para fazê-lo cambalear. Por instinto, ele se agarrou ao homem, mantendo os dois de pé, e sentiu a ponta de uma bengala esmagando seu dedão.

– Desculpe – o homem disse, e os dois ergueram os olhos.

Era Theo.

Seus olhos se arregalaram quando ele viu Loki, e então Theo soltou uma risada incrédula.

– Você.

— Theo... — Ele aproximou a mão, sem saber direito o que um toque tranquilizador poderia oferecer, mas Theo deu um tapa em sua mão.

— Você é incrivelmente insistente, não é mesmo?

— O que você está fazendo aqui? — Loki perguntou.

— Estou de luto — Theo respondeu, e sua voz sumiu. Loki olhou para a balsa, ainda pesada com os caixões.

— A Sra. S... — ele começou a dizer, mas as palavras morreram em sua garganta quando Theo cerrou os olhos.

— Como você sabe que ela morreu? — ele perguntou, mas não soou como uma pergunta. Soou como se ele já soubesse o que Amora tinha feito. O que Loki tinha feito.

— Eu... — Loki começou a dizer, mas o forte apito do condutor cortou o ar. — Eles estão embarcando. — Ele foi passar por Theo para se juntar a Amora na plataforma, mas Theo entrou em seu caminho, batendo em seus calcanhares com a bengala. Loki parou, assustado.

— Você a matou? — Theo perguntou, e ele pareceu tão cansado. — Por favor, diga que você não...

— Eu não matei — ele disse. Seu coração se contorcia como um pano torcido para secar, mas Loki falou antes que pudesse se impedir: — Mas acho que você não acredita em mim, não é? Como é que o seu livro me chamava, *pai das mentiras*?

Amora apareceu de repente ao lado de Loki, tomando-o pelo braço.

— Vamos.

Theo soltou uma risada atônita.

— Ah, que bom, você também está aqui. Que belo casal vocês formam.

— Fique fora disso, Sr. Bell — Amora disse, quase sussurrando. — Isso não é da sua conta.

— Não vou deixar nenhum de vocês dois entrarem nesse trem. — Theo agarrou Loki, puxando-o para longe de Amora, depois tirou de repente sua carteira de dentro do bolso da casaca. Ele a empurrou para Loki e, talvez por surpresa ou confusão, Loki a pegou. — Socorro! Polícia! — Theo gritou, e Loki se assustou. — Estou sendo roubado.

Loki tentou se afastar e soltou a carteira, mas Theo o agarrou pela frente da camisa, prendendo-o no lugar. Sua bengala caiu entre eles, provocando um barulho que parecia um tiro, e várias pessoas saltaram de susto com o som.

Amora entrou no meio da multidão, a cabeça baixa para que a aba do chapéu escondesse seu rosto.

— Não... — Theo começou a gritar na direção dela, mas Loki falou mais alto:

— Embarque, eu encontrarei você depois.

Um policial abriu caminho pela multidão em direção a eles, um homem de meia-idade com uma papada caída e passos pesados.

— Algum problema, senhores? — ele perguntou, levantando seu quepe com o cassetete.

— Este homem acabou de colocar a mão em meu casaco e tentou pegar minha carteira! — Theo disse, empurrando Loki e apontando um dedo acusador para ele.

Loki decidiu rapidamente que o melhor jeito para sair daquela situação seria parecer o mais racional e o menos histérico entre os dois, então usou seu sorriso mais caloroso com o guarda, embora tivesse muito pouco calor restando em seu coração.

– Senhor, deixe-me explicar.

Mas Theo insistiu, mancando até o policial e o agarrando pelo braço.

– Você não pode deixá-lo subir no trem, ele provavelmente vai roubar todo mundo a bordo. Você pode imaginar que tipo de maldade é preciso para roubar pessoas de luto?

Aquilo estava se transformando em uma cena. A fila estava parada atrás deles e as pessoas esticavam o pescoço para ver o que acontecia. Várias mulheres próximas agarraram suas bolsas contra o peito, como se Loki pudesse roubá-las de repente.

O policial se livrou de Theo e então ergueu a mão para Loki, gesticulando para que voltasse com ele para a estação. Quando Loki não se moveu, o guarda o agarrou pelo ombro e o arrastou pela plataforma, para longe do trem.

– Certo, senhor, você e eu vamos dar um passeio.

– Por favor, isso é um mal-entendido...

O policial não o soltou.

– Bom, então não vamos demorar muito.

Pânico subiu pela garganta de Loki. O relógio sobre a estação bateu quinze para as onze. Quinze minutos para a partida do trem. Ele procurou ao redor por Theo, mas a multidão já tinha preenchido o espaço onde estavam e ele havia desaparecido.

O policial arrastou Loki até a estação e o jogou em uma das cadeiras perto da bilheteria. Curioso, o bilheteiro ergueu os olhos.

— Certo então, meu amigo — o policial disse, estendendo a mão. — Vamos ver a sua passagem.

Loki entregou a passagem, e o policial a examinou com cuidado, depois a ergueu contra a luz.

— Quer me explicar o que aconteceu? — ele perguntou, ainda cerrando os olhos sobre o bilhete como se procurasse alguma falha.

— Foi apenas um mal-entendido — Loki disse, já quase se levantando para correr até a saída. — Eu não estava prestando atenção por onde andava e topei com aquele, hum, jovem rapaz, e ele achou que eu tinha más intenções. Foi só isso. — Na plataforma, ele ouviu o apito do trem. Ainda tinha tempo.

— E a carteira dele? — o policial perguntou. — Se vocês só trombaram com os ombros, como a carteira acabou na sua mão?

— Não estava na minha mão — Loki respondeu. — Se você estivesse observando a cena de verdade e não apenas a histeria, você veria que ela estava no chão entre nós. Ele deve ter deixado cair.

— Vamos apenas nos certificar de que não caiu dentro da sua casaca, certo? — O policial estendeu a mão para revistar os bolsos de Loki, mas Loki bateu em sua mão, depois acertou um gancho em seu queixo. O policial cambaleou para trás, um fino gotejar de sangue descendo do nariz. Atrás do balcão, o bilheteiro soltou um grito engasgado, e, quando Loki olhou em sua direção, ele abriu uma porta nos fundos e desapareceu.

O policial sacudiu a cabeça algumas vezes, pressionando dois dedos sobre o nariz. Ele praguejou, os olhos saltando sobre Loki. Loki correu para a porta, mas o policial o agarrou pelo colarinho da casaca, arrastando-o de costas com um puxão forte e inesperado. Loki perdeu o equilíbrio e trombou com o policial, derrubando ambos no chão.

O policial tentava agarrar um apito prateado pendurado em seu pescoço. Loki tentou pegá-lo primeiro, mas o guarda foi mais rápido e o soprou com força. Um único apito agudo direto no ouvido de Loki. Loki sacou uma adaga da manga, depois rolou para longe do policial e se levantou. O policial também se ergueu, suas botas batendo com força no chão de ladrilhos. Eram botas padrão, provavelmente dadas a ele com o restante do uniforme. Pareciam grandes demais para o homem, julgando por seu tamanho e por seus passos desajeitados.

Loki mirou e atirou a adaga, um golpe preciso no dedão da bota do homem. O guarda gritou – não de dor, mas de surpresa – quando a ponta da bota foi espetada no chão, prendendo-o no lugar. Ele tentou arrancá-la do piso, mas o aço asgardiano não cedeu. O guarda tentou usar o apito outra vez, mas Loki agarrou a corrente antes do policial e a arrancou de seu pescoço, guardando-a no bolso.

Havia mais policiais na plataforma. Eles provavelmente haviam sido alertados pelo som do apito. O bilheteiro também havia desaparecido, provavelmente para chamar ajuda. A adaga não seguraria aquele homem por muito tempo – a lâmina ficaria presa no chão, mas o guarda provavelmente pensaria em tirar a bota após mais alguns minutos puxando sem resultado, assim que seu pânico diminuísse. Loki não tinha certeza, onde sua passagem estava, e ele não ficaria ali para descobrir. Então saiu em direção aos fundos do prédio da estação. Tinha que haver uma porta, algo para os funcionários, em algum lugar para as pessoas saírem discretamente caso precisassem.

Ele escolheu um corredor aleatoriamente, tentando encontrar janelas, e seguiu a luz pálida. Quando finalmente encontrou uma porta dos fundos, ela se abriu para a doca atrás da estação, onde as balsas transportavam os caixões da cidade para serem enterrados. Ainda havia uma dúzia, esperando para serem carregados no trem, um punhado de trabalhadores das docas erguendo cada caixão entre eles e os carregando pelos degraus íngremes que levavam da margem do rio até a plataforma onde o trem esperava.

Que ironia cruel, ele pensou ao se abaixar atrás de um contêiner, esperando a pausa seguinte entre os funcionários. Ele deixaria a Terra da mesma maneira que entrara: em uma caixa.

Capítulo Trinta e Três

Os corpos dos mortos-vivos podiam não cheirar mal, mas o caixão cheirava. Encolhido debaixo da tampa, aninhado com um daqueles corpos quentes, Loki tentou não vomitar quando sua garganta foi inundada pelo cheiro de podridão e mofo. Ele sentiu o caixão ser erguido quando foi embarcado no trem.

– Pesado, esse aqui – um trabalhador disse, as palavras abafadas pela madeira. Loki sentiu a inclinação quando eles subiram a escada, e sua cabeça bateu com força na parte de trás do caixão. Ele fechou os olhos. Já estava escuro o bastante para mal conseguir ver, mas o simbolismo do gesto ajudava.

Houve um solavanco, e o caixão parou de se mexer, e tudo se acalmou. Loki esperou, tentando decidir se já estava ou não dentro do trem. Então ele foi levantado outra vez, agora como se estivesse sendo içado, e depois ele ouviu o raspar da madeira quando a caixa foi deslizada no lugar como se estivesse sendo enterrada em um cofre. Ele ficou parado, ouvindo o raspar dos outros caixões sendo posicionados, depois ouviu a porta do vagão ser arrastada até se fechar.

Loki esperou até ouvir o primeiro guincho das rodas do trem e sentir o vagão começar a andar. O caixão também se moveu, testando suas amarras. Quando o trem ganhou velocidade, Loki livrou suas pernas e chutou a tampa. Foi preciso dar três chutes fortes antes que ela se abrisse, também empurrando o caixão que estava acima, e o caixão onde ele estava caiu, a tampa se partindo ao atingir o chão. Loki saiu lá de dentro, cambaleando até se equilibrar no trem em movimento. Ele precisava chegar na parte da frente.

A porta do compartimento estava trancada, mas ele a abriu usando um feitiço e ganhou a pequena plataforma na frente do vagão. O vento o atingiu de imediato, arrancando o chapéu de sua cabeça e o lançando na paisagem que corria rapidamente. Eles ainda estavam na cidade, mas as casas haviam se tornado mais limpas e afastadas umas das outras. Algumas galinhas vagavam pelos trilhos, bicando as folhas crescendo entre as pedras.

Loki não sabia quantos vagões havia entre ele e os passageiros. O plano dele e de Amora era seguir discretamente para o centro do trem e então espalhar o feitiço de forma radial, e depois desengatar os vagões que levavam os humanos vivos daqueles que levavam os mortos. Ele precisava encontrá-la. Loki agarrou a escada ao lado da porta e se ergueu até o teto do trem.

O vento piorou ali, e o chão estava escorregadio. De seu ponto de vista, ele contou oito vagões à frente, mais a locomotiva soltando uma grossa fumaça preta. Os primeiros três seriam para os passageiros – um para anglicanos, um para não conformistas e um para aqueles pobres demais para serem um ou outro. Depois, dois para os mortos anglicanos de primeira classe, três para os não conformistas e o resto para os pobres.

Loki começou a seguir em frente, passo cuidadoso a passo cuidadoso, calcanhar até a ponta do pé tentando ficar na viga central do teto, onde era mais largo e mais fácil de se equilibrar. Ele sentia falta de suas botas asgardianas, com suas solas grossas que se agarrariam àquele metal como se fossem cola. Ele saltou para o vagão seguinte, repetiu os passos cuidadosos, depois saltou de novo. Seus pés fraquejaram quando aterrissou, e ele quase caiu, mas conseguiu pender para a frente e não para trás, seus joelhos atingindo dolorosamente o metal. À frente, havia um painel trancado no teto, e ele se arrastou até lá, agarrando-se na maçaneta. Estava emperrada, e suas mãos queimaram contra o metal quando ele a soltou, saltando para dentro do vagão, aterrissando agachado.

O vagão estava vazio – ele temia encontrar policiais, mas não havia ninguém, apenas caixões balançando em suas amarras com o movimento do trem. Eles batiam uns nos outros, as tampas raspando em seus vizinhos. O ar cheirava a feno fresco e cedro. Claramente aqueles caixões eram mais caros do que aquele que Loki havia usado.

Ele se ajoelhou e deslizou a adaga para fora da manga, olhando para a runa já quase sumida na palma de sua mão antes de começar a esculpir o mesmo símbolo no chão do trem. A madeira fora recentemente envernizada, e se partiu em farpas cristalizadas sob a lâmina. Ele havia feito apenas dois cortes quando ouviu a porta se abrir e sentiu o vento entrando. Loki ergueu a cabeça.

Amora estava de pé na entrada, sua saia esvoaçando ao redor dos joelhos como um ciclone até ela fechar a porta. Loki se levantou, guardando a adaga de volta na manga da casaca.

— Você conseguiu — ela disse, parecendo aliviada.

— Você duvidou de mim?

— Nunca. — Ela ergueu a mão. — Me dê as Pedras. Vou desmaiar sem algum sustento. Você não faz ideia de quanto autocontrole eu precisei para não sugar a essência do condutor.

Loki não se moveu.

— Você não consumiu a Sra. S.

O sorriso de Amora não fraquejou.

— Como assim?

— Você matou a Sra. Sharp, mas deixou a alma dela — ele disse. — Ela teria restaurado a sua energia.

— Isso não importa, não é mesmo? Deixe-me usar minhas Pedras.

— As *suas* Pedras? — ele repetiu. — Achei que fosse um feitiço compartilhado.

Sua mão ainda estendida se fechou em punho.

— Me dê as Pedras, Loki — ela disse.

– Então, quanto a isso. – Loki se levantou, colocando as duas mãos atrás das costas. – Não.

Amora riu, mas foi uma única e surpreendida explosão. Sob a luz fraca, seu rosto empalidecera.

– Do que você está falando?

– Não venha desperdiçar o seu teatro comigo – Loki disse, erguendo uma mão. Ele também não resistiu em sacudir a cabeça, sua decepção aparente. Odin lhe dera tanto material para se apoiar. – Não vai adiantar nada. Já entendi tudo há algum tempo.

Amora permaneceu estranhamente parada, como um coelho que ouviu um graveto se partir sob a bota de um caçador.

– Entendeu o quê?

– Que você ia me trair.

Ela não riu desta vez. Mal piscou. Por um momento, Loki duvidou de si mesmo, duvidou da teia que tivera certeza estar desmantelando.

– Você acha que eu o trairia? – ela falou com um tom de voz gélido.

– Ah, tenho quase certeza de que é isso que está prestes a acontecer – ele respondeu. – Apesar de eu ter demorado mais para perceber do que gostaria de admitir. O amor realmente deixa a gente cego, mas, felizmente para mim, não sou do tipo sentimental. Isso é tão... – Ele estalou os dedos com desdém, como se estivesse espantando um inseto no ar. – ...humano.

– Não sei do que você está falando – ela disse, e ele teve que admitir que era impressionante o quanto

Amora se dedicava àquela ignorância fingida. – Por que eu trairia você?

– Eu também me perguntava isso, a princípio. Mas então comecei a pensar, por que Amora precisaria de mim para fazer isso? Qual é o meu propósito aqui? Vou ajudar erguendo um exército dos mortos, mas a única razão *real* para você precisar de mim aqui seria para pegar as Pedras para si e me matar depois, deixando livre o seu próprio caminho até o trono. E você veio com aquele plano sobre invasão e um exército de mortos-vivos tão rápido. Rápido demais, para ser honesto.

– Eu não herdaria o trono – ela respondeu. – E quanto a seu pai e irmão?

Loki acenou com a mão.

– Odin e Thor não são nada para você. São guerreiros que você pode destruir dormindo quando restaurar o seu poder. Se você quisesse o trono de Asgard, poderia conseguir facilmente. Com exceção de mim, pois sou o único que representa uma luta na qual você não poderia vencer. Você e eu, nós lutamos um tipo diferente de batalha do que o restante de nosso povo. Eu sou o único que pode igualá-la. E você sabia disso. E sabia que eu lutaria contra você pelo trono.

Ela cruzou os braços.

– Quem disse que eu quero o trono?

– Bom, você certamente não se contentaria vivendo seus dias como minha feiticeira real. Você nunca foi do tipo que gosta de ser o braço direito. Você viu Karnilla encoleirada por muito tempo para querer aquela posição. Você quer governar Asgard. E existe apenas uma pessoa de verdade no seu caminho para conseguir isso.

A língua dela apareceu entre os dentes para molhar os lábios.

— Isso é loucura.

Ele ergueu um dedo.

— Espera, deixe-me terminar. Fica realmente bom a partir de agora. Então, imagino que o seu primeiro erro foi apostar no meu amor por você. Mas, me desculpe, isso não se sustenta. Existem tantas outras coisas que eu amo mais do que você. Por exemplo, aquelas botas de salto alto que você me deu quando éramos pequenos. Tenho saudade daquelas botas, eu não deveria tê-las deixado em casa. E também a própria Asgard, e temo que seu governo a destruiria completamente. Além disso, tenho algumas ideias excelentes para um teatro patrocinado pelo governo na capital e simplesmente não posso imaginar que você teria uma dedicação semelhante à expansão das artes.

— Então, por que você está aqui? — ela exigiu saber, sua voz estalando como um chicote. — Se você descobriu tudo isso há tanto tempo, por que não me denunciou como a assassina de todos esses humanos mortos e retornou com soldados asgardianos para me prender e me levar de volta acorrentada para a sua preciosa pátria?

— Porque planejo fazer isso eu mesmo — ele respondeu. — Odin quer as Pedras Norn de volta em Asgard e tenho certeza de que ele vai ficar muito contente ao também vê-la na prisão. Foi você quem as roubou, afinal de contas; pelo menos é isso que vou dizer a ele.

E você é a assassina que a Sociedade sharp estava procurando eliminar. Tudo embrulhado em um único pacote. Vamos ver se Thor faz algo assim em uma única viagem a Midgard.

Ela não disse nada. Eles analisaram um ao outro na escuridão, o silêncio quebrado de repente pelo apito grave do trem.

— Bom, então nós vamos fazer mesmo isso? — ela finalmente perguntou. — Onde você tenta me capturar e eu supero você?

Ele deu de ombros.

— Se você quiser. Ou você pode se render.

— Prefiro que não — ela respondeu secamente.

— Bom, eu nunca gostei muito de ser superado. — Loki encolheu os ombros outra vez. — Então nos encontramos em um impasse.

Ele ergueu a mão, pronto para materializar correntes, mas Amora também levantou as próprias mãos e lançou uma onda de energia quente sobre ele. Loki foi surpreendido e jogado para trás, sua cabeça atingindo o canto de um dos caixões. Antes que sua mente pudesse clarear, ela já estava sobre ele, conjurando outro feitiço, mas ele a chutou, atingindo suas pernas. Amora caiu com força, os cabelos voando do coque e atingindo o rosto. Loki se levantou, acumulou um raio de energia quente nas mãos e explodiu a porta para fora das dobradiças, depois se lançou sobre a escada e subiu até o teto do vagão.

O vento estava forte, e a fumaça negra da locomotiva queimava seus olhos. Ele começou a correr no topo do vagão, em direção à frente do trem, o mais rápido possível na escorregadia barra de metal que dividia o centro do teto. Ele saltou para o vagão seguinte, aterrissando na beirada no instante em que o teto se partiu sob seus pés. Loki conseguiu rolar para longe quando Amora saltou pelo buraco que havia criado e aterrissou agachada no centro da barra no teto.

Amora se endireitou e o encarou. O vento soprava seus cabelos, que pareceram brilhar de dourado para branco, como faixas elétricas movendo-se no ar. Ela acumulou uma bola de energia azul entre as mãos e a disparou na direção dele, o movimento tão rápido e gracioso que ele não teve tempo para processá-lo. Atingiu Loki no peito, derrubando-o de costas, e ele sentiu o corpo deslizando pela inclinação do teto do vagão. Ele tirou a adaga da manga e a enterrou com força no metal, impedindo que caísse nos trilhos, mas agora estava pendurado, os músculos tremendo, quase sem força para se segurar, muito menos para se erguer. Seus pés chutavam o ar, procurando algum apoio.

Amora estalou a mão e outro disparo de energia, quente como metal derretido, passou sobre ele. Loki se segurou em sua adaga, as botas escorregando contra a lateral do vagão.

– Você acha que vou me curvar a você? – ela gritou ao vento. – Você acha que algum homem se curvará a você? Você nunca será rei. Não importa o que faça. Não importa se você me levar de volta para Odin amarrada como um ganso de Yule junto com as Pedras Norn penduradas em meu pescoço. Você é um segundo filho,

Loki. Ele nunca enxergará nada mais em você do que uma segunda escolha. Uma cobra esperando para atacar. Você sempre será perigoso demais para se confiar. E tolo demais para tomar aquilo que é seu.

Ele conseguiu apoiar o pé na beirada do teto e se erguer de volta. Loki nunca havia lutado contra outro feiticeiro antes. Em combates, ele sempre lutara contra soldados sem poderes, que não esperavam que o príncipe asgardiano magricela fosse aparecer de repente, ou desaparecer, ou não ser nada além de uma ilusão pela qual suas lâminas atravessavam enquanto ele os esfaqueava pelas costas.

Amora riu de sua adaga, riu da maneira como os músculos dele tremiam, da maneira como o vento forte ameaçava jogá-lo para trás.

– Você quer lutar? – Ela estendeu uma mão, e algumas das vigas do teto foram arrancadas, o metal e a madeira transformando-se em uma espada em sua mão. – Então, vamos lutar.

Capítulo Trinta e Quatro

Loki saltou, mas Amora desapareceu. Ele girou, e ela havia reaparecido atrás dele. Loki se abaixou quando ela golpeou, a espada atingindo a viga do teto e provocando uma rachadura. Ele sentiu a madeira cedendo sob o peso dos dois. Ela golpeou de novo, e ele conseguiu desviar, desta vez também golpeando com sua adaga à frente. Mas a adaga se despedaçou em sua mão, partindo-se em dezenas de fragmentos afiados que se enterraram na viga.

Amora lançou outra onda de energia sobre ele, e, antes mesmo de Loki atingir o chão, ela já estava atrás dele, a bota acertando a lateral de seu rosto. Loki sentiu um arrepio descendo pela coluna. Ele aterrissou de costas, o ar sumindo de seus pulmões, sentindo os ossos quebrados e afiados. Alguns dos pedaços da adaga no teto cortaram sua pele, e ele sentiu sangue começando a se acumular sob seu corpo.

Amora agarrou sua espada e a reformou em suas mãos, transformando-a em longas fitas que se enrolaram nos membros de Loki, prendendo-o no topo do vagão. Ela estendeu a mão e a adaga de Loki se refez, os pedaços atravessando a pele dele para chegarem até a mão de Amora. A dor foi forte e intensa, e arrancou um grito de sua garganta, seu pescoço se arqueando para trás.

Amora avançou sobre ele, girando a adaga na mão e a apanhando de volta. Ele morreria sob a lâmina da própria arma.

– Como você pensou... – ela disse, pressionando um pé no peito dele e forçando o salto, tirando todo o ar de seus pulmões. As amarras pareciam se apertar cada vez mais. – ... que um dia poderia ser rei? Como conseguiu pensar que você... – Ela pressionou mais forte, e ele sentiu seus ossos protestando. – ... patético, covarde e fraco... – Ele sentiu o salto dela romper sua pele. – ... poderia sequer ser candidato ao trono? Como pôde não enxergar sempre que olhava para seu pai? Sempre que olhava para seu irmão? Eu não precisei olhar para o futuro para saber. Asgard precisa de um feiticeiro no comando, mas esse feiticeiro nunca seria você. Não em qualquer universo, em qualquer reino.

– Não se canse demais – ele disse, a voz saindo muito mais como um sussurro sem fôlego do que ele esperava. – Você não tem muita força para gastar.

Os olhos dela se arregalaram.

– Me dê as Pedras, Loki.

– Não estão comigo.

– Mentiroso. – Ele sentiu a mão livre dela apalpando sua casaca, procurando nos bolsos e dentro de seu colete e rasgando os botões da camisa. Ele a deixou procurar, aproveitando o momento para recuperar o fôlego. Amora gritou de frustração, pressionando a garganta dele com tanta força que Loki sentiu o teto abaixo dele ranger. – Onde elas estão?

– Como eu poderia saber? – ele respondeu. – Foi você quem as roubou.

Ela recuou, se levantando, ainda empunhando a adaga na direção dele.

– Eu não preciso das Pedras – ela disse. – Eu posso fazer isso sozinha. – Ela abriu a porta do teto com um chute e saltou para dentro. Seu feitiço se desfez, soltando Loki das amarras, e ele então se levantou com dificuldade. Sentia a pele queimando, sentia o sangue encharcando sua camisa, mas ele seguiu Amora, saltando dentro do vagão para correr atrás dela.

Amora estava de joelhos entre as fileiras de caixões em suas amarras, raspando a ponta da adaga no chão de madeira e esculpindo o mesmo símbolo que eles usaram para marcar os corpos. Ela pressionou o punho no meio da marca. Algo espesso e negro começou a preencher as linhas, metade fumaça, metade piche, lentamente se expandindo e começando a brilhar. A runa pulsou, as tábuas de madeira sugando-a e deixando uma imagem queimada para trás.

Nada aconteceu.

Loki riu, limpando suas mangas com um gesto teatral.

– Bom, isso foi uma perda de...

A tampa do caixão ao seu lado explodiu. Ele sentiu uma mão – uma mão morta e estranhamente quente – agarrar seu rosto, cobrindo sua boca e nariz enquanto o cadáver tentava puxá-lo para dentro do caixão. As unhas cravaram em seu rosto, rasgando sua pele. Loki lançou uma explosão de magia sobre o ombro e o cadáver recuou. Ele se afastou, mas outros caixões explodiam suas tampas, os mortos-vivos saindo e se apresentando diante de Amora.

– Prendam-no – ela disse rispidamente, e dois dos cadáveres agarraram Loki, torcendo seus braços atrás das costas e forçando-o até o chão.

– Você não tem força o suficiente – Loki disse, rindo apesar do fato de que sua cabeça estava sendo forçada no chão pelas mãos de um cadáver. Amora tinha mais força do que ele esperava, mas ele não mostrou sua surpresa. – Não sem as Pedras. Você mal conseguiu acordar este vagão, muito menos o trem inteiro. E você não pode enfrentar o exército de Asgard com um punhado de soldados. Que bela feiticeira você é.

Ele a sentiu se aproximando, viu a sombra de sua mão ainda segurando a adaga. Ela não o mataria. Não enquanto não soubesse o paradeiro das Pedras. Amora ficou parada por um momento, e Loki podia senti-la pesando suas opções. Então ela o chutou com força no rosto, jogando-o para trás sobre os dois cadáveres que o seguravam. Ele sentiu sangue quente espirrar em seu rosto.

– Tranquem-no no último vagão – ela disse para seus soldados. – Não deixem que escape.

Loki foi erguido até ficar de pé e puxado na direção dos fundos do vagão enquanto Amora seguia para o outro lado. Seu coração martelou – ela não poderia saber. Não poderia estar indo procurar por elas.

Os soldados-cadáveres o jogaram no chão do último vagão. Era um vagão de serviço sem nenhum morto, apenas equipamentos, alguns bancos e um fogão para os trabalhadores da ferrovia. Ele ouviu a porta do vagão bater atrás dele. Loki se permitiu um momento deitado no chão, depois limpou um fio de sangue de seus olhos. Os ossos de sua face ainda doíam, e ele se sentou devagar. Sua visão estava embaçada, mas ele permaneceu consciente.

Houve um farfalhar atrás dele, e Loki se virou, imaginando se um dos soldados cadáveres ficara para trás e ele não havia notado. Mas então, de trás de uma pilha de caixotes, alguém disse:

– Loki?

Ele prendeu a respiração quando Theo rastejou para fora de seu esconderijo, arrastando a perna ruim.

– O que você está fazendo aqui? – Loki perguntou.

– Eles não me deixaram embarcar no trem. – Theo passou as mãos no rosto. Ele respirava com dificuldade. – Um dos policiais me reconheceu e... Não posso sair da cidade por causa da minha história. Gem conseguiu me deixar entrar escondido. Para o funeral. – Ele ergueu os olhos e se assustou quando encarou o rosto de Loki. – Você está sangrando.

– Eu sei. É muito?

— Não é... — Theo franziu o nariz. — ... pouco. — O trem sacudiu de repente, entrando em uma curva fechada e quase derrubando os dois. Theo jogou a mão sobre a cabeça, segurando seu boné no lugar. — Que diabos está acontecendo?

Loki não tinha mais nada a perder sendo honesto, então disse:

— Amora está erguendo os mortos para criar um exército. Ela planeja levá-los para Asgard e usá-los para derrubar meu pai.

— Como ela vai voltar para Asgard? — Theo perguntou. — O anel de fadas?

Loki confirmou.

— Com as Pedras Norn, nós podemos ativá-lo daqui sem a ajuda de Heimdall.

— As Pedras Norn? — Theo repetiu. — Aquelas coisas que o seu pai está procurando? Estão aqui?

— Eu as roubei — ele disse, olhando para as mãos. Honestidade não era seu traço preferido. — Agora, Amora quer usá-las para reanimar todos aqueles que matou.

— Então ela matou mesmo aquelas pessoas conscientemente? Você mentiu para nós? — Ele riu sem humor algum. Loki odiou o jeito como Theo pareceu com medo. Com medo e com raiva. Ele gostava da raiva. Aquele lampejo de rebeldia. Mas não via força alguma naquele medo. — Nós somos só bucha de canhão para as suas guerras?

— Você sabe quem eu sou — Loki respondeu. — Minha história existiu por séculos. Está escrita em cada livro que você já leu, em cada mito que adora. Eu sou o vilão das suas histórias. É só isso que eu serei.

– Então escreva novas histórias – Theo disse, a agressividade subindo em sua voz para se igualar à de Loki. – Ninguém tem o destino escrito nas estrelas.

– Não sei se tenho essa escolha – Loki disse.

– Sempre há uma escolha – Theo respondeu. Loki ouvira a Sra. S. dizer aquilo também. *Sempre há uma escolha.*

Eles olharam um para o outro. Os olhos de Theo brilhavam.

– Eu gostaria de fazer o seu mundo gostar de você – Theo falou.

– O seu também – Loki respondeu.

Theo se aproximou, arrastando-se com as mãos e os joelhos, então se inclinou no espaço entre eles e pressionou os lábios sobre os lábios de Loki. Foi um beijo suave, recatado e de boca fechada. Quando Loki não recuou, a mão de Theo subiu para tocar seu rosto.

– Espero que não se importe – ele disse suavemente, perto o bastante para que Loki ainda sentisse a respiração dele sobre seus lábios.

Loki levou a mão para dentro do bolso de Theo e retirou de lá a pequena bolsa com as Pedras Norn. Theo olhou para elas.

– Isso é...?

– Obrigado por deparar comigo na plataforma – Loki disse. – Foi mais fácil do que encontrá-lo no trem.

A luz das Pedras Norn refletiu no rosto de Theo. Seu queixo estava caído.

– Por que você as deixou comigo?

— Porque confio em você.

Theo passou o dedo sobre uma das Pedras, o movimento hesitante enquanto olhava para Loki, como se este fosse impedi-lo. Sua mão se fechou ao redor da bolsa, a ponta dos dedos raspando na palma de Loki.

— Não sei o que você pensa que sabe sobre si mesmo — ele disse —, mas nada disso é verdade. Você é o único que decide aquilo que vai se tornar. Não é o seu pai, ou Thor, ou os antigos poetas vikings, ou as estrelas, ou qualquer coisa. Eles não sabem nada sobre você. — Theo apertou mais forte, segurando a mão de Loki com as Pedras Norn pressionadas entre eles. — Ninguém decide aquilo que você é.

Loki olhou para as mãos. Ele não sabia o que dizer. Não sabia se realmente acreditava naquilo. Não sabia se ousava acreditar.

— É tão mais difícil assim — ele finalmente disse.

— Eu sei — Theo respondeu. — Não vai ter ninguém para culpar além de si mesmo quando você me trair.

Loki ergueu os olhos para ele bem no momento em que o trem sacudiu outra vez, jogando Theo para trás e fazendo Loki cair em cima dele.

— O que foi isso? — Theo perguntou.

— Amora. — Loki se levantou, depois ofereceu a mão para Theo. Theo apanhou sua bengala onde a guardara e então tomou a mão de Loki.

— Você tem um plano? — ele perguntou quando Loki o ajudou a levantar.

— Tenho fragmentos de um plano — Loki respondeu. — Vai precisar de um pouco mais de improvisação do que eu gostaria. Quer dizer, sempre tem um pouco de improvisação. Mas isso já está ficando preocupante.

– O que você vai fazer agora? – Theo perguntou.

– Impedir Amora – Loki respondeu.

– Como?

– Como eu disse. Improvisando. – Loki guardou as Pedras Norn no bolso da casaca, depois perguntou para Theo: – Se eu levar você até a frente do trem, você consegue desengatar os vagões? Separando os vivos dos mortos?

– Se você me levar de volta para Asgard junto com você – Theo respondeu.

Loki soltou um suspiro, longo e suave. Theo não tirou os olhos dele, seu rosto esculpido em uma determinação teimosa. Aquela brilhante teimosia que o manteve vivo em um mundo que o excluíra.

– Eu não posso – Loki disse quase sussurrando.

– Sim, você pode! – Theo agarrou sua mão, apertando com tanta ferocidade e desespero que suas unhas cravaram na pele de Loki. – Por favor, não existe nada mais aqui para mim. A Sra. Sharp está morta, eu estou sozinho e não tenha nada. Este mundo não me quer, então me dê um que queira. Por favor, Loki.

Loki decidiu que nunca mais permitiria a si mesmo gostar de alguém. Era muito para o seu coração.

– Certo, que seja – ele disse.

Theo se endireitou como uma flor em água fresca, mas então recuou um passo, olhando atentamente para o rosto de Loki como se procurasse por uma mentira.

– Sério? Você realmente vai fazer isso?

– Eu prometo.

– Não sei se ainda confio nas suas promessas – Theo falou com uma risada forçada.

– Confie nessa. Vamos. Eu cuido de Amora. Tudo o que você precisa fazer é chegar na frente do trem e ter certeza de que os humanos estão seguros.

Loki apanhou um par de pregos ferroviários de um kit de ferramentas descartado e os guardou na cintura da calça, depois abriu um buraco no teto e saltou por ele, puxando Theo também para cima. Ele não ousaria atravessar pelos vagões – se Amora estivesse passando por cada um deles, erguendo o máximo de mortos que conseguia, os soldados dela os atrasariam. Loki saltou para o vagão seguinte, depois estendeu a mão para que Theo se juntasse a ele. Theo parecia se equilibrar com dificuldade no fim do vagão, agarrando-se à sua bengala, e ele fechou os olhos por um momento antes de se preparar e pular. Loki sentiu seus dedos se tocando, mas então Theo foi repentinamente puxado para baixo, quase derrubando Loki do teto. Ele aterrissou com força, seu queixo atingindo a beirada do vagão, mas suas mãos ainda envolviam as mãos de Theo.

Um dos cadáveres havia se agarrado à perna de Theo no meio do salto, e agora o usava para subir até o topo. Loki usou sua força e puxou Theo para cima. O cadáver veio junto, escalando até o teto, mas Loki estava preparado. Ele não tinha sua adaga, mas tirou um prego ferroviário da cintura e o enterrou no pulso do cadáver. Um líquido quente e malcheiroso jorrou das veias abertas e se derramou entre eles. Loki torceu o prego e a mão do morto se soltou como uma rolha, o osso se partindo. O cadáver, aparentemente sem notar que a mão fora decepada, continuou tentando agarrar o ar com o toco jorrando sangue. Loki girou e enfiou um dos pregos na garganta do morto. Mais daquele sangue preto e espesso se derramou sobre suas mãos, espirrando no teto. O cadáver cambaleou para trás, e Loki apanhou uma das Pedras Norn de seu bolso, acumulando um feitiço para explodir o cadáver. Mas, antes que pudesse fazer isso, Theo ergueu sua bengala e golpeou a lateral do morto, jogando-o para fora do trem.

– Obrigado – Loki disse. – Mas eu tinha tudo sob controle.

– É claro que tinha. – Theo se levantou, as pernas tremendo. – Vamos.

Eles estavam no meio do caminho no vagão seguinte quando uma mão explodiu no teto entre eles. Loki e Theo cambalearam, e Loki sentiu outra mão agarrar seu tornozelo. Unhas cravaram-se em sua pele quando ele tentou se libertar. Ele puxou a perna para cima, forte o bastante para arrastar a mulher que o segurava através do teto e para cima da viga junto com ele. Loki ficou chocado ao reconhecê-la – Rachel Bowman, seus olhos leitosos e vazios enquanto ela golpeava contra ele. Loki se abaixou e acertou o cotovelo no rosto dela, nocauteando-a para fora do trem, depois o vento a carregou. Novas mãos o agarraram, e ele viu ainda outras aparecendo no teto à frente. Amora estava erguendo os mortos, um por um.

Atrás dele, Theo usava sua bengala para bater nos cadáveres que tentavam subir no teto. Um deles puxou sua perna ruim, derrubando-o, mas Loki lançou uma onda de energia sobre o cadáver. Um sangue espesso e negro espirrou sobre os dois.

Com a Pedra Norn ainda em sua mão, Loki concentrou seu feitiço e lançou uma explosão de energia através do vagão inteiro. Ele esperava que a força fosse derrubar os mortos-vivos, mas, canalizada através das Pedras Norn, o feitiço simplesmente aniquilou a todos, vaporizando cada um deles. Loki olhou para a mão que agarrava a pequena pedra translúcida. Ele se sentiu poderoso, da mesma maneira que se sentira anos atrás quando partira o Espelho do Olho de Deus. Um poder ilícito e delicioso que parecia surgir apenas quando ele destruía coisas.

Loki se virou para a frente do trem, seus olhos lacrimejando quando a fumaça os atingiu, procurando por mais mãos, por mais sinais de Amora. Onde ela estava? Ela sentiria o uso das Pedras e seu feitiço sendo desfeito. Seria um chamado para ela.

O teto estava desabando debaixo deles. Loki agarrou Theo e saltou para o teto do vagão seguinte, aterrissando com ele por cima de seu corpo e perdendo todo o ar dos pulmões.

– Continue! – Loki disse, e eles começaram a correr novamente.

Eles estavam a um vagão de onde os vivos e os mortos se separavam quando Amora apareceu.

Ela estava no meio dos dois. Theo havia ficado para trás, e ela subira através do centro do vagão. Amora agarrou Theo, puxando-o para si e pressionando uma adaga em sua garganta. Ela poderia ter parado o coração dele com um feitiço, mas a ideia não era dar uma morte rápida. Era para ser uma moeda de troca.

Loki parou. Virou-se para ela. Eles se encararam, ambos com a respiração pesada. Ela parecia exausta. Sua pele estava cinzenta e seca, sua postura mostrava cansaço. Sem a força das Pedras, ela erguera seu exército, mas matara a si mesma no processo.

Theo soltou um leve gemido de medo.

– Me dê as Pedras, Loki – Amora disse.

– Ou o quê?

– Ou vou matá-lo. – Ela pressionou a adaga com mais força. – Desculpe, isso não ficou claro?

– Você acha que eu negociaria a segurança do meu reino em troca de um homem? – ele gritou de volta. – Um homem humano?

– Eu acho que você é muito mais sentimental do que admite – ela respondeu. – Eu acho que você é fraco.

– Eu não sou fraco – Loki disse. – Não sou o seu vilão e não sou o seu tolo. Sou um protetor da minha pátria. – Ele lançou a mão no ar. – Por Asgard!

Amora o encarou, sua testa franzida em confusão.

– Desculpe – Theo murmurou, sua voz rouca por causa da mão de Amora pressionando sua garganta.

– E por que *você* está se desculpando? – Amora perguntou secamente.

– Ele levou seu papel muito a sério – Theo respondeu.

E Loki desfez a ilusão. Em geral, não seria possível usar tanto poder na Terra, mas, com as Pedras, ele se sentia como um feixe de luz concentrado. O ar brilhou, e de repente o Loki do outro lado do teto do trem na frente de Amora era Theo, como sempre fora. E o Theo nas mãos de Amora de repente era Loki. Ele golpeou para trás, derrubando a adaga da mão dela e girando-a para sua própria palma, e então a enterrando com força no ombro dela. Em sua outra mão, a Pedra Norm brilhou, o mesmo feitiço que havia vaporizado os cadáveres agora sendo canalizado através da adaga para dentro dela.

Amora gritou de dor, afrouxando a mão sobre sua garganta. Seu corpo começou a definhar e encolher sobre si mesmo: era como assistir a uma vida vivida na velocidade máxima. Sua carne começou a ser sugada até os ossos, seu rosto repentinamente se tornou cadavérico, o cabelo embranquecendo, quebradiço, e depois caindo de sua cabeça. Ela encolhia e se contorcia e, apesar de si mesmo, apesar de tudo, apesar do fato de que ela o deixaria definhar até desaparecer se estivesse do outro lado da lâmina, Loki estendeu a mão, ainda segurando a Pedra Norm, e arrancou a adaga dela. Seu envelhecimento repentinamente se reverteu e, por um momento, ela voltou a ser quem era. Vibrante e jovem, a garota que o havia ensinado a ser ele mesmo.

— Não posso! — ela gritou. — Não voltarei para Asgard desse jeito. Não posso voltar.

— Amora — ele disse, e sentiu uma onda de poder entre eles. — Por favor.

Mas ela soltou a mão dele.

O vento a carregou, levando-a do topo do trem e tirando-a de sua visão. Loki gritou, mas era tarde demais. O trem seguiu seu caminho.

O teto sob seus pés cedeu, e o exército dos mortos começou a subir. O feitiço de Amora ainda funcionava, mesmo com ela já não estando mais ali.

Loki virou para a frente e usou o poder das Pedras para afastar a fumaça e conseguir enxergar. Ao longe, sua visão se aguçou com aquela nova canalização de seu poder – ele podia ver o anel de fadas. Eles estavam perto.

Theo havia descido entre os vagões, jogando seu peso sobre o pesado engate que iria separá-los. Loki correu para a ponta do vagão e desceu para a plataforma ao seu lado.

– Desengate agora!

Ele colocou a palma sobre a mão de Theo, e juntos eles empurraram até ouvirem um rangido e a dobradiça se partir no meio. O trem com os vivos começou a se separar dos vagões carregando os mortos, a brecha crescendo cada vez mais.

Theo se virou para Loki, o vento soprando suas mechas ruivas.

– Para Asgard? – ele disse.

– Para Asgard – Loki respondeu, e depois agarrou Theo pelos ombros e o jogou para fora do vagão. Theo aterrissou na plataforma do outro vagão, aquele que levava os vivos, o vão entre os dois agora grande demais para saltar. Ele se levantou sem jeito, apoiando-se na grade e encarando Loki, que observava os dois se separando.

– Você prometeu! – ele gritou.

Loki deu as costas.

A locomotiva e o vagão dos passageiros passaram pelo anel de fadas, e Loki canalizou a força das Pedras enquanto sua parte do trem se aproximava. Acima deles, um trovão ecoou, e Loki jogou o olhar para cima, observando enquanto o céu se costurava com impressionantes fios púrpura e prata, não exatamente nuvens. A Bifrost estava se abrindo. Ele podia sentir o puxão inicial no ar.

Loki sabia que se arrependeria, mas mesmo assim se virou para olhar Theo uma última vez. Os vagões agora já estavam longe, aqueles com os mortos diminuindo a velocidade sem nada para puxá-los. Theo ainda estava apoiado na grade, mas a mágoa em seu rosto havia se transformado em algo diferente. Decepção. Não havia surpresa. Ele não esperava que Loki fosse cumprir sua promessa.

Então, o ar ao redor de Loki brilhou, a Bifrost puxando os vagões para outra dimensão. Ele não conseguiu olhar para Theo outra vez antes que sua metade do trem fosse levada através do portal para longe de Midgard.

Capítulo Trinta e Cinco

Loki sabia como aquilo pareceria, voltar para casa com um exército e uma das relíquias mais poderosas da galáxia.

E sabia que Thor também sabia. Quando ele alertara seu irmão de que eles voltariam, dissera que seria apenas ele e Amora com as Pedras Norn recuperadas, e pediu a ele que os recebesse no observatório com um batalhão de soldados. Em vez disso, foram três vagões de trem com mortos-vivos entrando em Asgard, derrapando pela ponte arco-íris, arrancando farpas no caminho. Os soldados mortos subiam para fora dos vagões, ainda sob as garras da magia de Amora.

Era a visão de seu pai. Era a cena do Espelho do Olho de Deus, Loki percebeu ao descer do trem, e seus joelhos fraquejaram. Ele estava à frente de um exército de mortos-vivos, encarando Asgard. Ele se lembrava de tudo, refletido de volta até ele na superfície negra do Espelho.

Ele era exatamente aquilo que seu pai sempre soubera que se tornaria.

Mas então uma sombra caiu sobre ele, e Loki olhou para cima. Thor estava diante dele, o Mjolnir à mão, o vento soprando seus cabelos com elegância. Ele parecia um guerreiro. Parecia um rei.

Por um momento, Loki considerou aquilo. Ele tinha as Pedras. Tinha um exército. O que aconteceria se tomasse o feitiço para si, trouxesse os mortos para seu lado e marchasse sobre a capital? E exigisse que seu pai entregasse o trono? E jogasse seu irmão da ponte? E tomasse seu lugar de direito?

Thor estendeu a mão.

Loki a aceitou, e deixou o irmão ajudá-lo a se levantar.

– Acho que eu já deveria esperar uma entrada grandiosa de você, irmão – Thor disse, batendo com o Mjolnir na palma da mão.

– Você me conhece – Loki respondeu. – Eu adoro uma cena.

– Você está armado? – Thor perguntou.

– Sempre.

– Está machucado?

Sim, ele quis dizer.

– Estou bem.

Thor assentiu, depois ergueu seu martelo. Ele estava apenas um pouco à frente de Loki, e seria o primeiro passo que qualquer um daqueles soldados mortos-vivos teria que tomar para chegar até ele. Seu irmão o estava protegendo de seu próprio exército. Foi nesse momento que a diferença entre os dois se cristalizou. Ele nunca seria seu irmão, e seu irmão era o herói. Então, onde isso o deixava? *O que* isso lhe deixava?

Thor levantou o Mjolnir enquanto Loki assumia uma postura de luta ao seu lado. Ao redor deles, os Einherjar levantaram seus escudos, as lanças de prontidão. Thor avançou e bateu com o Mjolnir no crânio do primeiro cadáver que os atacou, os Einherjar também avançando ao redor deles. Mas os cadáveres não estavam apenas se lançando sobre eles – estavam atravessando a Ponte Arco-íris na direção de Asgard. Eles iriam inundar a cidade, uma população que estaria enfraquecida apenas por não saber que deveriam esperar um exército de mortos-vivos. Os Einherjar conseguiriam superá-los, mas não sem baixas. Não sem perdas.

Loki olhou para as Pedras Norn em sua mão. Ele fracassara em entregar Amora. Retornava com as relíquias roubadas e sem nenhuma explicação de como elas caíram em suas mãos. Não tinha Amora para culpar pelo roubo. Ele se explicaria sem ter prova das intenções nobres que o fizeram procurá-la. Talvez nunca tivessem sido nobres.

Dissera a si mesmo, como suspeitava que fosse acontecer, que, se Amora o traísse e tentasse tomar o poder, atraindo-o para ela apenas para ter certeza de que ele estaria fora da jogada, ele executaria sua própria traição guardada na manga. Capturá-la, recuperar as Pedras. Por Asgard.

Por si mesmo. Como poderia alegar nobreza quando suas intenções sempre foram eclipsar seu irmão, ganhar de volta a preferência do pai após o desastre em Alfheim e voltar a uma posição de onde pudesse reivindicar o trono?

Ele podia manter as Pedras escondidas. Esperar até ter outra chance para fingir recuperá-las. Ele ainda podia parecer o herói. Ou poderia revelar seu poder agora, colocar a culpa em si mesmo.

Loki olhou para o irmão, salpicado com o sangue negro dos mortos, o chão sob seus pés cada vez mais escorregadio. Thor não hesitaria.

Loki acumulou a magia ao seu redor, um feitiço se formando na ponta dos dedos. Depois de Midgard, Asgard parecia um oásis, o ar espesso e úmido de poder. Zumbia dentro dele, vibrando até a ponta dos dedos onde ele segurava as Pedras Norn.

O quanto ele poderia fazer com aquelas Pedras.

Loki fechou o punho ao redor das cinco Pedras, canalizando toda a força que tinha através de suas superfícies angulares. As Pedras brilharam, liberando uma onda de energia que quase o derrubou. Ao seu lado, Thor cambaleou. O chão debaixo deles sacudiu e rachou. Houve um lampejo azul-elétrico e, um por um, os cadáveres caíram, seus joelhos dobrando-se e partindo-se enquanto eles desabavam sobre a ponte. Cada um deles parou de se mexer.

No final da ponte, Loki enxergou mais soldados de Asgard correndo na direção deles, apesar de todos terem parado para se proteger contra a força de seu feitiço.

Quando olhou para cima, Thor assentiu uma vez, depois jogou o Mjolnir no ar e o pegou de novo.

– É bom ter você de volta – ele disse, mas Loki não sabia se ele realmente queria dizer aquilo.

Odin estava sozinho na sala do trono quando Loki se aproximou dele. Sem soldados. Sem Frigga. Sem Thor.

O rosto do pai estava severo quando olhou para Loki de seu trono. Loki parou na base da escada. Não havia motivo para adiar o inevitável. Ele abriu a palma da mão, deixando as cinco Pedras caírem sobre os degraus entre eles com um tilintar suave como uma chuva de primavera. Se Odin ficou surpreso ao ver as Pedras Norn, seu rosto não mostrava. Ele permaneceu sentado, olhando para baixo, deixando os dois marinando em silêncio por tanto tempo que se tornou insuportável.

Então foi Loki quem falou primeiro:

— Em minha defesa, eu fui deixado sem supervisão.

O rosto de Odin não mudou. Suas feições eram como aço, tão afiadas quanto as bordas das Pedras Norn a seus pés.

— Não vou perguntar o que você estava pensando — ele disse. — Porque está claro que você não estava pensando.

Loki manteve a cabeça erguida, mas uma vergonha atravessava seu corpo. Ele imaginou sua aparência, de pé diante do pai, coberto de fuligem, sangue e o piche negro que preenchera as veias dos cadáveres reanimados, um caminho de destruição fumegante saindo de seus pés e seguindo até Midgard.

— Eu tinha um plano — ele disse. — Não é minha culpa se não funcionou. Se eu tivesse sucesso, eu teria trazido Amora e as Pedras Norn perdidas para você.

— E, em vez disso, você me traz nada além de desculpas — Odin respondeu. Não estava gritando. Loki queria que gritasse. — Você sabe o que isso parece, meu filho? Parece traição.

Traição era uma palavra generosa para aquilo. Aparecer com um exército e amplificadores roubados. Apesar de quê, destruir o tal exército deveria contar alguns pontos a seu favor.

Odin ainda não havia se levantado.

– Eu gostaria que você pudesse ao menos me dizer que estava hipnotizado, ou enfeitiçado, ou que alguma magia dela estava controlando você. Dizer que meu filho, a quem criei desde o nascimento, não escolheu trazer essa destruição sobre seu lar e seus amigos.

Era uma saída. Uma oportunidade para mentir. Para salvar as aparências. Mas mais do que isso, parecia uma armadilha. Como se tanto ele quanto o pai soubessem a resposta para aquela pergunta, e, se ele dissesse qualquer outra coisa, os dois saberiam que era mentira. Odin queria saber que ele era um mentiroso. Queria saber que seu filho era aquilo que ele suspeitava – um trapaceiro, um mentiroso, o Deus do Caos.

Então foi isso que Loki deu a ele.

– Eu não estava enfeitiçado – ele respondeu. – Não estava sob nenhum encanto. Todas as escolhas que fiz foram minhas, e não de Amora. Não de ninguém.

– Por quê?

Aquela era uma pergunta mais complicada, pois ele também mal entendia. Porque ele queria ser rei? Como poderia dizer isso quando seu pai ainda não tinha nomeado um herdeiro? Soaria tolo, outra verdade que ambos saberiam em seus corações, mas não esperavam que o outro dissesse em voz alta.

Então, em vez disso, ele disse:

— Porque eu queria.

— Isso não é uma resposta.

— Eu queria brincar com fogo. Queria fazer escolhas ruins. Queria desafiá-lo. — Não importava o que dissesse, por mais nobre que seu coração tivesse sido — ou quase nobre. Em alguns momentos. Seu pai o vira no Espelho e destacara seu papel há muito tempo. Loki poderia prender todos os inimigos de Asgard em uma jaula gigante, e Odin mesmo assim não acreditaria em seu coração. — O que você quer que eu diga?

— A única verdade com a qual você precisa se preocupar — Odin disse — é que qualquer homem que coloca a mão no fogo vai se queimar. Você me decepcionou muito hoje, meu filho.

— Ao contrário do quê, exatamente? — A veemência de sua própria voz o surpreendeu. Antes que soubesse o que estava fazendo, antes que pudesse realmente considerar aquilo, ele subiu os degraus até o trono, sem ser convidado, e encarou seu pai. — Você nunca me deu razão para acreditar que não se sentia decepcionado comigo desde o dia em que nasci.

Odin sacudiu a cabeça.

— Você não me dá razão para sentir qualquer outra coisa.

— Eu fiz várias coisas terríveis, mas você não me deixou ser nada além dessas coisas. Diga-me, pai, você acha que sou mau? Você acha que sou monstruoso? — Ele abriu os braços. — Você precisava de um vilão e eu estava disponível? Alguém para fazer Thor parecer mais bonito do que já é, para que, quando você desse o trono a ele, todos estivessem dispostos a deixar passar os milhares que ele trucidou em nome da paz e de Asgard?

— Já chega! — Odin rugiu, levantando-se de repente, e Loki lutou contra a vontade de recuar, aquele medo primal que Odin inspirava em tantos dos seus inimigos. Mas não recuou. Ele encarou seu pai com nada além de desafio teimoso.

Isso, ele pensou, e quase olhou para as Pedras Norn descartada nos degraus. *Isso é poder*.

A mão de Odin embranquecera com a força com que segurava sua lança.

— Eu poderia bani-lo — ele disse, com a voz tão baixa quanto a de Loki fora alta. — Poderia enviá-lo para o canto mais escuro dos Nove Reinos e arrancar todo o seu poder, ou de volta para Midgard e deixar que a sua Encantor, ou o que restou dela, decida a melhor punição para a sua traição. — Ele fez uma pausa. Loki prendeu a respiração. — Mas sou um rei misericordioso. Algo que você nunca será.

Misericordioso?, ele pensou, mas Odin continuou:

— Você não serve para ser rei, meu filho. Nunca serviu, e nenhuma tutela que eu ofereça pode afogar a escuridão dentro da sua alma. — Ele deu as costas para Loki e começou a descer os degraus para apanhar as Pedras. Quando se abaixou, lentamente, ele disse: — No solstício, eu nomearei Thor herdeiro do trono de Asgard.

Loki fechou os olhos. Amora estava certa. Aquele profundo medo que vivia nas sombras dentro dele estava certo. Ele não seria rei. Não apenas isso, mas Odin nunca o havia considerado um candidato ao trono. Nunca o veria da mesma maneira como via Thor, uma criatura jovem e imprudente cujas arestas ásperas podiam ser lixadas com tempo, paciência e mentiras. Loki era todo feito de arestas ásperas para seu pai. Todo afiado e farpado e difícil demais para tocar sem se cortar.

– Você entende isso? – Odin perguntou.

– Sim – Loki disse, a palavra saindo como uma adaga silenciosa entre suas costelas.

– Você aceita isso?

– Eu tenho escolha? – ele perguntou, a irritação inconfundível dessa vez.

– Sempre há uma escolha.

O rosto de Theo passou repentinamente por seus pensamentos, a aparência de seu olhar quando os vagões do trem foram separados, separando também os dois, quando sua chance de ir para Asgard com Loki lhe foi arrancada.

Sempre há uma escolha.

Ele nunca seria rei. Nunca seria seu irmão. Nunca seria um herói. Nunca seria Theo, excluído, mas ainda forte sem ser frágil. Também nunca seria Amora. Ele havia provado isso quando tentara impedir seu exército.

E o que mais sobrava?

Ele podia ser o bruxo. Podia ser o vilão. Podia ser o trapaceiro, o mentiroso, o Deus do Caos egoísta, podia provar que os livros sobre mitologia estavam certos. Provar que todos estavam certos naquilo que pensavam, que ele era apodrecido desde o início. Ele não serviria a nenhum homem; a nenhum coração, exceto ao seu. Essa seria sua escolha.

Ele podia ser o bruxo.

Ser o bruxo e saber de tudo.

SIGA NAS REDES SOCIAIS:
 @editoraexcelsior
 @editoraexcelsior
 @edexcelsior
 @editoraexcelsior

editoraexcelsior.com.br